U0437414

百年百部
短篇正典 1

张学昕　主编

北方联合出版传媒(集团)股份有限公司
春风文艺出版社
·沈阳·

图书在版编目（CIP）数据

百年百部短篇正典．1/张学昕主编．—沈阳：春风文艺出版社，2021.4
ISBN 978-7-5313-5876-3

Ⅰ．①百… Ⅱ．①张… Ⅲ．①短篇小说—作品集—中国—现代 ②短篇小说—作品集—中国—当代 Ⅳ．①I246.7

中国版本图书馆CIP数据核字（2020）第203288号

北方联合出版传媒（集团）股份有限公司
春风文艺出版社出版发行
http://www.chunfengwenyi.com
沈阳市和平区十一纬路25号　邮编：110003
辽宁新华印务有限公司印刷

责任编辑：	姚宏越	责任校对：	于文慧
封面设计：	杨光玉	幅面尺寸：	142mm × 210mm
字　　数：	211千字	印　　张：	9
版　　次：	2021年4月第1版	印　　次：	2021年4月第1次
书　　号：	ISBN 978-7-5313-5876-3		
定　　价：	38.00元		

版权专有　侵权必究　举报电话：024-23284391
如有质量问题，请拨打电话：024-23284384

目　录

contents

- 001・狂人日记 —— 鲁　迅
- 012・孔乙己 —— 鲁　迅
- 017・药 —— 鲁　迅
- 026・祝　福 —— 鲁　迅
- 042・渔　家 —— 杨振声
- 046・编辑室的风波 —— 李劼人
- 054・缀网劳蛛 —— 许地山
- 075・春　桃 —— 许地山
- 097・多收了三五斗 —— 叶圣陶
- 106・潘先生在难中 —— 叶圣陶
- 126・林家铺子 —— 茅　盾
- 166・春　蚕 —— 茅　盾
- 190・春风沉醉的晚上 —— 郁达夫
- 205・薄　奠 —— 郁达夫

- 216・父亲的花园 —— 许钦文
- 220・月牙儿 —— 老舍
- 249・断魂枪 —— 老舍
- 258・超　人 —— 冰心
- 266・斯人独憔悴 —— 冰心
- 275・柚　子 —— 王鲁彦

狂人日记

鲁　迅

某君昆仲,今隐其名,皆余昔日在中学校时良友;分隔多年,消息渐阙。日前偶闻其一大病;适归故乡,迂道往访,则仅晤一人,言病者其弟也。劳君远道来视,然已早愈,赴某地候补矣。因大笑,出示日记二册,谓可见当日病状,不妨献诸旧友。持归阅一过,知所患盖"迫害狂"之类。语颇错杂无伦次,又多荒唐之言;亦不著月日,唯墨色字体不一,知非一时所书。间亦有略具联络者,今撮录一篇,以供医家研究。记中语误,一字不易;惟人名虽皆村人,不为世间所知,无关大体,然亦悉易去。至于书名,则本人愈后所题,不复改也。七年四月二日识。

一

今天晚上,很好的月光。

我不见他,已是三十多年;今天见了,精神分外爽快。才知道以前的三十多年，全是发昏；然而须十分小心。不然，那赵家的狗，何以看我两眼呢？

我怕得有理。

二

今天全没月光，我知道不妙。早上小心出门，赵贵翁的眼色便怪：似乎怕我，似乎想害我。还有七八个人，交头接耳的议论我，又怕我看见。一路上的人，都是如此。其中最凶的一个人，张着嘴，对我笑了一笑；我便从头直冷到脚跟，晓得他们布置，都已妥当了。

我可不怕，仍旧走我的路。前面一伙小孩子，也在那里议论我；眼色也同赵贵翁一样，脸色也都铁青。我想我同小孩子有什么仇，他也这样。忍不住大声说，"你告诉我！"他们可就跑了。

我想：我同赵贵翁有什么仇，同路上的人又有什么仇；只有廿年以前，把古久先生的陈年流水簿子，踹了一脚，古久先生很不高兴。赵贵翁虽然不认识他，一定也听到风声，代抱不平；约定路上的人，同我作冤对。但是小孩子呢？那时候，他们还没有出世，何以今天也睁着怪眼睛，似乎怕我，似乎想害我。这真教我怕，教我纳罕而且伤心。

我明白了。这是他们娘老子教的！

三

晚上总是睡不着。凡事须得研究，才会明白。

他们——也有给知县打枷过的，也有给绅士掌过嘴的，也有衙役占了他妻子的，也有老子娘被债主逼死的；他们那时候的脸色，全没有昨天这么怕，也没有这么凶。

最奇怪的是昨天街上的那个女人，打她儿子，嘴里说道，"老子呀！我要咬你几口才出气！"她眼睛却看着我。我出了一惊，遮掩不住；那青面獠牙的一伙人，便都哄笑起来。陈老五赶上前，硬把我拖回家中了。

拖我回家，家里的人都装作不认识我；他们的眼色，也全同别人一样。进了书房，便反扣上门，宛然是关了一只鸡鸭。这一件事，越教我猜不出底细。

前几天，狼子村的佃户来告荒，对我大哥说，他们村里的一个大恶人，给大家打死了；几个人便挖出他的心肝来，用油煎炒了吃，可以壮壮胆子。我插了一句嘴，佃户和大哥便都看我几眼。今天才晓得他们的眼光，全同外面的那伙人一模一样。

想起来，我从顶上直冷到脚跟。

他们会吃人，就未必不会吃我。

你看那女人"咬你几口"的话，和一伙青面獠牙人的笑，和前天佃户的话，明明是暗号。我看出他话中全是毒，笑中全是刀。他们的牙齿，全是白厉厉的排着，这就是吃人的家伙。

照我自己想，虽然不是恶人，自从踹了古家的簿子，可就难说了。他们似乎别有心思，我全猜不出。况且他们一翻脸，便说人是恶人。我还记得大哥教我做论，无论怎样好人，翻他几句，他便打上几个圈；原谅坏人几句，他便说"翻天妙手，与众不同"。我那里猜得到他们的心思，究竟怎样；况且是要吃的时候。

凡事总须研究，才会明白。古来时常吃人，我也还记得，可是不甚清楚。我翻开历史一查，这历史没有年代，歪歪斜斜的每叶上都写着"仁义道德"几个字。我横竖睡不着，仔细看了半夜，才从字缝里看出字来，满本都写着两个字是"吃人"！

书上写着这许多字，佃户说了这许多话，却都笑吟吟的睁着怪眼睛看我。

我也是人，他们想要吃我了！

四

早上，我静坐了一会。陈老五送进饭来，一碗菜，一碗蒸鱼；这鱼的眼睛，白而且硬，张着嘴，同那一伙想吃人的人一样。吃了几筷，滑溜溜的不知是鱼是人，便把他兜肚连肠的吐出。

我说："老五，对大哥说，我闷得慌，想到园里走走。"老五不答应，走了；停一会，可就来开了门。

我也不动，研究他们如何摆布我；知道他们一定不肯放松。果然！我大哥引了一个老头子，慢慢走来；他满眼凶光，怕我看出，只是低头向着地，从眼镜横边暗暗看我。大哥说，"今天你仿佛很好。"我说，"是的。"大哥说，"今天请何先生来，给你诊一诊。"我说，"可以！"其实我岂不知道这老头子是刽子手扮的！无非借了看脉这名目，揣一揣肥瘠：因这功劳，也分一片肉吃。我也不怕；虽然不吃人，胆子却比他们还壮。伸出两个拳头，看他如何下手。老头子坐着，闭了眼睛，摸了好一会，呆了好一会；便张开他鬼眼睛说，"不要乱想。静静的养几天，就好了。"

不要乱想，静静的养！养肥了，他们是自然可以多吃；我有什么好处，怎么会"好了"？他们这群人，又想吃人，又是鬼鬼祟祟，想法子遮掩，不敢直捷下手，真要令我笑死。我忍不住，便放声大笑起来，十分快活。自己晓得这笑声里面，有的是义勇和正气。老头子和大哥，都失了色，被我这勇气正气镇压住了。

但是我有勇气，他们便越想吃我，沾光一点这勇气。老头子跨出门，走不多远，便低声对大哥说道，"赶紧吃罢！"大哥点点头。原来也有你！这一件大发见，虽似意外，也在意中：合伙吃我的人，便是我的哥哥！

吃人的是我哥哥！

我是吃人的人的兄弟！

我自己被人吃了，可仍然是吃人的人的兄弟！

五

这几天是退一步想：假使那老头子不是刽子手扮的，真是医生，也仍然是吃人的人。他们的祖师李时珍做的"本草什么"上，明明写着人肉可以煎吃；他还能说自己不吃人么？

至于我家大哥，也毫不冤枉他。他对我讲书的时候，亲口说过可以"易子而食"；又一回偶然议论起一个不好的人，他便说不但该杀，还当"食肉寝皮"。我那时年纪还小，心跳了好半天。前天狼子村佃户来说吃心肝的事，他也毫不奇怪，不住的点头。可见心思是同从前一样狠。既然可以"易子而食"，便什么都易得，什么人都吃得。我从前单听他讲道理，也胡涂过去；现在晓得他讲道理的时候，不但唇边还抹着人油，而且心里满装着吃人的意思。

六

黑漆漆的，不知是日是夜。赵家的狗又叫起来了。

狮子似的凶心，兔子的怯弱，狐狸的狡猾，……

七

我晓得他们的方法，直捷杀了，是不肯的，而且也不敢，怕有祸祟。所以他们大家连络，布满了罗网，逼我自戕。试看前几天街上男女的样子，和这几天我大哥的作为，便足可悟出八九分了。最好是解下腰带，挂在梁上，自己紧紧勒死；他们没有杀人的罪名，又偿了心愿，自然都欢天喜地的发出一种呜呜咽咽的笑声。否则惊吓忧愁死了，虽则略瘦，也还可以首肯几下。

他们是只会吃死肉的！——记得什么书上说，有一种东西，叫"海乙那"的，眼光和样子都很难看；时常吃死肉，连极大的骨头，都细细嚼烂，咽下肚子去，想起来也教人害怕。"海乙那"是狼的亲眷，狼是狗的本家。前天赵家的狗，看我几眼，可见他也同谋，早已接洽。老头子眼看着地，岂能瞒得我过。

最可怜的是我的大哥，他也是人，何以毫不害怕；而且合伙吃我呢？还是历来惯了，不以为非呢？还是丧了良心，明知故犯呢？

我诅咒吃人的人，先从他起头；要劝转吃人的人，也先从他下手。

八

其实这种道理,到了现在,他们也该早已懂得,……

忽然来了一个人;年纪不过二十左右,相貌是不很看得清楚,满面笑容,对了我点头,他的笑也不像真笑。我便问他,"吃人的事,对么?"他仍然笑着说,"不是荒年,怎么会吃人。"我立刻就晓得,他也是一伙,喜欢吃人的;便自勇气百倍,偏要问他。

"对么?"

"这等事问他什么。你真会……说笑话。……今天天气很好。"

天气是好,月色也很亮了。可是我要问你,"对么?"

他不以为然了。含含胡胡的答道,"不……"

"不对?他们何以竟吃?!"

"没有的事……"

"没有的事?狼子村现吃;还有书上都写着,通红斩新!"

他便变了脸,铁一般青。睁着眼说,"也许有的,这是从来如此……"

"从来如此,便对么?"

"我不同你讲这些道理;总之你不该说,你说便是你错!"

我直跳起来,张开眼,这人便不见了。全身出了一大片汗。他的年纪,比我大哥小得远,居然也是一伙;这一定是他娘老子先教的。还怕已经教给他儿子了;所以连小孩子,也都恶狠狠的看我。

九

　　自己想吃人，又怕被别人吃了，都用着疑心极深的眼光，面面相觑。……

　　去了这心思，放心做事走路吃饭睡觉，何等舒服。这只是一条门槛，一个关头。他们可是父子兄弟夫妇朋友师生仇敌和各不相识的人，都结成一伙，互相劝勉，互相牵掣，死也不肯跨过这一步。

十

　　大清早，去寻我大哥；他立在堂门外看天，我便走到他背后，拦住门，格外沉静，格外和气的对他说，"大哥，我有话告诉你。"

　　"你说就是。"他赶紧回过脸来，点点头。

　　"我只有几句话，可是说不出来。大哥，大约当初野蛮的人，都吃过一点人。后来因为心思不同，有的不吃人了，一味要好，便变了人，变了真的人。有的却还吃，——也同虫子一样，有的变了鱼鸟猴子，一直变到人。有的不要好，至今还是虫子。这吃人的人比不吃人的人，何等惭愧。怕比虫子的惭愧猴子，还差得很远很远。

　　"易牙蒸了他儿子，给桀纣吃，还是一直从前的事。谁晓得从盘古开辟天地以后，一直吃到易牙的儿子；从易牙的儿子，一直吃到徐锡林；从徐锡林，又一直吃到狼子村捉住的人。去年城里杀了犯人，还有一个生痨病的人，用馒头蘸血舐。

"他们要吃我，你一个人，原也无法可想；然而又何必去入伙。吃人的人，什么事做不出；他们会吃我，也会吃你，一伙里面，也会自吃。但只要转一步，只要立刻改了，也就是人人太平。虽然从来如此，我们今天也可以格外要好，说是不能！大哥，我相信你能说，前天佃户要减租，你说过不能。"

当初，他还只是冷笑，随后眼光便凶狠起来，一到说破他们的隐情，那就满脸都变成青色了。大门外立着一伙人，赵贵翁和他的狗，也在里面，都探头探脑的挨进来。有的是看不出面貌，似乎用布蒙着；有的是仍旧青面獠牙，抿着嘴笑。我认识他们是一伙，都是吃人的人。可是也晓得他们心思很不一样，一种是以为从来如此，应该吃的；一种是知道不该吃，可是仍然要吃，又怕别人说破他，所以听了我的话，越发气愤不过，可是抿着嘴冷笑。

这时候，大哥也忽然显出凶相，高声喝道，"都出去！疯子有什么好看！"

这时候，我又懂得一件他们的巧妙了。他们岂但不肯改，而且早已布置；预备下一个疯子的名目罩上我。将来吃了，不但太平无事，怕还会有人见情。佃户说的大家吃了一个恶人，正是这方法。这是他们的老谱！

陈老五也气愤愤的直走进来。如何按得住我的口，我偏要对这伙人说，"你们可以改了，从真心改起！要晓得将来容不得吃人的人，活在世上。

"你们要不改，自己也会吃尽。即使生得多，也会给真的人除灭了，同猎人打完狼子一样！——同虫子一样！"

那一伙人，都被陈老五赶走了。大哥也不知那里去了。陈老五劝我回屋子里去。屋里面全是黑沉沉的。横梁和椽子都在头上发抖；抖了一会，就大起来，堆在我身上。

万分沉重，动弹不得；他的意思是要我死。我晓得他的沉重是假的，便挣扎出来，出了一身汗。可是偏要说，"你们立刻改了，从真心改起！你们要晓得将来是容不得吃人的人，……"

十一

太阳也不出，门也不开，日日是两顿饭。

我捏起筷子，便想起我大哥；晓得妹子死掉的缘故，也全在他。那时我妹子才五岁，可爱可怜的样子，还在眼前。母亲哭个不住，他却劝母亲不要哭；大约因为自己吃了，哭起来不免有点过意不去。如果还能过意不去，……

妹子是被大哥吃了，母亲知道没有，我可不得而知。

母亲想也知道；不过哭的时候，却并没有说明，大约也以为应当的了。记得我四五岁时，坐在堂前乘凉，大哥说爷娘生病，做儿子的须割下一片肉来，煮熟了请他吃，才算好人；母亲也没有说不行。一片吃得，整个的自然也吃得。但是那天的哭法，现在想起来，实在还教人伤心，这真是奇极的事！

十二

不能想了。

四千年来时时吃人的地方,今天才明白,我也在其中混了多年;大哥正管着家务,妹子恰恰死了,他未必不和在饭菜里,暗暗给我们吃。

我未必无意之中,不吃了我妹子的几片肉,现在也轮到我自己,……

有了四千年吃人履历的我,当初虽然不知道,现在明白,难见真的人!

十三

没有吃过人的孩子,或者还有?

救救孩子……

一九一八年四月

孔乙己

鲁 迅

  鲁镇的酒店的格局,是和别处不同的:都是当街一个曲尺形的大柜台,柜里面预备着热水,可以随时温酒。做工的人,傍午傍晚散了工,每每花四文铜钱,买一碗酒,——这是二十多年前的事,现在每碗要涨到十文,——靠柜外站着,热热的喝了休息;倘肯多花一文,便可以买一碟盐煮笋,或者茴香豆,做下酒物了,如果出到十几文,那就能买一样荤菜,但这些顾客,多是短衣帮,大抵没有这样阔绰。只有穿长衫的,才踱进店面隔壁的房子里,要酒要菜,慢慢地坐喝。
  我从十二岁起,便在镇口的咸亨酒店里当伙计,掌柜说,样子太傻,怕侍候不了长衫主顾,就在外面做点事罢。外面的短衣主顾,虽然容易说话,但唠唠叨叨缠夹不清的也很不少。他们往往要亲眼看着黄酒从坛子里舀出,看过壶子底里有水没有,又亲看将壶子放在热水里,然后放心:在这严重监督之下,羼水也很为难。所以过了几天,掌柜又说我干不了这事。幸亏荐头的情面大,辞退不得,便改为专管温酒的一种无聊职务了。

我从此便整天的站在柜台里,专管我的职务。虽然没有什么失职,但总觉有些单调,有些无聊。掌柜是一副凶脸孔,主顾也没有好声气,教人活泼不得;只有孔乙己到店,才可以笑几声,所以至今还记得。

孔乙己是站着喝酒而穿长衫的唯一的人。他身材很高大;青白脸色,皱纹间时常夹些伤痕;一部乱蓬蓬的花白的胡子。穿的虽然是长衫,可是又脏又破,似乎十多年没有补,也没有洗。他对人说话,总是满口之乎者也,教人半懂不懂的。因为他姓孔,别人便从描红纸上的"上大人孔乙己"这半懂不懂的话里,替他取下一个绰号,叫作孔乙己。孔乙己一到店,所有喝酒的人便都看着他笑,有的叫道,"孔乙己,你脸上又添上新伤疤了!"他不回答,对柜里说,"温两碗酒,要一碟茴香豆。"便排出九文大钱。他们又故意的高声嚷道,"你一定又偷了人家的东西了!"孔乙己睁大眼睛说,"你怎么这样凭空污人清白……""什么清白?我前天亲眼见你偷了何家的书,吊着打。"孔乙己便涨红了脸,额上的青筋条条绽出,争辩道,"窃书不能算偷……窃书!……读书人的事,能算偷么?"接连便是难懂的话,什么"君子固穷",什么"者乎"之类,引得众人都哄笑起来:店内外充满了快活的空气。

听人家背地里谈论,孔乙己原来也读过书,但终于没有进学,又不会营生;于是愈过愈穷,弄到将要讨饭了。幸而写得一笔好字,便替人家钞钞书,换一碗饭吃。可惜他又有一样坏脾气,便是好吃懒做。坐不到几天,便连人和书籍纸张笔砚,一齐失踪。如是几次,叫他钞书的人也没有了。孔乙己没有法,便免不了偶然做些偷窃的事。但他在我们店里，品行却比别人都好，就是从不拖欠；虽然间或没有现钱，暂时记在粉板上，但不出一月，定然还清，从粉板上拭去了孔乙己的名字。

孔乙己喝过半碗酒，涨红的脸色渐渐复了原，旁人便又问道，"孔乙己，你当真认识字么？"孔乙己看着问他的人，显出不屑置辩的神气。他们便接着说道，"你怎的连半个秀才也捞不到呢？"孔乙己立刻显出颓唐不安模样，脸上笼上了一层灰色，嘴里说些话；这回可是全是之乎者也之类，一些不懂了。在这时候，众人也都哄笑起来：店内外充满了快活的空气。

在这些时候，我可以附和着笑，掌柜是决不责备的。而且掌柜见了孔乙己，也每每这样问他，引人发笑。孔乙己自己知道不能和他们谈天，便只好向孩子说话。有一回对我说道，"你读过书么？"我略略点一点头。他说，"读过书，……我便考你一考。茴香豆的茴字，怎样写的？"我想，讨饭一样的人，也配考我么？便回过脸去，不再理会。孔乙己等了许久，很恳切的说道，"不能写罢？……我教给你，记着！这些字应该记着。将来做掌柜的时候，写账要用。"我暗想我和掌柜的等级还很远呢，而且我们掌柜也从不将茴香豆上账；又好笑，又不耐烦，懒懒的答他道，"谁要你教，不是草头底下一个来回的回字么？"孔乙己显出极高兴的样子，将两个指头的长指甲敲着柜台，点头说，"对呀对呀！……回字有四样写法，你知道么？"我愈不耐烦了，努着嘴走远。孔乙己刚用指甲蘸了酒，想在柜上写字，见我毫不热心，便又叹一口气，显出极惋惜的样子。

有几回，邻居孩子听得笑声，也赶热闹，围住了孔乙己。他便给他们茴香豆吃,一人一颗。孩子吃完豆,仍然不散,眼睛都望着碟子。孔乙己着了慌,伸开五指将碟子罩住,弯腰下去说道,"不多了,我已经不多了。"直起身又看一看豆,自己摇头说,"不多不多!多乎哉?不多也。"于是这一群孩子都在笑声里走散了。

孔乙己是这样的使人快活,可是没有他,别人也便这么过。

有一天,大约是中秋前的两三天,掌柜正在慢慢的结账,取下粉板,忽然说,"孔乙己长久没有来了。还欠十九个钱呢!"我才也觉得他的确长久没有来了。一个喝酒的人说道,"他怎么会来?……他打折了腿了。"掌柜说,"哦!""他总仍旧是偷。这一回,是自己发昏,竟偷到丁举人家里去了。他家的东西,偷得的么?""后来怎么样?""怎么样?先写服辩,后来是打,打了大半夜,再打折了腿。""后来呢?""后来打折了腿了。""打折了怎样呢?""怎样?……谁晓得?许是死了。"掌柜也不再问,仍然慢慢的算他的账。

中秋之后,秋风是一天凉比一天,看看将近初冬;我整天的靠着火,也须穿上棉袄了。一天的下半天,没有一个顾客,我正合了眼坐着。忽然间听得一个声音,"温一碗酒。"这声音虽然极低,却很耳熟。看时又全没有人。站起来向外一望,那孔乙己便在柜台下对了门槛坐着。他脸上黑而且瘦,已经不成样子;穿一件破夹袄,盘着两腿,下面垫一个蒲包,用草绳在肩上挂住;见了我,又说道,"温一碗酒。"掌柜也伸出头去,一面说,"孔乙己么?你还欠十九个钱呢!"孔乙己很颓唐的仰面答道,"这……下回还清罢。这一回是现钱,酒要好。"掌柜仍然同平常一样,笑着对他说,"孔乙己,你又偷了东西了!"但他这回却不十分分辩,单说了一句"不要取笑!""取笑?要是不偷,怎么会打断腿?"孔乙己低声说道,"跌断,跌,跌……"他的眼色,很像恳求掌柜,不要再提。此时已经聚集了几个人,便和掌柜都笑了。我温了酒,端出去,放在门槛上。他从破衣袋里摸出四文大钱,放在我手里,见他满手是泥,原来他便用这手走来的。不一会,他喝完酒,便又在旁人的说笑声中,坐着用这手慢慢走去了。

自此以后,又长久没有看见孔乙己。到了年关,掌柜取下粉板说,"孔乙己还欠十九个钱呢!"到第二年的端午,又说"孔乙己还欠十九个钱呢!"到中秋可是没有说,再到年关也没有看见他。

我到现在终于没有见——大约孔乙己的确死了。

一九一九年三月

药

鲁 迅

一

秋天的后半夜,月亮下去了,太阳还没有出,只剩下一片乌蓝的天;除了夜游的东西,什么都睡着。华老栓忽然坐起身,擦着火柴,点上遍身油腻的灯盏,茶馆的两间屋子里,便弥满了青白的光。

"小栓的爹,你就去么?"是一个老女人的声音。里边的小屋子里,也发出一阵咳嗽。

"唔。"老栓一面听,一面应,一面扣上衣服;伸手过去说,"你给我罢。"

华大妈在枕头底下掏了半天,掏出一包洋钱,交给老栓,老栓接了,抖抖的装入衣袋,又在外面按了两下;便点上灯笼,吹熄灯盏,走向里屋子去了。那屋子里面,正在窸窸窣窣的响,接着便是一通咳嗽。老栓候他平静下去,才低低的叫道,"小栓……你不要起来。……店么?你娘会安排的。"

老栓听得儿子不再说话,料他安心睡了;便出了门,走到街上。街上黑沉沉的一无所有,只有一条灰白的路,看得分明。灯光照着他的两脚,一前一后的走。有时也遇到几只狗,可是一只也没有叫。天气比屋子里冷得多了;老栓倒觉爽快,仿佛一旦变了少年,得了神通,有给人生命的本领似的,跨步格外高远。而且路也愈走愈分明,天也愈走愈亮了。

老栓正在专心走路,忽然吃了一惊,远远里看见一条丁字街,明明白白横着。他便退了几步,寻到一家关着门的铺子,蹩进檐下,靠门立住了。好一会,身上觉得有些发冷。

"哼,老头子。"

"倒高兴……。"

老栓又吃一惊,睁眼看时,几个人从他面前过去了。一个还回头看他,样子不甚分明,但很像久饿的人见了食物一般,眼里闪出一种攫取的光。老栓看看灯笼,已经熄了。按一按衣袋,硬硬的还在。仰起头两面一望,只见许多古怪的人,三三两两,鬼似的在那里徘徊;定睛再看,却也看不出什么别的奇怪。

没有多久,又见几个兵,在那边走动;衣服前后的一个大白圆圈,远地里也看得清楚,走过面前的,并且看出号衣上暗红色的镶边。——一阵脚步声响,一眨眼,已经拥过了一大簇人。那三三两两的人,也忽然合作一堆,潮一般向前赶;将到丁字街口,便突然立住,簇成一个半圆。

老栓也向那边看,却只见一堆人的后背;颈项都伸得很长,仿佛许多鸭,被无形的手捏住了的,向上提着。静了一会,似乎有点声音,便又动摇起来,轰的一声,都向后退;一直散到老栓立着的地方,几乎将他挤倒了。

"喂!一手交钱,一手交货!"一个浑身黑色的人,站在老栓面前,眼光正像两把刀,刺得老栓缩小了一半。那人一只大手,向他摊着;一只手却撮着一个鲜红的馒头,那红的还是一点一点的往下滴。

老栓慌忙摸出洋钱,抖抖的想交给他,却又不敢去接他的东西。那人便焦急起来,嚷道,"怕什么?怎的不拿!"老栓还踌躇着;黑的人便抢过灯笼,一把扯下纸罩,裹了馒头,塞与老栓;一手抓过洋钱,捏一捏,转身去了。嘴里哼着说,"这老东西……。"

"这给谁治病的呀?"老栓也似乎听得有人问他,但他并不答应;他的精神,现在只在一个包上,仿佛抱着一个十世单传的婴儿,别的事情,都已置之度外了。他现在要将这包里的新的生命,移植到他家里,收获许多幸福。太阳也出来了;在他面前,显出一条大道,直到他家中,后面也照见丁字街头破匾上"古□亭口"这四个黯淡的金字。

二

老栓走到家,店面早经收拾干净,一排一排的茶桌,滑溜溜的发光。但是没有客人;只有小栓坐在里排的桌前吃饭,大粒的汗,从额上滚下,夹袄也贴住了脊心,两块肩胛骨高高凸出,印成一个阳文的"八"字。老栓见这样子,不免皱一皱展开的眉心。他的女人,从灶下急急走出,睁着眼睛,嘴唇有些发抖。

"得了么?"

"得了。"

两个人一齐走进灶下,商量了一会;华大妈便出去了,不多时,拿着一片老荷叶回来,摊在桌上。老栓也打开灯笼罩,用荷叶重新包了那红的馒头。小栓也吃完饭,他的母亲慌忙说:"小栓——你坐着,不要到这里来。"

一面整顿了灶火,老栓便把一个碧绿的包,一个红红白白的破灯笼,一同塞在灶里;一阵红黑的火焰过去时,店屋里散满了一种奇怪的香味。

"好香!你们吃什么点心呀?"这是驼背五少爷到了。这人每天总在茶馆里过日,来得最早,去得最迟,此时恰恰蹩到临街的壁角的桌边,便坐下问话,然而没有人答应他。"炒米粥么?"仍然没有人应。老栓匆匆走出,给他泡上茶。

"小栓进来罢!"华大妈叫小栓进了里面的屋子,中间放好一条凳,小栓坐了。他的母亲端过一碟乌黑的圆东西,轻轻说:"吃下去罢,——病便好了。"

小栓撮起这黑东西,看了一会,似乎拿着自己的性命一般,心里说不出的奇怪。十分小心的拗开了,焦皮里面窜出一道白气,白气散了,是两半个白面的馒头。——不多工夫,已经全在肚里了,却全忘了什么味;面前只剩下一张空盘。他的旁边,一面立着他的父亲,一面立着他的母亲,两人的眼光,都仿佛要在他身里注进什么又要取出什么似的;便禁不住心跳起来,按着胸膛,又是一阵咳嗽。

"睡一会罢,——便好了。"

小栓依他母亲的话,咳着睡了。华大妈候他喘气平静,才轻轻的给他盖上了满幅补钉的夹被。

三

店里坐着许多人,老栓也忙了,提着大铜壶,一趟一趟的给客人冲茶;两个眼眶,都围着一圈黑线。

"老栓,你有些不舒服么?——你生病么?"一个花白胡子的人说。

"没有。"

"没有?——我想笑嘻嘻的,原也不像……"花白胡子便取消了自己的话。

"老栓只是忙。要是他的儿子……"驼背五少爷话还未完,突然闯进了一个满脸横肉的人,披一件玄色布衫,散着纽扣,用很宽的玄色腰带,胡乱捆在腰间。刚进门,便对老栓嚷道:"吃了么?好了么?老栓,就是运气了你!你运气,要不是我信息灵……。"

老栓一手提了茶壶,一手恭恭敬敬的垂着;笑嘻嘻的听。满座的人,也都恭恭敬敬的听。华大妈也黑着眼眶,笑嘻嘻的送出茶碗茶叶来,加上一个橄榄,老栓便去冲了水。

"这是包好!这是与众不同的。你想,趁热的拿来,趁热吃下。"横肉的人只是嚷。

"真的呢,要没有康大叔照顾,怎么会这样……"华大妈也很感激的谢他。

"包好,包好!这样的趁热吃下。这样的人血馒头,什么痨病都包好!"

华大妈听到"痨病"这两个字,变了一点脸色,似乎有些不高兴;但又立刻堆上笑,搭讪着走开了。这康大叔却没有觉察,仍然提高了喉咙只是嚷,嚷得里面睡着的小栓也合伙咳嗽起来。

"原来你家小栓碰到了这样的好运气了。这病自然一定全好;怪不得老栓整天的笑着呢。"花白胡子一面说,一面走到康大叔面前,低声下气的问道,"康大叔——听说今天结果的一个犯人,便是夏家的孩子,那是谁的孩子?究竟是什么事?"

"谁的?不就是夏四奶奶的儿子么?那个小家伙!"康大叔见众人都耸起耳朵听他,便格外高兴,横肉块块饱绽,越发大声说,"这小东西不要命,不要就是了。我可是这一回一点没有得到好处;连剥下来的衣服,都给管牢的红眼睛阿义拿去了。——第一要算我们栓叔运气;第二是夏三爷赏了二十五两雪白的银子,独自落腰包,一文不花。"

小栓慢慢的从小屋子走出,两手按了胸口,不住的咳嗽;走到灶下,盛出一碗冷饭,泡上热水,坐下便吃。华大妈跟着他走,轻轻的问道,"小栓你好些么?——你仍旧只是肚饿?……"

"包好,包好!"康大叔瞥了小栓一眼,仍然回过脸,对众人说,"夏三爷真是乖角儿,要是他不先告官,连他满门抄斩。现在怎样?银子!——这小东西也真不成东西!关在牢里,还要劝牢头造反。"

"阿呀,那还了得。"坐在后排的一个二十多岁的人,很现出气愤模样。

"你要晓得红眼睛阿义是去盘盘底细的,他却和他攀谈了。他说,这大清的天下是我们大家的。你想:这是人话么?红眼睛原知道他家里只有一个老娘,可是没有料到他竟会这么穷,榨不出一点油水,已经气破肚皮了。他还要老虎头上搔痒,便给他两个嘴巴!"

"义哥是一手好拳棒,这两下,一定够他受用了。"壁角的驼背忽然高兴起来。

"他这贱骨头打不怕,还要说可怜可怜哩。"

花白胡子的人说,"打了这种东西,有什么可怜呢?"

康大叔显出看他不上的样子,冷笑着说,"你没有听清我的话;看他神气,是说阿义可怜哩!"

听着的人的眼光,忽然有些板滞;话也停顿了。小栓已经吃完饭,吃得满身流汗,头上都冒出蒸气来。

"阿义可怜——疯话,简直是发了疯了。"花白胡子恍然大悟似的说。

"发了疯了。"二十多岁的人也恍然大悟的说。

店里的坐客,便又现出活气,谈笑起来。小栓也趁着热闹,拼命咳嗽;康大叔走上前,拍他肩膀说:"包好!小栓——你不要这么咳。包好!"

"疯了。"驼背五少爷点着头说。

四

西关外靠着城根的地面,本是一块官地;中间歪歪斜斜一条细路,是贪走便道的人,用鞋底造成的,但却成了自然的界限。路的左边,都埋着死刑和瘐毙的人,右边是穷人的丛冢。两面都已埋到层层叠叠,宛然阔人家里祝寿时候的馒头。

这一年的清明，分外寒冷；杨柳才吐出半粒米大的新芽。天明未久，华大妈已在右边的一坐新坟前面，排出四碟菜，一碗饭，哭了一场。化过纸，呆呆的坐在地上；仿佛等候什么似的，但自己也说不出等候什么。微风起来，吹动她短发，确乎比去年白得多了。

小路上又来了一个女人，也是半白头发，褴褛的衣裙；提一个破旧的朱漆圆篮，外挂一串纸锭，三步一歇的走。忽然见华大妈坐在地上看她，便有些踌躇，惨白的脸上，现出些羞愧的颜色；但终于硬着头皮，走到左边的一坐坟前，放下了篮子。

那坟与小栓的坟，一字儿排着，中间只隔一条小路。华大妈看她排好四碟菜，一碗饭，立着哭了一通，化过纸锭；心里暗暗地想，"这坟里的也是儿子了。"那老女人徘徊观望了一回，忽然手脚有些发抖，跄跄踉踉退下几步，瞪着眼只是发怔。

华大妈见这样子，生怕她伤心到快要发狂了；便忍不住立起身，跨过小路，低声对她说，"你这位老奶奶不要伤心了，——我们还是回去罢。"

那人点一点头，眼睛仍然向上瞪着；也低声吃吃的说道，"你看，——看这是什么呢？"

华大妈跟了他指头看去，眼光便到了前面的坟，这坟上草根还没有全合，露出一块一块的黄土，煞是难看。再往上仔细看时，却不觉也吃一惊；——分明有一圈红白的花，围着那尖圆的坟顶。

她们的眼睛都已老花多年了，但望这红白的花，却还能明白看见。花也不很多，圆圆的排成一个圈，不很精神，倒也整齐。华大妈忙看她儿子和别人的坟，却只有不怕冷的几点青白小花，零星开着；便觉得心里忽然感到一种不足和空虚，不愿意根究。那老女人又走近几步，细看了一遍，自言自语的说，"这没有根，不像自己开的。——这地方有谁来呢？孩子不会来玩；——亲戚本家早不来了。——这是怎么一回事呢？"她想了又想，忽又流下泪来，大声说道："瑜儿，他们都冤枉了你，你还是忘不了，伤心不过，今天特意显点灵，要我知道么？"她四面一看，只见一只乌鸦，站在一株没有叶的树上，便接着说，"我知道了。——瑜儿，可怜他们坑了你，他们将来总有报应，天都知道；你闭了眼睛就是了。——你如果真在这里，听到我的话，——便教这乌鸦飞上你的坟顶，给我看罢。"

微风早经停息了；枯草支支直立，有如铜丝。一丝发抖的声音，在空气中愈颤愈细，细到没有，周围便都是死一般静。两人站在枯草丛里，仰面看那乌鸦；那乌鸦也在笔直的树枝间，缩着头，铁铸一般站着。

许多的工夫过去了；上坟的人渐渐增多，几个老的小的，在土坟间出没。

华大妈不知怎的，似乎卸下了一挑重担，便想到要走；一面劝着说，"我们还是回去罢。"

那老女人叹一口气，无精打采的收起饭菜；又迟疑了一刻，终于慢慢地走了。嘴里自言自语的说，"这是怎么一回事呢？……"

她们走不上二三十步远，忽听得背后"哑——"的一声大叫；两个人都竦然的回过头，只见那乌鸦张开两翅，一挫身，直向着远处的天空，箭也似的飞去了。

一九一九年四月

祝　福

鲁　迅

　　旧历的年底毕竟最像年底，村镇上不必说，就在天空中也显出将到新年的气象来。灰白色的沉重的晚云中间时时发出闪光，接着一声钝响，是送灶的爆竹；近处燃放的可就更强烈了，震耳的大音还没有息，空气里已经散满了幽微的火药香。我是正在这一夜回到我的故乡鲁镇的。虽说故乡，然而已没有家，所以只得暂寓在鲁四老爷的宅子里。他是我的本家，比我长一辈，应该称之曰"四叔"，是一个讲理学的老监生。他比先前并没有什么大改变，单是老了些，但也还未留胡子，一见面是寒暄，寒暄之后说我"胖了"，说我"胖了"之后即大骂其新党。但我知道，这并非借题在骂我：因为他所骂的还是康有为。但是，谈话是总不投机的了，于是不多久，我便一个人剩在书房里。

　　第二天我起得很迟，午饭之后，出去看了几个本家和朋友；第三天也照样。他们也都没有什么大改变，单是老了些；家中却一律忙，都在准备着"祝福"。这是鲁镇年终的大典，致敬尽礼，迎接福神,拜求来年一年中的好运气的。杀鸡,宰鹅,买猪肉,用心细细的洗,女人的臂膊都在水里浸得通红,有的还带着绞丝银镯子。煮熟之后,横七竖八的插些筷子在这类东西上,可就称为"福礼"了,五更天陈列起来,并且点上香烛,恭请福神们来享用;拜的却只限于男人,拜完自然仍然是放爆竹。年年如此,家家如此,——只要买得起福礼和爆竹之类的,——今年自然也如此。天色愈阴暗了,下午竟下起雪来,雪花大的有梅花那么大,满天飞舞,夹着烟霭和忙碌的气色,将鲁镇乱成一团糟。我回到四叔的书房里时,瓦楞上已经雪白,房里也映得较光明,极分明的显出壁上挂着的朱拓的大"寿"字,陈抟老祖写的;一边的对联已经脱落,松松的卷了放在长桌上,一边的还在,道是"事理通达心气和平"。我又无聊赖的到窗下的案头去一翻,只见一堆似乎未必完全的《康熙字典》,一部《近思录集注》和一部《四书衬》。无论如何,我明天决计要走了。

况且,一想到昨天遇见祥林嫂的事,也就使我不能安住。那是下午,我到镇的东头访过一个朋友,走出来,就在河边遇见她;而且见她瞪着的眼睛的视线,就知道明明是向我走来的。我这回在鲁镇所见的人们中,改变之大,可以说无过于她的了:五年前的花白的头发,即今已经全白,全不像四十上下的人;脸上瘦削不堪,黄中带黑,而且消尽了先前悲哀的神色,仿佛是木刻似的;只有那眼珠间或一轮,还可以表示她是一个活物。她一手提着竹篮;内中一个破碗,空的;一手拄着一支比她更长的竹竿,下端开了裂:她分明已经纯乎是一个乞丐了。

我就站住,豫备她来讨钱。

"你回来了?"她先这样问。

"是的。"

"这正好。你是识字的,又是出门人,见识得多。我正要问你一件事——"她那没有精采的眼睛忽然发光了。

我万料不到她却说出这样的话来,诧异的站着。

"就是——"她走近两步,放低了声音,极秘密似的切切的说,"一个人死了之后,究竟有没有魂灵的?"

我很悚然,一见她的眼钉着我的,背上也就遭了芒刺一般,比在学校里遇到不及豫防的临时考,教师又偏是站在身旁的时候,惶急得多了。对于魂灵的有无,我自己是向来毫不介意的;但在此刻,怎样回答她好呢?我在极短期的踌躇中,想,这里的人照例相信鬼,然而她,却疑惑了,——或者不如说希望:希望其有,又希望其无……。人何必增添末路的人的苦恼,为她起见,不如说有罢。

"也许有罢,——我想。"我于是吞吞吐吐的说。

"那么,也就有地狱了?"

"阿!地狱?"我很吃惊,只得支梧着,"地狱?——论理,就该也有。——然而也未必,……谁来管这等事……。"

"那么,死掉的一家的人,都能见面的?"

"唉唉,见面不见面呢?……"这时我已知道自己也还是完全一个愚人,什么踌躇,什么计画,都挡不住三句问。我即刻胆怯起来了,便想全翻过先前的话来,"那是,……实在,我说不清……。其实,究竟有没有魂灵,我也说不清。"

我乘她不再紧接的问,迈开步便走,匆匆的逃回四叔的家中,心里很觉得不安逸。自己想，我这答话怕于她有些危险。她大约因为在别人的祝福时候，感到自身的寂寞了，然而会不会含有别的什么意思的呢？——或者是有了什么豫感了？倘有别的意思，又因此发生别的事，则我的答话委实该负若干的责任……。但随后也就自笑，觉得偶尔的事，本没有什么深意义，而我偏要细细推敲，正无怪教育家要说是生着神经病；而况明明说过"说不清"，已经推翻了答话的全局，即使发生什么事，于我也毫无关系了。

"说不清"是一句极有用的话。不更事的勇敢的少年，往往敢于给人解决疑问，选定医生，万一结果不佳，大抵反成了怨府，然而一用这说不清来作结束，便事事逍遥自在了。我在这时，更感到这一句话的必要，即使和讨饭的女人说话，也是万不可省的。

但是我总觉得不安，过了一夜，也仍然时时记忆起来，仿佛怀着什么不祥的豫感；在阴沉的雪天里，在无聊的书房里，这不安愈加强烈了。不如走罢，明天进城去。福兴楼的清炖鱼翅，一元一大盘，价廉物美，现在不知增价了否？往日同游的朋友，虽然已经云散，然而鱼翅是不可不吃的，即使只有我一个……。无论如何，我明天决计要走了。

我因为常见些但愿不如所料，以为未必竟如所料的事，却每每恰如所料的起来，所以很恐怕这事也一律。果然，特别的情形开始了。傍晚，我竟听到有些人聚在内室里谈话，仿佛议论什么事似的，但不一会，说话声也就止了，只有四叔且走而且高声的说："不早不迟，偏偏要在这时候，——这就可见是一个谬种！"

我先是诧异，接着是很不安，似乎这话于我有关系。试望门外，谁也没有。好容易待到晚饭前他们的短工来冲茶，我才得了打听消息的机会。

"刚才,四老爷和谁生气呢?"我问。

"还不是和祥林嫂?"那短工简捷的说。

"祥林嫂?怎么了?"我又赶紧的问。

"死了。"

"死了?"我的心突然紧缩,几乎跳起来,脸上大约也变了色。但他始终没有抬头,所以全不觉。我也就镇定了自己,接着问:"什么时候死的?"

"什么时候?——昨天夜里,或者就是今天罢。——我说不清。"

"怎么死的?"

"怎么死的?——还不是穷死的?"他淡然的回答,仍然没有抬头向我看,出去了。

然而我的惊惶却不过暂时的事,随着就觉得要来的事,已经过去,并不必仰仗我自己的"说不清"和他之所谓"穷死的"的宽慰,心地已经渐渐轻松;不过偶然之间,还似乎有些负疚。晚饭摆出来了,四叔俨然的陪着。我也还想打听些关于祥林嫂的消息,但知道他虽然读过"鬼神者二气之良能也",而忌讳仍然极多,当临近祝福时候,是万不可提起死亡疾病之类的话的;倘不得已,就该用一种替代的隐语,可惜我又不知道,因此屡次想问,而终于中止了。我从他俨然的脸色上,又忽而疑他正以为我不早不迟,偏要在这时候来打搅他,也是一个谬种,便立刻告诉他明天要离开鲁镇,进城去,趁早放宽了他的心。他也不很留。这样闷闷的吃完了一餐饭。

冬季日短,又是雪天,夜色早已笼罩了全市镇。人们都在灯下匆忙，但窗外很寂静。雪花落在积得厚厚的雪褥上面，听去似乎瑟瑟有声，使人更加感得沉寂。我独坐在发出黄光的菜油灯下，想，这百无聊赖的祥林嫂，被人们弃在尘芥堆中的，看得厌倦了的陈旧的玩物，先前还将形骸露在尘芥里，从活得有趣的人们看来，恐怕要怪讶她何以还要存在，现在总算被无常打扫得干干净净了。魂灵的有无，我不知道；然而在现世，则无聊生者不生，即使厌见者不见，为人为己，也还都不错。我静听着窗外似乎瑟瑟作响的雪花声，一面想，反而渐渐的舒畅起来。

然而先前所见所闻的她的半生事迹的断片，至此也联成一片了。

她不是鲁镇人。有一年的冬初，四叔家里要换女工，做中人的卫老婆子带她进来了，头上扎着白头绳，乌裙，蓝夹袄，月白背心，年纪大约二十六七，脸色青黄，但两颊却还是红的。卫老婆子叫她祥林嫂，说是自己母家的邻舍，死了当家人，所以出来做工了。四叔皱了皱眉，四婶已经知道了他的意思，是在讨厌她是一个寡妇。但看她模样还周正，手脚都壮大，又只是顺着眼，不开一句口，很像一个安分耐劳的人，便不管四叔的皱眉，将她留下了。试工期内，她整天的做，似乎闲着就无聊，又有力，简直抵得过一个男子，所以第三天就定局，每月工钱五百文。

大家都叫她祥林嫂；没问她姓什么，但中人是卫家山人，既说是邻居，那大概也就姓卫了。她不很爱说话，别人问了才回答，答的也不多。直到十几天之后，这才陆续的知道她家里还有严厉的婆婆；一个小叔子，十多岁，能打柴了；她是春天没了丈夫的；他本来也打柴为生，比她小十岁：大家所知道的就只是这一点。

　　日子很快的过去了，她的做工却毫没有懈，食物不论，力气是不惜的。人们都说鲁四老爷家里雇着了女工，实在比勤快的男人还勤快。到年底，扫尘，洗地，杀鸡，宰鹅，彻夜的煮福礼，全是一人担当，竟没有添短工。然而她反满足，口角边渐渐的有了笑影，脸上也白胖了。

　　新年才过，她从河边淘米回来时，忽而失了色，说刚才远远地看见一个男人在对岸徘徊，很像夫家的堂伯，恐怕是正为寻她而来的。四婶很惊疑，打听底细，她又不说。四叔一知道，就皱一皱眉，道："这不好。恐怕她是逃出来的。"

　　她诚然是逃出来的，不多久，这推想就证实了。

　　此后大约十几天，大家正已渐渐忘却了先前的事，卫老婆子忽而带了一个三十多岁的女人进来了，说那是祥林嫂的婆婆。那女人虽是山里人模样，然而应酬很从容，说话也能干，寒暄之后，就赔罪，说她特来叫她的儿媳回家去，因为开春事务忙，而家中只有老的和小的，人手不够了。

　　"既是她的婆婆要她回去，那有什么话可说呢。"四叔说。

　　于是算清了工钱，一共一千七百五十文，她全存在主人家，一文也还没有用，便都交给她的婆婆。那女人又取了衣服，道过谢，出去了。其时已经是正午。

　　"阿呀，米呢？祥林嫂不是去淘米的么？……"好一会，四婶这才惊叫起来。她大约有些饿，记得午饭了。

　　于是大家分头寻淘箩。她先到厨下，次到堂前，后到卧房，全不见淘箩的影子。四叔踱出门外，也不见，直到河边，才见平平正正的放在岸上,旁边还有一株菜。

看见的人报告说,河里面上午就泊了一只白篷船,篷是全盖起来的,不知道什么人在里面,但事前也没有人去理会他。待到祥林嫂出来淘米,刚刚要跪下去,那船里便突然跳出两个男人来,像是山里人,一个抱住她,一个帮着,拖进船去了。祥林嫂还哭喊了几声,此后便再没有什么声息,大约给用什么堵住了罢。接着就走上两个女人来,一个不认识,一个就是卫婆子。窥探舱里,不很分明,她像是捆了躺在船板上。

"可恶!然而……。"四叔说。

这一天是四婶自己煮午饭;他们的儿子阿牛烧火。

午饭之后,卫老婆子又来了。

"可恶!"四叔说。

"你是什么意思?亏你还会再来见我们。"四婶洗着碗,一见面就愤愤的说,"你自己荐她来,又合伙劫她去,闹得沸反盈天的,大家看了成个什么样子?你拿我们家里开玩笑么?"

"阿呀阿呀,我真上当。我这回,就是为此特地来说说清楚的。她来求我荐地方,我那里料得到是瞒着她的婆婆的呢。对不起,四老爷,四太太。总是我老发昏不小心,对不起主顾。幸而府上是向来宽洪大量,不肯和小人计较的。这回我一定荐一个好的来折罪……。"

"然而……。"四叔说。

于是祥林嫂事件便告终结,不久也就忘却了。

只有四婶,因为后来雇用的女工,大抵非懒即馋,或者馋而且懒，左右不如意，所以也还提起祥林嫂。每当这些时候，她往往自言自语的说，"她现在不知道怎么样了？"意思是希望她再来。但到第二年的新正，她也就绝了望。

新正将尽，卫老婆子来拜年了，已经喝得醉醺醺的，自说因为回了一趟卫家山的娘家，住下几天，所以来得迟了。她们问答之间，自然就谈到祥林嫂。

"她么？"卫老婆子高兴的说，"现在是交了好运了。她婆婆来抓她回去的时候，是早已许给了贺家墺的贺老六的，所以回家之后不几天，也就装在花轿里抬去了。"

"阿呀，这样的婆婆！……"四婶惊奇的说。

"阿呀，我的太太！你真是大户人家的太太的话。我们山里人，小户人家，这算得什么？她有小叔子，也得娶老婆。不嫁了她，那有这一注钱来做聘礼？她的婆婆倒是精明强干的女人呵，很有打算，所以就将她嫁到里山去。倘许给本村人，财礼就不多；惟独肯嫁进深山野墺里去的女人少，所以她就到手了八十千。现在第二个儿子的媳妇也娶进了，财礼只花了五十，除去办喜事的费用，还剩十多千。吓，你看，这多么好打算？……"

"祥林嫂竟肯依？……"

"这有什么依不依。——闹是谁也总要闹一闹的；只要用绳子一捆，塞在花轿里，抬到男家，捺上花冠，拜堂，关上房门，就完事了。可是祥林嫂真出格，听说那时实在闹得利害，大家还都说大约因为在念书人家做过事，所以与众不同呢。太太，我们见得多了：回头人出嫁，哭喊的也有，说要寻死觅活的也有，抬到男家闹得拜不成天地的也有，连花烛都砸了的也有。祥林嫂可是异乎寻常,他们说她一路只是嚎,骂,抬到贺家墺,喉咙已经全哑了。拉出轿来,两个男人和她的小叔子使劲的擒住她也还拜不成天地。他们一不小心,一松手,阿呀,阿弥陀佛,她就一头撞在香案角上,头上碰了一个大窟窿,鲜血直流,用了两把香灰,包上两块红布还止不住血呢。直到七手八脚的将她和男人反关在新房里,还是骂,阿呀呀,这真是……。"她摇一摇头,顺下眼睛,不说了。

"后来怎么样呢?"四婶还问。

"听说第二天也没有起来。"她抬起眼来说。

"后来呢?"

"后来?——起来了。她到年底就生了一个孩子,男的,新年就两岁了。我在娘家这几天,就有人到贺家墺去,回来说看见他们娘儿俩,母亲也胖,儿子也胖;上头又没有婆婆,男人所有的是力气,会做活;房子是自家的。——唉唉,她真是交了好运了。"

从此之后,四婶也就不再提起祥林嫂。

但有一年的秋季,大约是得到祥林嫂好运的消息之后的又过了两个新年,她竟又站在四叔家的堂前了。桌上放着一个荸荠式的圆篮,檐下一个小铺盖。她仍然头上扎着白头绳,乌裙,蓝夹袄,月白背心,脸色青黄,只是两颊上已经消失了血色,顺着眼,眼角上带些泪痕,眼光也没有先前那样精神了。而且仍然是卫老婆子领着,显出慈悲模样,絮絮的对四婶说——

"……这实在是叫作'天有不测风云',她的男人是坚实人,谁知道年纪青青,就会断送在伤寒上?本来已经好了的,吃了一碗冷饭,复发了。幸亏有儿子;她又能做,打柴摘茶养蚕都来得,本来还可以守着,谁知道那孩子又会给狼衔去的呢?春天快完了,村上倒反来了狼,谁料到?现在她只剩了一个光身了。大伯来收屋,又赶她。她真是走投无路了,只好来求老主人。好在她现在已经再没有什么牵挂,太太家里又凑巧要换人,所以我就领她来。——我想,熟门熟路,比生手实在好得多……。"

"我真傻,真的,"祥林嫂抬起她没有神采的眼睛来,接着说,"我单知道下雪的时候野兽在山坳里没有食吃,会到村里来;我不知道春天也会有。我一清早起来就开了门,拿小篮盛了一篮豆,叫我们的阿毛坐在门槛上剥豆去。他是很听话的,我的话句句听;他出去了。我就在屋后劈柴,淘米,米下了锅,要蒸豆。我叫阿毛,没有应,出去一看,只见豆撒得一地,没有我们的阿毛了。他是不到别家去玩的;各处去一问,果然没有。我急了,央人出去寻。直到下半天,寻来寻去寻到山坳里,看见刺柴上挂着一只他的小鞋。大家都说,糟了,怕是遭了狼了。再进去;他果然躺在草窠里,肚里的五脏已经都给吃空了,手上还紧紧的捏着那只小篮呢。……"她接着但是呜咽,说不出成句的话来。

四婶起初还踌躇,待到听完她自己的话,眼圈就有些红了。她想了一想,便教拿圆篮和铺盖到下房去。卫老婆子仿佛卸了一肩重担似的嘘一口气;祥林嫂比初来时候神气舒畅些,不待指引,自己驯熟的安放了铺盖。她从此又在鲁镇做女工了。

大家仍然叫她祥林嫂。

然而这一回,她的境遇却改变得非常大。上工之后的两三天,主人们就觉得她手脚已没有先前一样灵活,记性也坏得多,死尸似的脸上又整日没有笑影,四婶的口气上,已颇有些不满了。当她初到的时候,四叔虽然照例皱过眉,但鉴于向来雇用女工之难,也就并不大反对,只是暗暗地告诫四婶说,这种人虽然似乎很可怜,但是败坏风俗的,用她帮忙还可以,祭祀时候可用不着她沾手,一切饭菜,只好自己做,否则,不干不净,祖宗是不吃的。

四叔家里最重大的事件是祭祀,祥林嫂先前最忙的时候也就是祭祀,这回她却清闲了。桌子放在堂中央,系上桌帏,她还记得照旧的去分配酒杯和筷子。

"祥林嫂,你放着罢!我来摆。"四婶慌忙的说。

她讪讪的缩了手,又去取烛台。

"祥林嫂,你放着罢!我来拿。"四婶又慌忙的说。

她转了几个圆圈,终于没有事情做,只得疑惑的走开。她在这一天可做的事是不过坐在灶下烧火。

镇上的人们也仍然叫她祥林嫂,但音调和先前很不同;也还和她讲话,但笑容却冷冷的了。她全不理会那些事,只是直着眼睛,和大家讲她自己日夜不忘的故事。

"我真傻,真的,"她说。"我单知道雪天是野兽在深山里没有食吃,会到村里来;我不知道春天也会有。我一大早起来就开了门,拿小篮盛了一篮豆,叫我们的阿毛坐在门槛上剥豆去。他是很听话的孩子,我的话句句听;他就出去了。我就在屋后劈柴,淘米,米下了锅,打算蒸豆。我叫,'阿毛!'没有应。出去一看,只见豆撒得满地,没有我们的阿毛了。各处去一问,都没有。我急了,央人去寻去。直到下半天,几个人寻到山墺里,看见刺柴上挂着一只他的小鞋。大家都说,完了,怕是遭了狼了。再进去;果然,他躺在草窠里,肚里的五脏已经都给吃空了,可怜他手里还紧紧的捏着那只小篮呢。……"她于是淌下眼泪来，声音也呜咽了。

这故事倒颇有效，男人听到这里，往往敛起笑容，没趣的走了开去；女人们却不独宽恕了她似的，脸上立刻改换了鄙薄的神气，还要陪出许多眼泪来。有些老女人没有在街头听到她的话，便特意寻来，要听她这一段悲惨的故事。直到她说到呜咽，她们也就一齐流下那停在眼角上的眼泪，叹息一番，满足的去了，一面还纷纷的评论着。

她就只是反复的向人说她悲惨的故事，常常引住了三五个人来听她。但不久，大家也都听得纯熟了，便是最慈悲的念佛的老太太们，眼里也再不见有一点泪的痕迹。后来全镇的人们几乎都能背诵她的话，一听到就烦厌得头痛。

"我真傻，真的，"她开首说。

"是的，你是单知道雪天野兽在深山里没有食吃，才会到村里来的。"他们立即打断她的话，走开去了。

她张着口怔怔的站着，直着眼睛看他们，接着也就走了，似乎自己也觉得没趣。但她还妄想，希图从别的事，如小篮，豆，别人的孩子上，引出她的阿毛的故事来。倘一看见两三岁的小孩子，她就说："唉唉，我们的阿毛如果还在，也就有这么大了。……"

孩子看见她的眼光就吃惊，牵着母亲的衣襟催她走。于是又只剩下她一个，终于没趣的也走了。后来大家又都知道了她的脾气，只要有孩子在眼前，便似笑非笑的先问她，道："祥林嫂，你们的阿毛如果还在，不是也就有这么大了么?"

她未必知道她的悲哀经大家咀嚼赏鉴了许多天，早已成为渣滓，只值得烦厌和唾弃；但从人们的笑影上，也仿佛觉得这又冷又尖，自己再没有开口的必要了。她单是一瞥他们，并不回答一句话。

　　鲁镇永远是过新年，腊月二十以后就忙起来了。四叔家里这回须雇男短工，还是忙不过来，另叫柳妈做帮手，杀鸡，宰鹅；然而柳妈是善女人，吃素，不杀生的，只肯洗器皿。祥林嫂除烧火之外，没有别的事，却闲着了，坐着只看柳妈洗器皿。微雪点点的下来了。

　　"唉唉，我真傻，"祥林嫂看了天空，叹息着，独语似的说。

　　"祥林嫂，你又来了。"柳妈不耐烦的看着她的脸，说。"我问你：你额角上的伤痕，不就是那时撞坏的么？"

　　"唔唔。"她含胡的回答。

　　"我问你：你那时怎么后来竟依了呢？"

　　"我么？……"

　　"你呀。我想：这总是你自己愿意了，不然……。"

　　"阿阿，你不知道他力气多么大呀。"

　　"我不信。我不信你这么大的力气，真会拗他不过。你后来一定是自己肯了，倒推说他力气大。"

　　"阿阿，你……你倒自己试试看。"她笑了。

　　柳妈的打皱的脸也笑起来，使她蹙缩得像一个核桃；干枯的小眼睛一看祥林嫂的额角，又钉住她的眼。祥林嫂似乎很局促了，立刻敛了笑容，旋转眼光，自去看雪花。

　　"祥林嫂，你实在不合算。"柳妈诡秘的说。"再一强，或者索性撞一个死，就好了。现在呢，你和你的第二个男人过活不到两年，倒落了一件大罪名。你想，你将来到阴司去，那两个死鬼的男人还要争，你给了谁好呢？阎罗大王只好把你锯开来，分给他们。我想，这真是……。"

她脸上就显出恐怖的神色来，这是在山村里所未曾知道的。

"我想，你不如及早抵当。你到土地庙里去捐一条门槛，当作你的替身，给千人踏，万人跨，赎了这一世的罪名，免得死了去受苦。"

她当时并不回答什么话，但大约非常苦闷了，第二天早上起来的时候，两眼上便都围着大黑圈。早饭之后，她便到镇的西头的土地庙里去求捐门槛，庙祝起初执意不允许，直到她急得流泪，才勉强答应了。价目是大钱十二千。

她久已不和人们交口，因为阿毛的故事是早被大家厌弃了的；但自从和柳妈谈了天，似乎又即传扬开去，许多人都发生了新趣味，又来逗她说话了。至于题目，那自然是换了一个新样，专在她额上的伤疤。

"祥林嫂，我问你：你那时怎么竟肯了？"一个说。

"唉，可惜，白撞了这一下。"一个看着她的疤，应和道。

她大约从他们的笑容和声调上，也知道是在嘲笑她，所以总是瞪着眼睛，不说一句话，后来连头也不回了。她整日紧闭了嘴唇，头上带着大家以为耻辱的记号的那伤痕，默默的跑街，扫地，洗菜，淘米。快够一年，她才从四婶手里支取了历来积存的工钱，换算了十二元鹰洋，请假到镇的西头去。但不到一顿饭时候，她便回来，神气很舒畅，眼光也分外有神，高兴似的对四婶说，自己已经在土地庙捐了门槛了。

冬至的祭祖时节，她做得更出力，看四婶装好祭品，和阿牛将桌子抬到堂屋中央，她便坦然的去拿酒杯和筷子。

"你放着罢，祥林嫂！"四婶慌忙大声说。

她像是受了炮烙似的缩手，脸色同时变作灰黑，也不再去取烛台，只是失神的站着。直到四叔上香的时候，教她走开，她才走开。这一回她的变化非常大，第二天，不但眼睛窈陷下去，连精神也更不济了。而且很胆怯，不独怕暗夜，怕黑影，即使看见人，虽是自己的主人，也总惴惴的，有如在白天出穴游行的小鼠；否则呆坐着，直是一个木偶人。不半年，头发也花白起来了，记性尤其坏，甚而至于常常忘却了去淘米。

"祥林嫂怎么这样了？倒不如那时不留她。"四婶有时当面就这样说，似乎是警告她。

然而她总如此，全不见有伶俐起来的希望。他们于是想打发她走了，教她回到卫老婆子那里去。但当我还在鲁镇的时候，不过单是这样说；看现在的情状，可见后来终于实行了。然而她是从四叔家出去就成了乞丐的呢，还是先到卫老婆子家然后再成乞丐的呢？那我可不知道。

我给那些因为在近旁而极响的爆竹声惊醒，看见豆一般大的黄色的灯火光，接着又听得毕毕剥剥的鞭炮，是四叔家正在"祝福"了；知道已是五更将近时候。我在蒙胧中，又隐约听到远处的爆竹声联绵不断，似乎合成一天音响的浓云，夹着团团飞舞的雪花，拥抱了全市镇。我在这繁响的拥抱中，也懒散而且舒适，从白天以至初夜的疑虑，全给祝福的空气一扫而空了，只觉得天地圣众歆享了牲醴和香烟，都醉醺醺的在空中蹒跚，豫备给鲁镇的人们以无限的幸福。

一九二四年二月七日

渔 家

杨振声

　　一个春天的下午，雨声滴沥滴沥的打窗外的树。那雨已经是下了好几天了，连那屋子里面的地，都水汪汪的要津上水来。这一间草盖的房子，在一棵老槐树的旁边；房子上面的草，已是很薄的了，还有几处露出土来；在一个屋角的上面，盖的一块破席子。那屋子里面的墙，被雨水润透，一块一块的往下落泥。那窗上的纸，经雨一洗，被风都吹破，上面塞的一些破衣裳。所以，那屋子里面十分渗淡黑暗的了。

　　屋子的墙角，放着一铺破床，床上坐的一个女人，有三十多岁，正修补一架打鱼的破网。旁边坐着一个八九岁的女孩子，给她理线。床头上还躺着一个小孩子，不过有一岁的光景，仰着黄黄的脸儿睡觉。那女人织了一回网，用手支着腮儿出一回神。回身取一件破袄，给那睡觉的小孩子盖好，又皱着眉儿出神。

　　那女孩子抬头望见她母亲的样子，便说道："妈妈！爸爸出去借米，怎么还不回来？我的肚子饿……痛……哎哟！"说着便用手去捧肚子。

那女人接着说道:"好孩子!你别着急,你爸爸快回来了。"

那女孩子又接着问道:"爸爸是上张家去借米的么?"

那女人道:"是的,上次借了他家的米,尚未还他,这次还不知道他借……"

那女孩子道:"那一天我到张家去玩,他家的蓉姐姐拿馍馍喂狗,我从她要一块吃,她倒不给我。"

她母亲道:"罢呀!人家有钱!命好!"

那女孩子道:"咱们因为什么没有钱?怎么就命不好?"正说着,一阵雨水从那屋顶上淋了下来。淋了那女孩子一身,那女孩子不觉的打了个寒噤,说道:"不好了!屋子上面的席教风吹掀了。快把床挪一挪罢。"说完,便同她母亲来拉床。正忙着,一个三十多岁的男人,打着一把破伞,通身的衣裳都湿了,走了进来。那女孩子叫道:"爸爸来了!爸爸!你借了米回来了么?"那男人夹着肩膊,颤声说道:"没……没……"

那女人急道:"我们两天没有动火了,又没处再去借米,这不得等着饿……"这句话倒说的那女孩子想起饿来了,哭道:"爸爸,饿……饿死……我了!"

那男人拭眼说道:"你乖,别哭,等到好了天,我打鱼卖了钱,就有的吃了,不挨饿了!"说着,只听哇的一声,床上睡觉的小孩子也醒了。那女人忙的抱了起来,给他奶子吃。但是那小孩子衔着奶子在口里,只是不住的哭。那女人拿下奶子看了一看,道:"哎哟!这奶子是没得汤了!怪不得他哭呢,这怎么……"说着,便用袖子去拭眼。那女孩子看见她母亲哭了,越发哭个不住。那男子包着眼泪,转了脸,往上望那房子上面的窟洞。

那时已是黄昏了,雨渐渐的住了,但是还没开晴。忽听门外叫道:"王茂,你的渔旗子税还不快纳么?"说着,一声门响,进来了一个穿蓝军衣的人,手里拉着一根马棒,嘴里吸着纸烟,挺着胸腹,甩着个大辫子,一摇一摆的走进来。王茂见是一位水上警察,就带了几分怕,忙赔笑道:"老爷!我这里连饭都没得吃,哪里有钱上税。再等几天我给你送去罢。"那警察从鼻子里出来两道烟,慢慢的说道:"你有没有的吃我不管,这渔旗子税总是要纳的;难道你说没有饭吃,就不纳税么?没有饭吃的人多着呢,哪一个敢不纳税来。快点!我若回去禀了老爷,办你个抗税的罪,你就担不了兜着走!快点罢!"

王茂道:"我前些日子预备了两块大洋,这几天没吃,还没敢动用。等着再借三块,一遭儿给你送去,不是……你先拿这两块去。"

那警察道:"不成,得一块儿交齐。"

王茂道:"老爷!我今年时气不好,上一次下了网,又教旁人把鱼偷了去,连网都割去了,所以我……"

那警察不等他说完,便接口道:"胡说,有我们水上警察,哪一个还敢偷鱼。难道我们偷了你的鱼不成!你分明抗税,还要胡说,非带你见我们老爷去不成。……快走……不成。"说着,拉了他就要走。

那女孩子原是哭着的,后来看见那警察来了,她便吓的跑到她母亲的背后,一声也不敢哭了。今见那警察要带她父亲,她怕的又哭起来了。那女人也急了,把小孩放在床上,跑来求那警察道:

"老爷饶了他罢!你若把他带……我们一家……都要饿……死了!"那警察仰了脸,只作不理,说道:"走!走!别废话啦。"说着,拉了王茂就走,吓的那女人孩子一齐哭起来。那时雨又下大了,澎湃之声与哭声相和。

忽听哗喇的一声,接着那小孩子哭了一声,就无动静了。那女孩子哭叫道:"后墙教雨冲倒了,弟弟……"

王茂听了,哀告那警察道:"你放了手!我看看我的孩子再走!"那警察哪里听他,拉着就走了。那女孩子还在后面哭着叫:"爸爸……爸爸……妈妈晕过去了……哎呀!"

那时天已昏黑,王茂走的远了,犹听得他的女孩子叫哭之声,被风送到他的耳朵里,时断时续的。

编辑室的风波

李劼人

《日日报》的编辑室在中国内地一个省会的某条街中。这省会有五十多万人口,每日吃的米、面、菜蔬、鸡、鸭、鱼、肉是很多的,独于《日日报》的销数在本城中经过了七八年,依然还只千余份。

有人说,这城里的人因为吃得太多太好,一个个都有肠肥脑满的样子,所以无须再拿眼睛来当口,再拿《日日报》来当粮食,再拿头脑来当肚腹了;又有人说,并不是人家的头脑不想容纳《日日报》,只怪《日日报》太缺少资养料,差不多同芜菁一样,唯有肚腹饿到十二万分的饥人才不得已而欢迎它。这话倒也有理由,我们只消走进《日日报》的编辑室,就知道一切了。

表现《日日报》资格的所在,除了印字钉的模糊,和报眉上几千几百几十号的数字外,最确切的还是要算编辑室里的蛛网尘埃,与到处堆积的上海、北京等处被剪裁以后的废报。总经理兼总编辑赵先生每每于对客的言谈中慨然说道:"怎么能得一个机会,把这编辑室好好的整理得像个样子！"

然而一直到《日日报》被封之前，这机会竟不曾来。

《日日报》被封的前两三月，已经噩耗迭传。总编辑赵先生一天又向编辑本省新闻的周先生嘱咐说："周先生，我们以后恐怕更要谨慎些才好！许多人向我说，我们近来的报上，对于那有作用的教育联合会的态度不大对，听说其间几个坏人正在鼓动他们的靠山，要向我们生事哩。"周先生抱着水烟袋，撑起两只水泡眼道："我并没有自家拿过主意，他们送来的稿件，我总一字不易地交给排字房，反对他们的东西，一篇也未发表。……"他便把近一周的报纸通通翻出来，把这一类的新闻指给赵先生看。

赵先生大概看了一遍，指着一条短评说："吓，吓，吓！或者这上面生了问题了。"

那短评是周先生做的，标题是"吾人对于新组织之希望"，不过是些普通的说法，中间有这么几句话：

……国人通病，往往因个人之私利，遂不惜举团体之公益而破坏之，窃负之，一而再，再而三，驯致四万万人咸为散沙……唯小人能以利合，事之可悲，孰过于是……今幸而有教育联合会之组织，诚不啻天鸡之一鸣……间主其事者咸教育界之名宿，吾人既祝其成功，且欲观其后效……

赵先生道："你这文章原是恭维他们的，不过他们看法不同，一定说我们又在弄什么鬼了……这样好了，周先生，我们以后对于这些事简直给他个不闻不问,短评的材料宁可向省外的事情上去取用。比如谈谈胡憨在河南的战争不免是和平的障碍,张、冯的暗斗影响必大,望执政有以调解之一类毫不会生关系的东西。再不然就把本城的琐碎事拿来说说也行,比如昨天那条虐媳致死的新闻,就可以大做文章,或是提醒警察叫他们注意街上的疯狗。不过说到官厅,我们的口吻总得放和缓一点,最好是在文后加一句'请勿河汉斯言'或'言之者无罪'的话,那就更活动了。"

赵先生、周先生从此更加小心,不但短评做得几乎等于一幅白纸,而且本省新闻也逐字逐句地加以研究。他们用心之深浅,只须看报上用的某字或一个大口字的多寡便足以测验之;例如说"某师长于某日派某代表往某处议某事",或"某伟人曾向某人有某种表示";最使他们感困难的,就是各大人物的通电,或是历数他人的罪状,而文中涉及本省要人,或是自己表白,虽然分明是本省要人的对头,但电上偏要说与之早有联合,这等公电既可以拿来填空白,又可以省俭许许多多的裁剪工夫,当然要尽量地发表;因之,他们才发明用大口字的妙法,就是把一些扼要的字句或本省要人的姓名,一律删去而以大口字来代替。

你们必以为某字和大口字的妙用,一定会使看报的人感受种种不明了的痛苦了。其实不然不然,因为这千把饥渴的读者若干久来,早能和赵先生等的心情息息相通,若干久来早练习成一副特别眼光,专能于无字处看出痕迹,凡是某字和大口字,在他们眼中仍足以显出它们代表的字义。而且每逢周先生一时的忽略,把某种新闻编得略为明显,比如说:某县同事因县民反对勒种鸦片,遂变本加厉,横征暴敛之类。于是乎亲爱的读者们必费纸费墨费邮票,寄信来说："贵报主持正义，诚可佩服，唯处今之世，记事言论总宜少加隐晦，勿多树敌为是。鄙人为贵报之老友，既深爱之，敢贡愚直……"

赵先生、周先生既常常被支配在这种怵惕的暗示之下，所以新闻的编辑越发弄来只剩了一点枯燥的影子。然而还是有风波，这却从他们不甚注意的外省新闻上发生出来的。

《日日报》上本省新闻的材料大概只有四种："衔略钧鉴"的快邮代电，"开奉等因"的例行公文，《委任谒见》的辕门抄等算一种，这是它的骨干，也就是亲爱读者们所最愿看的东西；其次，各人送去替自己登广告的东西，比如说：近闻某人作七言绝句一首，竟将某公姓名官衔概行嵌入，颇为某公击赏，称为巧不可阶之作云云，或是说某名公途经某地，为某将军招宴一次，喝绍酒一杯，大欢而散，这也算一种；再其次，是专门把小事化大，不是报告某排长近由火神庙移扎龙王庙，便是报告汪二麻子某日大醉回家，当街踩死老鼠一只，人尽称奇的地方通信，这也算得一种；末了，还有一般以条子而计钱，写"恭呈主笔先生钧鉴"的滥访事们，他们既要吃这一项饭，却又没力量去采访有价值的新闻，只好关着门捏造一些产妇生蛇，城隍托梦的话，也算得一种。末后这一种太滑稽一点，但位置在枯燥无味的新闻中，倒也很别致，既是亲爱读者们欣赏之件，所以周先生也尽量发表，滥访事也尽量制造，居然成了《日日报》的一种特色。

至于它的外省新闻（自然更没有外国新闻，因为太与读者们的头脑不生关系的缘故），比较还更要简单些，既没有无头无脑，残篇断简式的专电，又没有不负责任，捕风捉影式的通讯，我们可以说它这一张纸的材料,完全是由北京、上海报上剪下,叫排字匠拿去照样翻印一次的。谁料得定已经这样简单了,还有风波。

但是这也要怪编辑外省新闻的钱先生。因为钱先生很想用力把这一张纸编好一点,所以分明都是从剪刀上得来的新闻,他偏喜欢改头换面硬做来像是《日日报》自己生产的新闻;又因外省事件牵涉本省的地方不多,历来招灾惹祸,使得赵先生、周先生受坐牢之苦的都在本省新闻,因而赵先生对于这一张纸才视为不足轻重,一任钱先生去掉花头。

他们绝对不料在恭维教育联合会月多天气之后,编辑室忽接到一封口气极为严厉的信,查究"该报某日所载浙江孙传芳占领无锡,张宗昌逃赴徐州的消息从何而来",并且说"迹近造谣,居心可恶"。原来这是军部副官处称奉谕查考,立等答复的公函。

赵先生把信看后,立刻就蹙起眉头,像是很不舒服地说道:"他妈的,又在外省新闻上来搜寻我们的不是了!钱先生,你看……我们这条新闻是从哪里转载来的?"

钱先生站在当面道:"这可太怪了!这一条原是他那机关报上汉口专电,我转载时还加了几句按语,就怕弄出事来,像《天顾报》那次载吴佩孚败退,弄来自己停版一样,你先生请看,我原说恐是传闻之误,姑志之以待证实的。"

他们正在商量着要回信时,一个杂役进来,手上持着一张名片说:"有客来会赵先生。"

名片上印着两个大字:易平,官衔是军部副官。赵先生还未说请,那副官早已挺着胸脯走了进来,身上穿着呢外套,照例是不脱的,大刺刺地给赵先生点了一点头,便向一张大藤椅上坐下道:

"你先生，贵姓就是赵！《日日报》的总编辑就是你吗？"

赵先生道："不错的。你先生惠临，想来一定是因为浙江那条新闻来查询敝报的了？我们正要回信哩。"接着，赵先生就委婉曲折把这条新闻的来源说明，并说："敝报登载新闻，素来就很谨慎。凡是稍有可疑的地方总是搁下的居多，就不得已而发表，也必加以按语；我们岂不知道在目前和平运动的时候，是不应该转载这类不实在的新闻，就因为这条既是军部机关报的专电，我们相信必有来历，而且披露在前一日，所以我们才敢大胆转载，却不料果然发生了误会。"

易副官的态度，方比较和平一点道："哦！原来是我们报纸上的专电！可也难怪，虽是我们的机关报，我们倒不常看它。上峰事多，哪里有看报的时候，所以才生了误会。起初上峰很生气，说你们有意捣乱，叫务必彻底查办，我们的副官长因才发了公函，又叫我亲身来问问。我虽是随着上峰东奔西驰的，但我生长本城，早知道你们贵报是不捣乱的，至于别的那些报馆可就难说了。说起来原也叫人生气，比如去年《天顾报》，明晓得我们接近直系，它偏要天天登出一些吴佩孚大败、奉天飞机已到天津的恶消息，难道这些消息不是真的？不过叫别人看见，我们既是接近直系的人，偏偏我们属下的报纸这样不争气，好像我们有心希望吴大帅打败的一样。这几天《中国新报》又在放肆了，天天鼓吹着说萧耀南怎样和孙传芳联合，奉天内部怎样不协，明晓得我们正在和张作霖、段合肥携手，却故意造出这些谣言，赵先生，你说像这样不懂事体的报馆该不该封呢？我们的机关不料也这样胡闹起来，等我回去报告，管他那编辑是秘书也好，参事也好，拉到军法处，先捶他几百军棍再说……赵先生，把你们打扰了，我即刻回去报告，这回没有你们的事。不过以后你们仍得谨慎些好！"

赵先生一面答应着，一面又把他们的上峰和他们恭维了一番，并说改日还要请他上馆子，把易副官的倒毛抹顺了，方低声请问这回的事是怎么突然发生的。易副官到底是年轻人，便直爽地说道："我们军部的人同你们并无丝毫恶感，老实说，我们只晓得枪炮，什么报纸不报纸，干我们屁事，恭维我们也好，骂我们也好，谁来管你们的闲事。只是几个在教育界的红秘书，连马弁都不如的人，不知同你们有什么怨恨，常常在上峰跟前毁你们；就如这一回，也是他们把你们的报纸指给上峰看，说你们是敌党，那会儿，若不是参谋长在旁边骂他们是小老婆的嘴时，你们真不免要吃大亏。总之，你们留心着，以后别再惹他们，倒是同我们常常打着交道，于你们有益多了！"

赵先生送客回来，不禁叹道："我看，除非在外国旗子之下，只好闭着口当哑巴的了！"

周先生的头脑简单一点，因就恍然若以为可地说："老实话'我们也学各商轮租一面外国旗子来挂起，就可吐气扬眉了'。"

钱先生道："不行吧？我们这里是省会，不是商埠，不能挂外国旗的。依我说，倒是关门不干的好。"

关门不干是报馆的总收场，在旁人看来，像这样受气办报，岂不深表同情于钱先生的见解？其实他们总是敝帚自珍，谁也不愿当真弄到关门，凡不得已而关门的，不是因本身的经济，就是因外界的压力；内部的人虽在愤慨之际常常发出此种言语，所以但也不过用来从反面鼓励自己的勇气而已。《日日报》依然毫无生气地发行着,直到末了这一天,因为一句极不相干的笑话,又将一位马弁不如的人触怒了,硬说这笑话是对他而发的,影响于他的前程甚大。他遂拿着这张报纸到他上峰跟前,哭说《日日报》的不是,求他的上峰替他做主。他的上峰果然大怒,就叫身边一位秘书开条子给城防司令项必达叫把《日日报》给我封了。

封报馆原本不算一回什么事,不过按照往例,总得加个罪名,以见赏罚之公,可是这位秘书出身于高小毕业,凭着浑身本领,博得他上峰的欢心,赐了他一个专门学校校长,对于公事,历来就主张革命的;因才提笔写道:"着城防司令项必达即将《日日报》馆封闭,编辑人等逮部重答,以儆效尤,而重公安。"

于是当天午后三点钟,某街中《日日报》馆的大门上,便交叉着贴了两张城防司令部只用朱笔填过日月而无所谓朱语的封条。编辑室待整理的机会虽不意地到来,但赵先生却拘到城防司令部里静等重答去了,蛛网尘埃,被剪裁后的废报依然堆积在其间。

《日日报》封了,同城五六家报馆好像简直不晓得有这么一回事,自始至终,没有一个字披露。肠肥脑满的人们只忙着吃,亲爱的读者们虽接到了《日日报》发行部的通知:"本报于某月某日无故被封……"也不过把头摆上两摆,横竖是芫菁之类,不吃也没有大关系。

      一九二五年四月脱稿于成都状元街

缀网劳蛛

许地山

"我像蜘蛛,
命运就是我的网。"
我把网结好,
还住在中央。
呀,我的网甚时节受了损伤!
这一坏,教我怎地生长?
生的巨灵说:"补缀补缀吧。"
世间没有一个不破的网。
我再结网时,
要结在玳瑁梁栋
珠玑帘拢;
或结在断井颓垣
荒烟蔓草中呢?
生的巨灵按手在我头上说:

"自己选择去吧,

你所在的地方无不兴隆、亨通。"

虽然,我再结的网还是像从前那么脆弱,

敌不过外力冲撞;

我网的形式还要像从前那么整齐——

平行的丝连成八角、十二角的形状么?

他把"生的万花筒"交给我,说:

"望里看吧,

你爱怎样,就结成怎样。"

呀,万花筒里等等的形状和颜色

仍与从前没有什么差别!

求你再把第二个给我,

我好谨慎地选择。

"咄咄!贪得而无智的小虫!

自而今回溯到蒙鸿,

从没有人说过里面有个形式与前相同。

去吧,生的结构都由这几十颗'彩琉璃屑'幻成种种,

不必再看第二个生的万花筒。"

    那晚上的月色格外明朗,只是不时来些微风把满园的花影移动得不歇地作响。素光从椰叶下来,正射在尚洁和她的客人史夫人身上。她们二人的容貌,在这时候自然不能认得十分清楚,但是二人对谈的声音却像幽谷的回响,没有一点模糊。

    周围的东西都沉默着,像要让她们密谈一般,树上的鸟儿把喙

插在翅膀底下；草里的虫儿也不敢作声；就是尚洁身边那只玉狸，也当主人所发的声音为催眠歌，只管酣酣地沉睡着。她用纤手抚着玉狸，目光注在她的客人身上，懒懒地说："夺魁嫂子，外间的闲话是听不得的。这事我全不计较——我虽不信定命的说法，然而事情怎样来，我就怎样对付，毋庸在事前预先谋定什么方法。"

她的客人听了这场冷静的话，心里很是着急，说："你对于自己的前程太不注意了！若是一个人没有长久的顾虑，就免不了遇着危险，外人的话虽不足信，可是你得把你的态度显示得明了一点，教人不疑惑你才是。"

尚洁索性把玉狸抱在怀里，低着头，只管摩弄。一会儿，她才冷笑了一声，说："吓吓，夺魁嫂子，你的话差了，危险不是顾虑所能闪避的。后一小时的事情，我们也不敢说准知道，哪里能顾到三四个月、三两年那么长久呢？你能保我待一会儿不遇着危险，能保我今夜里睡得平安么？纵使我准知道今晚上会遇着危险，现在的谋虑也未必来得及。我们都在云雾里走，离身二三尺以外，谁还能知道前途的光景呢？经里说：'不要为明日自夸，因为一日要生何事，你尚且不能知道。'这句话，你忘了么？唉，我们都是从渺茫中来，在渺茫中住，往渺茫中去。若是怕在这条云封雾锁的生命路程里走动，莫如止住你的脚步；若是你有漫游的兴趣，纵然前途和四围的光景暧昧，不能使你赏心快意，你也是要走的。横竖是往前走，顾虑什么？

"我们从前的事，也许你和一般侨寓此地的人都不十分知道。我不愿意破坏自己的名誉，也不忍教他出丑。你既是要我把态度显示出来，我就得略把前事说一点给你听，可是要求你暂时守这个秘密。

"论理，我也不是他的……"

史夫人没等她说完，早把身子挺起来，作很惊讶的样子，回头用焦急的声音说："什么？这又奇怪了！"

"这倒不是怪事，且听我说下去。你听这一点，就知道我的全意思了。我本是人家的童养媳，一向就不曾和人行过婚礼——那就是说，夫妇的名分，在我身上用不着。当时，我并不是爱他，不过要仗着他的帮助，救我脱出残暴的婆家。走到这个地方，依着时势的境遇，使我不能不认他为夫……"

"原来你们的家有这样特别的历史……那么，你对于长孙先生可以说没有精神的关系，不过是不自然的结合罢了。"

尚洁庄重地回答说："你的意思是说我们没有爱情么？诚然，我从不曾在别人身上用过一点男女的爱情，别人给我的，我也不曾辨别过那是真的，这是假的。夫妇，不过是名义上的事；爱与不爱，只能稍微影响一点精神的生活，和家庭的组织是毫无关系的。

"他怎样想法子要奉承我，凡认识我的人都觉得出来。然而我却没有领他的情，因为他从没有把自己的行为检点一下。他的嗜好多，脾气坏，是你所知道的。我一到会堂去，每听到人家说我是长孙可望的妻子，就非常的惭愧。我常想着从不自爱的人所给的爱情都是假的。

"我虽然不爱他，然而家里的事，我认为应当替他做的，我也乐意去做。因为家庭是公的，爱情是私的。我们两人的关系，实在就是这样。外人说我和谭先生的事，全是不对的。我的家庭已经成为这样，我又怎能把它破坏呢？"

史夫人说:"我现在才看出你们的真相,我也回去告诉史先生,教他不要多信闲话。我知道你是好人,是一个纯良的女子,神必保佑你。"说着,用手轻轻地拍一拍尚洁的肩膀,就站立起来告辞。

尚洁陪她在花荫底下走着,一面说:"我很愿意你把这事的原委单说给史先生知道。至于外间传说我和谭先生有秘密的关系,说我是淫妇,我都不介意。连他也好几天不回来啦。我估量他是为这事生气,可是我并不辩白。世上没有一个人能够把真心拿出来给人家看;纵然能够拿出来,人家也看不明白,那么,我又何必多费唇舌呢?人对于一件事情一存了成见,就不容易把真相观察出来。凡是人都有成见,同一件事,必会生出歧异的评判,这也是难怪的。我不管人家怎样批评我,也不管他怎样疑惑我,我只求自己无愧,对得住天上的星辰和地下的蝼蚁便了。你放心吧,等到事情临到我身上,我自有方法对付。我的意思就是这样,若是有工夫,改天再谈吧。"

她送客人出门,就把玉狸抱到自己房里。那时已经不早,月光从窗户进来,歇在椅桌、枕席之上,把房里的东西染得和铅制的一般。她伸手向床边按了一按铃子,须臾,女佣妥娘就上来。她问:"佩荷姑娘睡了么?"妥娘在门边回答说:"早就睡了。消夜已预备好了,端上来不?"她说着,顺手把电灯拧着,一时满屋里都着上颜色了。

在灯光之下,才看见尚洁斜倚在床上。流动的眼睛、软润的额颊、玉葱似的鼻、柳叶似的眉、桃绽似的唇、衬着蓬乱的头发……凡形体上各样的美都凑合在她头上。她的身体,修短也很合度。从她口里发出来的声音都合音节,就是不懂音乐的人,一听了她的话语,也能得着许多默感。她见妥娘把灯拧亮了,就说:"把它拧灭了吧。光太强了,更不舒服。方才我也忘了留史夫人在这里消夜。我不觉得十分饥饿,不必端上来,你们可以自己方便去。把东西收拾清楚,随着给我点一支洋烛上来。"

妥娘遵从她的命令,立刻把灯灭了,接着说:"相公今晚上也许又不回来,可以把大门扣上么?"

"是,我想他永远不回来了。你们吃完,就把门关好,各自歇息去吧,夜很深了。"

尚洁独坐在那间充满月亮的房里,桌上一支洋烛已燃过三分之二,轻风频拂火焰,眼看那支发光的小东西要泪尽了。她于是起来,把烛火移到屋角一个窗户前头的小几上。那里有一个软垫,几上搁几本经典和祈祷文。她每夜睡前的功课就是跪在那垫上默记三两节经句,或是诵几句祷词。别的事情,也许她会忘记,唯独这圣事是她所不敢忽略的。她跪在那里冥想了许多,睁眼一看,火光已不知道在什么时候从烛台上逃走了。

她立起来,把卧具整理妥当,就躺下睡觉,可是她怎能睡着呢?呀,月亮也循着宾客的礼,不敢相扰,慢慢地辞了她,走到园里和它的花草朋友、木石知交周旋去了!

月亮虽然辞去,她还不转眼地望着窗外的天空,像要诉她心中的秘密一般。她正在床上辗来转去,忽听园里"曜曜"一声,响得很厉害,她起来,走到窗边,往外一望,但见一重一重的树影和夜雾把园里盖得非常严密,教她看不见什么。于是她蹑步下楼,唤醒妥娘,命她到园里去察看那怪声的出处。妥娘自己一个人哪里敢出去,她走到门房把团哥叫醒,央他一同到围墙边察一察。团哥也就起来了。

妥娘去不多会,便进来回话。她笑着说:"你猜是什么呢?原来是一个塞运的窃贼摔倒在我们的墙根。他的腿已摔坏了,脑袋也撞伤了,流得满地都是血,动也动不得了。团哥拿着一枝荆条正在抽他哪。"

尚洁听了,一霎时前所有的恐怖情绪一时尽变为慈祥的心意。她等不得回答妥娘,便跑到墙根。团哥还在那里:"你这该死的东西……不知厉害的坏种……"一句一鞭,打骂得很高兴。尚洁一到,就止住他,还命他和妥娘把受伤的贼扛到屋里来。她吩咐让他躺在贵妃榻上。仆人们都显出不愿意的样子,因为他们想着一个贼人不应该受这么好的待遇。

尚洁看出他们的意思,便说:"一个人走到做贼的地步是最可怜悯的。若是你们不得着好机会,也许……"她说到这里,觉得有点失言,教她的用人听了不舒服,就改过一句说话,"若是你们明白他的境遇,也许会体贴他。我见了一个受伤的人,无论如何,总得救护的。你们常常听见'救苦救难'的话,遇着忧患的时候,有时也会脱口地说出来,为何不从'他是苦难人'那方面体贴他呢?你们不要怕他的血沾脏了那垫子,尽管扶他躺下吧。"团哥只得扶他躺下,口里沉吟地说:"我们还得为他请医生去么?"

"且慢,你把灯移近一点,待我来看一看。救伤的事,我还在行。妥娘,你上楼去把我们那个常备药箱,捧下来。"又对团哥说,"你去倒一盆清水来吧。"

仆人都遵命各自干事去了。那贼虽闭着眼,方才尚洁所说的话，却能听得分明。他心里的感激可使他自忘是个罪人，反觉他是世界里一个最能得人爱惜的青年。这样的待遇，也许就是他生平第一次得着的。他呻吟了一下，用低沉的声音说："慈悲的太太，菩萨保佑慈悲的太太！"

那人的太阳边受的伤很重，腿部倒不十分厉害。她用药棉蘸水轻轻地把伤处周围的血迹涤净，再用绷带裹好。等到事情做得清楚，天早已亮了。

她正转身要上楼去换衣服，暮听得外面敲门的声很急，就止步问说："谁这么早就来敲门呢？"

"是警察吧。"

妥娘提起这四个字，叫她很着急。她说："谁去告诉警察呢？"那贼躺在贵妃榻上，一听见警察要来，恨不能立刻起来跪在地上求恩。但这样的行动已从他那双劳倦的眼睛表白出来了。尚洁跑到他跟前，安慰他说："我没有叫人去报警察……"正说到这里，那从门外来的脚步已经踏进来。

来的并不是警察，却是这家的主人长孙可望。他见尚洁穿着一件睡衣站在那里和一个躺着的男子说话，心里的无名火已从身上八万四千个毛孔里发射出来。他第一句就问："那人是谁？"

这个问题实在叫尚洁不容易回答，因为她从不曾问过那受伤者的名字，也不便说他是贼。

"他……他是受伤的人……"

可望不等说完，便拉住她的手，说："你办的事，我早已知道。我这几天不回来，正要侦察你的动静，今天可给我撞见了。我何尝辜负你呢？一同上去吧，我们可以慢慢地谈。"不由分说，拉着她就往上跑。

妥娘在旁边，看得情急，就大声嚷着："他是贼！"

"我是贼，我是贼！"那可怜的人也嚷了两声。可望只对着他冷笑，说："我明知道你是贼。不必报名，你且歇一歇吧。"

一到卧房里，可望就说："我且问你，我有什么对你不起的地方？你要入学堂，我便立刻送你去；要到礼拜堂听道，我便特地为你预备车马。现在你有学问了，也入教了，我且问你，学堂教你这样做，教堂教你这样做么？"

他的话意是要诘问她为什么变心，因为他许久就听见人说尚洁嫌他鄙陋不文，要离弃他去嫁给一个姓谭的。夜间的事，他一概不知，他进门一看尚洁的神色，老以为她所做的是一段爱情把戏。在尚洁方面，以为他是不喜欢她这样待遇窃贼。她的慈悲性情是上天所赋的，她也觉得这样办，于自己的信仰和所受的教育没有冲突，就回答说："是的，学堂教我这样做，教会也教我这样做。你敢是……"

"是么？"可望喝了一声，猛将怀中小刀取出来向尚洁的肩膀上一击。这不幸的妇人立时倒在地上，那玉白的脸庞已像渍在胭脂膏里一样。

她不说什么，但用一种沉静的和无抵抗的态度，就足以感动那愚顽的凶手。可望见此情景，心中恐怖的情绪已把凶猛的怒气克服了。他不再有什么动作，只站在一边出神。他看尚洁动也不动一下，估量她是死了。那时，他觉得自己的罪恶压住他，不许再逗留在那里，便溜烟似的往外跑。

妥娘见他跑了，知道楼上必有事故，就赶紧上来，她看尚洁那样子,不由得"啊,天公!"喊了一声,一面上去,要把她搀扶起来。尚洁这时,眼睛略略睁开,像要对她说什么,只是说不出。她指着肩膀示意,妥娘才看见一把小刀插在她肩上。妥娘的手便即酥软,周身发抖,待要扶她,也没有气力了。她含泪对着主妇说:"容我去请医生吧。"

"史……史……"妥娘知道她是要请史夫人来,便回答说:"好,我也去请史夫人来。"她教团哥看门,自己雇一辆车找救星去了。

医生把尚洁扶到床上,慢慢施行手术,赶到史夫人来时,所有的事情都弄清楚啦。医生对史夫人说:"长孙夫人的伤不甚要紧,保养一两个星期便可复元。幸而那刀从肩胛骨外面脱出来,没有伤到肺叶——那两个创口是不要紧的。"

医生辞去以后,史夫人便坐在床沿用法子安慰她。这时,尚洁的精神稍微恢复,就对她的知交说:"我不能多说话,只求你把底下那个受伤的人先送到公医院去,其余的,待我好了再给你说……唉,我的嫂子,我现在不能离开你,你这几天得和我同在一块儿住。"

史夫人一进门就不明白底下为什么躺着一个受伤的男子。妥娘去时,也没有对她详细地说。她看见尚洁这个样子,又不便往下问。但尚洁的颖悟性从不会被刀所伤,她早明白史夫人猜不透这个闷葫芦,就说:"我现在没有气力给你细说,你可以向妥娘打听去。就要速速去办,若是他回来,便要害了他的性命。"

史夫人照她所吩咐的去做,回来,就陪着她在房里,没有回家。那四岁的女孩佩荷更不知道这是怎么一回事,还是啼啼笑笑,过她的平安日子。

一个星期,两个星期,在她病中默默地过去。她也渐次复元了。她想许久没有到园里去,就央求史夫人扶着她慢慢走出来。她们穿过那晚上谈话的柳荫,来到园边一个小亭下,就歇在那里。她们坐的地方满开了玫瑰,那清静温香的景色委实可以消灭一切忧闷和病害。

"我已忘了我们这里有这么些好花,待一会,可以折几枝带回屋里。"

"你且歇歇,我为你选择几枝吧。"史夫人说时,便起来折花。尚洁见她脚下有一朵很大的花,就指着说:"你看,你脚下有一朵很大、很好看的,为什么不把它摘下?"

史夫人低头一看,用手把花提起来,便叹了一口气。

"怎么啦?"

史夫人说:"这花不好。"因为那花只剩地上那一半,还有一边是被虫伤了。她怕说出伤字,要伤尚洁的心,所以这样回答。但尚洁看的明明是一朵好花,直叫递过来给她看。

"夺魁嫂,你说它不好么?我在此中找出道理咧!这花虽然被虫伤了一半,还开得这么好看,可见人的命运也是如此——若不把他的生命完全夺去,虽然不完全,也可以得着生活上一部分的美满,你以为如何呢?"

史夫人知道她联想到自己的事情上头,只回答说:"那是当然的,命运的偃蹇和亨通,于我们的生活没有多大关系。"

谈话之间,妥娘领着史夺魁先生进来。他向尚洁和他的妻子问过好,便坐在她们对面一张凳上。史夫人不管她丈夫要说什么,头一句就问:"事情怎样解决呢?"

史先生说:"我正是为这事情来给长孙夫人一个信。昨天在会堂里有一个很激烈的纷争,因为有些人说可望的举动是长孙夫人迫他做成的,应当剥夺她赴圣筵的权利。我和我奉真牧师在席间极力申辩,终归无效。"他望着尚洁说:"圣筵赴与不赴也不要紧。因为我们的信仰绝不能为仪式所束缚,我们的行为,只求对得起良心就算了。"

"因为我没有把那可怜的人交给警察,便责罚我么?"

史先生摇头说:"不,不,现在的问题不在那事上头。前天可望寄一封长信到会里,说到你怎样对他不住,怎样想弃绝他去嫁给别人。他对于你和某人、某人往来的地点、时间都说出来。且说,他不愿意再见你的面,若不与你离婚,他永不回家。信他所说的人很多,我们怎样申辩也挽不过来。我们虽然知道事实不是如此,可是不能找出什么凭据来证明,我现在正要告诉你,若是要到法庭去的话,我可以帮你的忙。这里不像我们祖国,公庭上没有女人说话的地位。况且他的买卖起先都是你拿资本出来,要离异时,照法律,最少总得把财产分一半给你……像这样的男子,不要他也罢了。"

尚洁说:"那事实现在不必分辩,我早已对嫂子说明了。会里因为信条的缘故,说我的行为不合道理,便禁止我赴圣筵——这是他们所信的,我有什么可说的呢!"她说到末一句,声音便低下了。她的颜色很像为同会的人误解她和误解道理惋惜。

"唉,同一样道理,为何信仰的人会不一样?"

她听了史先生这话,便兴奋起来,说:"这何必问?你不常听见人说'水是一样,牛喝了便成乳汁,蛇喝了便成毒液'么?我管保我所得能化为乳汁,哪能干涉人家所得的变成毒液呢?若是到法庭去的话,倒也不必。我本没有正式和他行过婚礼,自毋须乎在法庭上公布离婚。若说他不愿意再见我的面,我尽可以搬出去。财产是生活的赘瘤,不要也罢,和他争什么?他赐给我的恩惠已是不少,留着给他……"

"可是你一把财产全部让给他,你立刻就不能生活。还有佩荷呢?"

尚洁沉吟半晌便说:"不妨,我私下也曾积聚些少,只不能支持到一年罢了。但不论如何,我总得自己挣扎。至于佩荷……"她又沉思了一会,才续下去说,"好吧,看他的意思怎样,若是他愿意把那孩子留住,我也不和他争。我自己一个人离开这里就是。"

他们夫妇二人深知道尚洁的性情,知道她很有主意,用不着别人指导。并且她在无论什么事情上头都用一种宗教的精神去安排。她的态度常显出十分冷静和沉毅,做出来的事,有时超乎常人意料之外。

史先生深信她能够解决自己将来的生活,一听了她的话,便不再说什么,只略略把眉头皱了一下而已。史夫人在这两三个星期间,也很为她费了些筹划。他们有一所别业在土华地方,早就想教尚洁到那里去养病,到现在她才开口说:"尚洁妹子,我知道你一定有更好的主意,不过你的身体还不甚复原,不能立刻出去做什么事情,何不到我们的别庄里静养一下,过几个月再行打算?"史先生接着对他妻子说:"这也好。只怕路途远一点,由海船去,最快也得两天才可以到。但我们都是惯于出门的人,海涛的颠簸当然不能制伏我们，若是要去的话，你可以陪着去，省得寂寞了长孙夫人。"

尚洁也想找一个静养的地方，不意他们夫妇那么仗义，所以不待踌躇便应许了。她不愿意为自己的缘故教别人麻烦，因此不让史夫人跟着前去。她说："寂寞的生活是我尝惯的。史嫂子在家里也有许多当办的事情，哪里能够和我同行？还是我自己去好一点。我很感谢你二位的高谊，要怎样表示我的谢忱，我却不懂得；就是懂，也不能表示得万分之一。我只说一声'感激莫名'便了。史先生，烦你再去问他要怎样处置佩荷，等这事弄清楚，我便要动身。"她说着，就从方才摘下的玫瑰中间选出一朵好看的递给史先生，教他插在胸前的纽门上。不久，史先生也就起立告辞，替她办交涉去了。

土华在马来半岛的西岸，地方虽然不大，风景倒还幽致。那海里出的珠宝不少，所以住在那里的多半是搜宝之客。尚洁住的地方就在海边一丛棕林里。在她的门外，不时看见采珠的船往来于金的塔尖和银的浪头之间。这采珠的工夫赐给她许多教训。因为她这几个月来常想着人生就同入海采珠一样，整天冒险入海里去，要得着多少，得着什么，采珠者一点把握也没有。但是这个感想绝不会妨害她的生命。她见那些人每天迷蒙蒙地搜求，不久就理会她在世间的历程也和采珠的工作一样。要得着多少，得着什么，虽然不在她的权能之下，可是她每天总得入海一遭，因为她的本分就是如此。

她对于前途不但没有一点灰心，且要更加奋勉。可望虽是剥夺她们母女的关系，不许佩荷跟着她，然而她仍不忍弃掉她的责任，每月要托人暗地里把吃的用的送到故家去给她女儿。

她现在已变主妇的地位为一个珠商的记室了。住在那里的人，都说她是人家的弃妇，就看轻她，所以她所交游的都是珠船里的工人。那班没有思想的男子在休息的时候，便因着她的姿色争来找她开心。但她的威仪常是调伏这班人的邪念，教他们转过心来承认她是他们的师保。

她一连三年，除干她的正事以外，就是教她那班朋友说几句英吉利语，念些少经文，知道些少常识。在她的团体里，使令、供养，无不如意。若说过快活日子，能像她这样也就不劣了。

虽然如此，她还是有缺陷的。社会地位，没有她的份；家庭生活，也没有她的份；我们想想，她心里到底有什么感觉？前一项，于她是不甚重要的；后一项，可就缭乱她的衷肠了！史夫人虽常寄信给她，然而她不见信则已，一见了信，那种说不出来的伤感就加增千百倍。

她一想起她的家庭，每要在树林里徘徊，树上的蛁蟟①常要幻成她女儿的声音对她说："母思儿耶？母思儿耶？"这本不是奇迹，因为发声者无情，听音者有意；她不但对于那些小虫的声音是这样，即如一切的声音和颜色，偶一触着她的感官，便幻成她的家庭了。

她坐在林下，遥望着无涯的波浪，一度一度地掀到岸边，常觉得她的女儿踏着浪花踊跃而来，这也不止一次了。那天，她又坐在那里，手拿着一张佩荷的小照，那是史夫人最近给她寄来的。她翻来翻去地看，看得眼昏了。她猛一抬头，又得着常时所现的异象。

---

① 蛁蟟：蝉名。

她看见一个人携着她的女儿从海边上来，穿过林樾，一直走到跟前。那人说："长孙夫人，许久不见，贵体康健啊！我领你的女儿来找你哪。"

尚洁此时，展一展眼睛，才理会果然是史先生携着佩荷找她来。她不等回答史先生的话，便上前用力搂住佩荷，她的哭声从她爱心的深密处殷雷似的震发出来。佩荷因为不认得她，害怕起来，也放声哭了一场。史先生不知道感触了什么，也在旁边只尽管擦眼泪。

这三种不同情绪的哭泣止了以后，尚洁就呜咽地问史先生说："我实在喜欢。想不到你会来探望我，更想不到佩荷也能来！"她要问的话很多，一时摸不着头绪。只搂定佩荷，眼看着史先生出神。

史先生很庄重地说："夫人，我给你报好消息来了。"

"好消息！"

"你且镇定一下，等我细细地告诉你。我们一得着这消息，我的妻子就教我和佩荷一同来找你。这奇事，我们以前都不知道，到前十几天才听见我奉真牧师说的。我牧师自那年为你的事卸职后，他的生活，你已经知道了。"

"是，我知道。他不是白天做裁缝匠，晚间还做制饼师么？我信得过，神必要帮助他，因为神的儿子说：'为义受逼迫的人是有福的。'他的事业还顺利么？"

"倒没有什么过不去的地方。他不但日夜劳动，在合宜的时候，还到处去传福音哪。他现在不用这样地吃苦，因为他的老教会看他的行为，请他回国仍旧当牧师去，在前一个星期已经动身了。"

"是么！谢谢神！他必不能长久地受苦。"

"就是因为我牧师回国的事,我才能到这里来。你知道长孙先生也受了他的感化么?这事详细地说起来,倒是一种神迹。我现在来,也是为告诉你这件事。

"前几天,长孙先生忽然到我家里找我。他一向就和我们很生疏,好几年也不过访一次,所以这次的来,教我们很诧异。他第一句就问你的近况如何,且诉说他的懊悔。他说这反悔是忽然的,是我牧师警醒他的。现在我就将他的话,照样地说一遍给你听——

"'在这两三年间,我牧师常来找我谈话,有时也请我到他的面包房里去听他讲道。我和他来往那么些次,就觉得他是我的好师傅。我每有难决的事情或疑虑的问题,都去请教他。我自前年生事,二人分离以后,每疑惑尚洁官的操守,又常听见家里用人思念她的话,心里就十分懊悔。但我总想着,男人说话将军箭,事已做出,哪里还有脸皮收回来?本是打算给它一个错到底的。然而日子越久,我就越觉得不对。到我牧师要走,最末次命我去领教训的时候,讲了一个章经,教我很受感动。散会后,他对我说,他盼望我做的是请尚洁官回来。他又念《马可福音》十章给我听,我自得着那教训以后,越觉得我很卑鄙、凶残、淫秽,很对不住她。现在要求你先把佩荷带去见她,盼望她为女儿的缘故赦免我。你们可以先走,我随后也要亲自前往。'

"他说的懊悔的话很多,我也不能细说了。等他来时,容他自己对你细说吧。我很奇怪我牧师对于这事,以前一点也没有对我说过,到要走时,才略提一提;反叫他来到我那里去,这不是神迹么?"

尚洁听了这一席话,却没有显出特别愉悦的神色,只说:"我的行为本不求人知道,也不是为要得人家的怜恤和赞美;人家怎样待我,我就怎样受,从来是不计较的。别人伤害我,我还饶恕,何况是他呢?他知道自己的鲁莽,是一件极可喜的事——你愿意到我屋里去看一看么?我们一同走走吧。"

他们一面走,一面谈。史先生问起她在这里的事业如何,她不愿意把所经历的种种苦处尽说出来,只说:"我来这里,几年的工夫也不算浪费,因为我已找着了许多失掉的珠子了!那些灵性的珠子,自然不如入海去探求那么容易,然而我竟能得着二三十颗。此外,没有什么可以告诉你。"

尚洁把她事情结束停当,等可望不来,打算要和史先生一同回去。正要到珠船里和她的朋友们告辞,在路上就遇见可望跟着一个本地人从对面来。她认得是可望,就堆着笑容,抢前几步去迎他,说:"可望君,平安哪!"可望一见她,也就深深地行了一个敬礼,说:"可敬的妇人,我所做的一切事都是伤害我的身体和你我二人的感情,此后我再不敢了。我知道我多多地得罪你,实在不配再见你的面,盼望你不要把我的过失记在心中。今天来到这里,为的是要表明我悔改的行为,还要请你回去管理一切所有的。你现在要到哪里去呢?我想你可以和史先生先行动身,我随后回来。"

尚洁见他那番诚恳的态度,比起从前简直是两个人,心里自然满是愉快,且暗自谢她的神在他身上所显的奇迹。她说:"呀!往事如梦中之烟,早已在虚幻里消散了,何必重新提起呢?凡人都不可积聚日间的怨恨、怒气和一切伤心的事到夜里,何况是隔了好几年的事?请你把那些事情搁在脑后吧。我本想到船里去,向我那班同工的人辞行。你怎样不和我们一起回去,还有别的事情要办么?

史先生现时在他的别业——就是我住的地方——我们一同到那里去吧,待一会,再出来辞行。"

"不必,不必。你可以去你的,我自己去找他就可以。因为我还有些正当的事情要办。恐怕不能和你们一同回去,什么事,以后我才叫你知道。"

"那么,你教这土人领你去吧,从这里走不远就是。我先到船里,回头再和你细谈。再见哪!"

她从土华回来,先住在史先生家里,意思是要等可望来到,一同搬回她的旧房子去。谁知等了好几天,也不见他的影。她才知道可望在土华所说的话意有所含蓄。可是他到哪里去呢?去干什么呢?她正想着,史先生拿了一封信进来对她说:"夫人,你不必等可望了,明后天就搬回去吧。他寄给我这一封信说,他有许多对不起你的地方,都是出于激烈的爱情所致,因他爱你的缘故,所以伤了你。现在他要把从前邪恶的行为和暴躁的脾气改过来,且要偿还你这几年来所受的苦楚,故不得不暂时离开你。他已经到槟榔屿了。他不直接写信给你的缘故,是怕你伤心,故此写给我,教我好安慰你;他还说从前一切的产业都是你的,他不应独自霸占了许多,要求你尽量地享用,直等到他回来。"

"这样看来,不如你先搬回去,我这里派人去找他回来如何?唉,想不到他一会儿就能悔改到这步田地!"

她遇事本来很沉静,史先生说时,她的颜色从不曾显出什么变态,只说:"为爱情么?为爱而离开我么?这是当然的,爱情本如极利的斧子,用来剥削命运常比用来整理命运的时候多一些。他既然规定他自己的行程,又何必费工夫去寻找他呢?我是没有成见的，事情怎样来，我怎样对付就是。"

尚洁搬回来那天，可巧下了一点雨，好像上天使园里的花木特地沐浴得很妍净来迎接它们的旧主人一样。她进门时，妥娘正在整理厅堂，一见她来，便嚷着："奶奶，你回来了！我们很想念你哪！你的房间乱得很，等我把各样东西安排好再上去。先到花园去看看吧，你手植各样的花木都长大了。后面那棵释迦头长得像罗伞一样，结果也不少，去看看吧。史夫人早和佩荷姑娘来了，她们现时也在园里。"

她和妥娘说了几句话，便到园里。一拐弯，就看见史夫人和佩荷坐在树荫底下一张凳上——那就是几年前，她要被刺那夜，和史夫人坐着谈话的地方。她走来，又和史夫人并肩坐在那里。史夫人说来说去，无非是安慰她的话。她像不信自己这样的命运不甚好，也不信史夫人用定命论的解释来安慰她，就可以使她满足。然而她一时不能说出合宜的话，教史夫人明白她心中毫无忧郁在内。她无意中一抬头，看见佩荷拿着树枝把结在玫瑰花上一个蜘蛛网撩破了一大部分。她注神许久，就想出一个意思来。

她说："呀，我给这个比喻，你就明白我的意思。

"我像蜘蛛，命运就是我的网。蜘蛛把一切有毒无毒的昆虫吃入肚里，回头把网组织起来。它第一次放出来的游丝，不晓得要被风吹到多么远，可是等到粘着别的东西的时候，它的网便成了。

"它不晓得那网什么时候会破，和怎样破法。一旦破了，它还暂时安安然然地藏起来，等有机会再结一个好的。

"它的破网留在树梢上，还不失为一个网。太阳从上头照下来，把各条细丝映成七色；有时沾上些少水珠，更显得灿烂可爱。

"人和他的命运,又何尝不是这样?所有的网都是自己组织得来,或完或缺,只能听其自然罢了。"

史夫人还要说时,妥娘来说屋子已收拾好了,请她们进去看看。于是,她们一面谈,一面离开那里。

园里没人,寂静了许久。方才那只蜘蛛悄悄地从叶底出来,向着网的破裂处,一步一步,慢慢补缀。它补这个干什么?因为它是蜘蛛,不得不如此!

春 桃

许地山

这年的夏天分外地热。街上的灯虽然亮了,胡同口那卖酸梅汤的还像唱梨花鼓的姑娘耍着他的铜碗。一个背着一大篓字纸的妇人从他面前走过,在破草帽底下虽看不清她的脸,当她与卖酸梅汤的打招呼时,却可以理会她有满口雪白的牙齿。她背上担负得很重,甚至不能把腰挺直,只如骆驼一样,庄严地一步一步踱到自己门口。

进门是个小院,妇人住的是塌剩下的两间厢房。院子一大部分是瓦砾。在她的门前种着一棚黄瓜,几行玉米。窗下还有十几棵晚香玉。几根朽坏的梁木横在瓜棚底下,大概是她家最高贵的坐处。她一到门前,屋里出来一个男子,忙帮着她卸下背上的重负。

"媳妇,今儿回来晚了。"

妇人望着他,像很诧异他的话。"什么意思?你想媳妇想疯啦?别叫我媳妇,我说。"她一面走进屋里,把破草帽脱下,顺手挂在门后,从水缸边取了一个小竹筒向缸里一连舀了好几次,喝得换不过气来,张了一会嘴,到瓜棚底下把篓子拖到一边,便自坐在朽梁上。

那男子名叫刘向高。妇人的年纪也和他差不多,在三十左右,娘家也姓刘。除掉向高以外,没人知道她的名字叫作春桃。街坊叫她作捡烂纸的刘大姑,因为她的职业是整天在街头巷尾垃圾堆里讨生活,有时沿途嚷着"烂字纸换取灯儿①"。一天到晚在烈日冷风里吃尘土,可是生来爱干净,无论冬夏,每天回家,她总得净身洗脸。替她预备水的照例是向高。

向高是个乡间高小毕业生,四年前,乡里闹兵灾,全家逃散了,在道上遇见同是逃难的春桃,一同走了几百里,彼此又分开了。

她随着人到北京来,因为总布胡同里一个西洋妇人要雇一个没混过事的乡下姑娘当"阿妈",她便被荐去上工。主妇见她长得清秀,很喜爱她。她见主人老是吃牛肉,在馒头上涂牛油,喝茶还要加牛奶,来去鼓着一阵腥味,闻不惯。有一天,主人叫她带孩子到三贝子花园去,她理会主人家的气味有点像从虎狼栏里发出来的,心里越发难过,不到两个月,便辞了工。到平常人家去,乡下人不惯当差,又挨不得骂,上工不久,又不干了。在穷途上,她自己选了这捡烂纸换取灯儿的职业,一天的生活,勉强可以维持下去。

向高与春桃分别后的历史倒很简单,他到涿州去,找不着亲人,有一两个世交,听他说是逃难来的,都不很愿意留他住下,不得已又流到北京来。由别人的介绍,他认识胡同口那卖酸梅汤的老

---

① 取灯儿:方言,火柴。

吴,老吴借他现在住的破院子住,说明有人来赁,他得另找地方。他没事做,只帮着老吴算算账,卖卖货。他白住房子白做活,只赚两顿吃。春桃的捡纸生活渐次发达了,原住的地方,人家不许她堆货,她便沿着德胜门墙根来找住处。一敲门,正是认识的刘向高。她不用经过许多手续,便向老吴赁下这房子,也留向高住下,帮她的忙。这都是三年前的事了。他认得几个字,在春桃捡来和换来的字纸里,也会抽出些少比较能卖钱的东西,如画片或某将军、某总长写的对联、信札之类。二人合作,事业更有进步。向高有时也教她认几个字,但没有什么功效,因为他自己认得的也不算多,解字就更难了。

他们同居这些年,生活状态,若不配说像鸳鸯,便说像一对小家雀吧。

言归正传。春桃进屋里,向高已提着一桶水在她后面跟着走。他用快活的声调说:"媳妇,快洗吧,我等饿了。今晚咱们吃点好的,烙葱花饼,赞成不赞成?若赞成,我就买葱酱去。"

"媳妇,媳妇,别这样叫,成不成?"春桃不耐烦地说。

"你答应我一声,明儿到天桥给你买一顶好帽子去。你不说帽子该换了么?"向高再要求。

"我不爱听。"

他知道妇人有点不高兴了,便转口问:"到底吃什么?说呀!"

"你爱吃什么,做什么给你吃。买去吧。"

向高买了几根葱和一碗麻酱回来,放在明间的桌上。春桃擦过澡出来,手里拿着一张红帖子。

"这又是哪一位王爷的龙凤帖!这次可别再给小市那老李了。

托人拿到北京饭店去，可以多卖些钱。"

"那是咱们的。要不然，你就成了我的媳妇啦？教了你一两年的字，连自己的姓名都认不得！"

"谁认得这么些字？别媳妇媳妇的，我不爱听。这是谁写的？"

"我填的。早晨巡警来查户口，说这两天加紧戒严，哪家有多少人，都得照实报。老吴教我们把咱们写成两口子，省得麻烦。巡警也说写同居人，一男一女，不妥当。我便把上次没卖掉的那份空帖子填上了。我填的是辛未年咱们办喜事。"

"什么？辛未年？辛未年我哪儿认得你？你别捣乱啦。咱们没拜过天地，没喝过交杯酒，不算两口子。"

春桃有点不愿意，可还和平地说出来。她换了一条蓝布裤。上身是白的，脸上虽没脂粉，却呈露着天然的秀丽。若她肯嫁的话，按媒人的行情，说是二十三四的小寡妇，最少还可以值得一百八十的。

她笑着把那礼帖搓成一长条，说："别捣乱！什么龙凤帖？烙饼吃了吧。"她掀起炉盖把纸条放进火里，随即到桌边和面。

向高说："烧就烧吧，反正巡警已经记上咱们是两口子；若是官府查起来，我不会说龙凤帖在逃难时候丢掉的么？从今儿起，我可要叫你作媳妇了。老吴承认，巡警也承认，你不愿意，我也要叫。媳妇嗳！媳妇嗳！明天给你买帽子去，戒指我打不起。"

"你再这样叫，我可要恼了。"

"看来，你还想着那李茂。"向高的神气没像方才那么高兴。他自己说着，也不一定要春桃听见，但她已听见了。

"我想他？一夜夫妻，分散了四五年没信，可不是白想？"春桃这样说。她曾对向高说过她出阁那天的情形。花轿进了门，客人还没坐席，前头两个村子来人说，大队兵已经到了，四处拉人挖战壕，吓得大家都逃了，新夫妇也赶紧收拾东西，随着大众望西逃。同走了一天一宿。第二宿，前面连嚷几声"胡子来了，快躲吧"，那时大家只顾躲，谁也顾不了谁。到天亮时，不见了十几个人，连她丈夫李茂也在里头。她继续方才的话说："我想他一定跟着胡子走了，也许早被人打死了。得啦，别提他啦。"

她把饼烙好了，端到桌上。向高向砂锅里舀了一碗黄瓜汤，大家没言语，吃了一顿。

吃完，照例在瓜棚底下坐坐谈谈。一点点的星光在瓜叶当中闪着。凉风把萤火送到棚上，像星掉下来一般。晚香玉也渐次散出香气来，压住四围的臭味。

"好香的晚香玉！"向高摘了一朵，插在春桃的鬓上。

"别糟蹋我的晚香玉。晚上戴花，又不是窑姐儿。"她取下来，闻了一闻，便放在朽梁上头。

"怎么今儿回来晚啦？"向高问。

"吓！今儿做了一批好买卖！我下午正要回家，经过后门，瞧见清道夫推着一大车烂纸，问他从哪儿推来的；他说是从神武门甩出来的废纸。我见里面红的、黄的一大堆，便问他卖不卖；他说，你要，少算一点装去吧。你瞧！"她指着窗下那大箩，"我花了一块钱，买那一大箩！赔不赔，可不晓得，明儿检一检得啦。"

"宫里出来的东西没个错。我就怕学堂和洋行出来的东西，分量又重，气味又坏，值钱不值，一点也没准。"

"近年来，街上包皮东西都作兴用洋报纸。不晓得哪里来的那么些看洋报纸的人。捡起来真是分量又重,又卖不出多少钱。"

"念洋书的人越多,谁都想看看洋报,将来好混混洋事。"

"他们混洋事,咱们捡洋字纸。"

"往后恐怕什么都要带上个洋字,拉车要拉洋车,赶驴更赶洋驴,也许还有洋骆驼要来。"向高把春桃逗得笑起来了。

"你先别说别人。若是给你有钱,你也想念洋书,娶个洋媳妇。"

"老天爷知道,我绝不会发财。发财也不会娶洋婆子。若是我有钱,回乡下买几亩田,咱们两个种去。"

春桃自从逃难以来,把丈夫丢了,听见乡下两字,总没有好感想。她说:"你还想回去?恐怕田还没买,连钱带人都没有了。没饭吃,我也不回去。"

"我说回我们锦县乡下。"

"这年头,哪一个乡下都是一样,不闹兵,便闹贼;不闹贼,便闹日本,谁敢回去?还是在这里捡捡烂纸吧。咱们现在只缺一个帮忙的人。若是多个人在家替你归着东西,你白天便可以出去摆地摊,省得货过别人手里,卖漏了。"

"我还得学三年徒弟才成,卖漏了,不怨别人,只怨自己不够眼光。这几个月来我可学了不少。邮票,哪种值钱,哪种不值,也差不多会瞧了。大人物的信札手笔,卖得出钱,卖不出钱,也有一点把握了。前几天在那堆字纸里检出一张康有为的字,你说今天我卖了多少?"他很高兴地伸出拇指和食指比方着,"八毛钱!"

"说是呢!若是每天在烂纸堆里能检出八毛钱就算顶不错,还用回乡下种田去?那不是自找罪受吗?"春桃愉悦的声音就像春深的莺啼一样。她接着说:"今天这堆准保有好的给你检。听说明天还有好些,那人教我一早到后门等他。这两天宫里的东西都赶着装箱,往南方运,库里许多烂纸都不要。我瞧见东华门外也有许多,一口袋一口袋陆续地扔出来。明儿你也打听去。"

说了许多话,不觉二更打过。她伸伸懒腰站起来说:"今天累了,歇吧!"

向高跟着她进屋里。窗户下横着土炕,够两三人睡的。在微细的灯光底下,隐约看见墙上一边贴着八仙打麻雀的谐画,一边是烟公司"还是他好"的广告画。春桃的模样,若脱去破帽子,不用说到瑞蚨祥或别的上海成衣店,只到天桥搜罗一身落伍的旗袍穿上,坐在任何草地,也与"还是他好"里那摩登女差不上下。因此,向高常对春桃说贴的是她的小照。

她上了炕,把衣服脱光了,顺手揪一张被单盖着,躺在一边。向高照例是给她按按背,捶捶腿。她每天的疲劳就是这样含着一点微笑,在小油灯的闪烁中,渐次得着苏息。在半睡的状态中,她喃喃地说:"向哥,你也睡吧,别开夜工了,明天还要早起咧。"

妇人渐次发出一点微细的鼾声,向高便把灯灭了。

一破晓,男女二人又像打食的老鸹,急飞出巢,各自办各的事情去。

刚放过午炮,什刹海的锣鼓已闹得喧天。春桃从后门出来,背着纸篓,向西不压桥这边来。在那临时市场的路口,忽然听见路边有人叫她:"春桃,春桃!"

她的小名,就是向高一年之中也罕得这样叫唤她一声。自离开乡下以后,四五年来没人这样叫过她。

"春桃,春桃,你不认得我啦?"

她不由得回头一瞧,只见路边坐着一个叫花子。那乞怜的声音从他满长了胡子的嘴发出来。他站不起来,因为他两条腿已经折了。身上穿的一件灰色的破军衣,白铁纽扣都生了锈,肩膀从肩章的破缝露出,不伦不类的军帽斜戴在头上,帽章早已不见了。

春桃望着他一声也不响。

"春桃,我是李茂呀!"

她进前两步,那人的眼泪已带着灰土透入蓬乱的胡子里。她心跳得慌,半晌说不出话来,至终说:"茂哥,你在这里当叫花子啦?你两条腿怎么丢啦?"

"嗳,说来话长。你从多咱起在这里呢?你卖的是什么?"

"卖什么!我捡烂纸咧。……咱们回家再说吧。"

她雇了一辆洋车,把李茂扶上去,把篓子也放在车上,自己在后面推着。一直来到德胜门墙根,车夫帮着她把李茂扶下来。进了胡同口,老吴敲着小铜碗,一面问:"刘大姑,今儿早回家,买卖好呀?"

"来了乡亲啦。"她应酬了一句。

李茂像只小狗熊,两只手按在地上,帮助两条断腿爬着。

她从口袋里拿出钥匙,开了门,引着男子进去。她把向高的衣服取一身出来,像向高每天所做的,到井边打了两桶水倒在小澡盆里教男人洗澡。洗过以后,又倒一盆水给他洗脸。然后扶他上炕坐,自己在明间也洗一回。

"春桃,你这屋里收拾得很干净,一个人住吗?"

"还有一个伙计。"春桃不迟疑地回答他。

"做起买卖来啦?"

"不告诉你就是捡烂纸吗?"

"捡烂纸?一天捡得出多少钱?"

"先别盘问我,你先说你的吧。"

春桃把水泼掉,理着头发进屋里来,坐在李茂对面。

李茂开始说他的故事。

"春桃,唉,说不尽哟!我就说个大概吧。

"自从那晚上教胡子绑去以后,因为不见了你,我恨他们,夺了他们一杆枪,打死他们两个人,拼命地逃。逃到沈阳,正巧边防军招兵,我便应了招。在营里三年,老打听家里的消息,人来都说咱们村里都变成砖瓦地了。咱们的地契也不晓得现在落在谁手里。咱们逃出来时,偏忘了带着地契。因此这几年也没告假回乡下瞧瞧。在营里告假,怕连几块钱的饷也告丢了。

"我安分当兵,指望月月关饷,至于运到升官,本不敢盼。也是我命里合该有事:去年年头,那团长忽然下一道命令,说,若团里的兵能瞄枪连中九次靶,每月要关双饷,还升差事。一团人没有一个中过四枪;中,还是不进红心。我可连发连中,不但中了九次红心,连剩下那一颗子弹,我也放了。我要显本领,背着脸,弯着腰,脑袋向地,枪从裤裆放过去,不偏不歪,正中红心。当时我心里多么快活呢。那团长把我带上去。我心里想着总要听几句褒奖的话。不料那畜生翻了脸,愣说我是胡子,要枪毙我!他说若不是胡子,枪法绝不会那么准。我的排长、队长都替我求情,担保我不是坏人,好容易不枪毙我了,可是把我的正兵革掉,连副兵也不许我当。他说,当军官的难免不得罪弟兄们,若是上前线督战,队里有个像我瞄得那么准,从后面来一枪,虽然也算阵亡,可值不得死在仇人手里。大家没话说,只劝我离开军队,找别的营生去。

"我被革了不久,日本人便占了沈阳;听说那狗团长领着他的军队先投降去了。我听见这事,愤不过,想法子要去找那奴才。我加入义勇军,在海城附近打了几个月,一面打,一面退到关里。前个月在平谷东北边打,我去放哨,遇见敌人,伤了我两条腿。那时还能走,躲在一块大石底下,开枪打死他几个。我实在支持不住了,把枪扔掉,向田边的小道爬,等了一天、两天,还不见有红十字会的人来。伤口越肿越厉害,走不动又没吃的喝的,只躺在一边等死。后来可巧有一辆大车经过,赶车的把我扶了上去,送我到一个军医的帐幕。他们又不瞧,只把我扛上汽车,往后方医院送。已经伤了三天,大夫解开一瞧,说都烂了,非用锯不可。在院里住了一个多月,好是好了,就丢了两条腿。我想在此地举目无亲,乡下又回不去;就说回去得了,没有腿怎能种田?求医院收容我,给我一点事情做,大夫说医院管治不管留,也不管找事。此地又没有残废兵留养院,迫着我不得不出来讨饭,今天刚是第三天。这两天我常想着,若是这样下去,我可受不了,非上吊不可。"

春桃注神听他说,眼眶不晓得什么时候都湿了。她还是静默着。李茂用手抹抹额上的汗,也歇了一会儿。

"春桃,你这几年呢?这小小地方虽不如咱们乡下那么宽敞,看来你倒不十分苦。"

"谁不受苦?苦也得想法子活。在阎罗殿前,难道就瞧不见笑脸?这几年来,我就是干这捡烂纸换取灯的生活,还有一个姓刘的同我合伙。我们两人,可以说不分彼此,勉强能度过日子。"

"你和那姓刘的同住在这屋里？"

"是，我们同住在这炕上睡。"春桃一点也不迟疑，她好像早已有了成见。

"那么，你已经嫁给他？"

"不，同住就是。"

"那么，你现在还算是我的媳妇？"

"不，谁的媳妇，我都不是。"

李茂的夫权意识被激动了。他可想不出什么话来说。两眼注视着地上，当然他不是为看什么，只为有点不敢望着他的媳妇。至终他沉吟了一句："这样，人家会笑话我是个活王八。"

"王八？"妇人听了他的话，有点翻脸，但她的态度仍是很和平。她接着说："有钱有势的人才怕当王八。像你，谁认得？活不留名，死不留姓，王八不王八，有什么相干？现在，我是我自己，我做的事，绝不会玷着你。"

"咱们到底还是两口子，常言道，一夜夫妻百日恩——"

"百日恩不百日恩我不知道。"春桃截住他的话，"算百日恩，也过了好十几个百日恩。四五年间，彼此不知下落；我想你也想不到会在这里遇见我。我一个人在这里，得活，得人帮忙。我们同住了这些年，要说恩爱，自然是对你薄得多。今天我领你回来，是因为我爹同你爹的交情，我们还是乡亲。你若认我做媳妇，我不认你，打起官司，也未必是你赢。"

李茂掏掏他的裤带，好像要拿什么东西出来，但他的手忽然停住，眼睛望望春桃，至终把手缩回去撑着席子。

李茂没话，春桃哭。日影在这当中也静静地移了三四分。

"好吧，春桃，你做主。你瞧我已经残废了，就使你愿意跟我，我也养不活你。"李茂到底说出这英明的话。

"我不能因为你残废就不要你，不过我也舍不得丢了他。大家住着，谁也别想谁是养活着谁，好不好？"春桃也说了她心里的话。

李茂的肚子发出很微细的咕噜咕噜声音。

"噢，说了大半天，我还没问你要吃什么！你一定很饿了。"

"随便吧，有什么吃什么。我昨天晚上到现在还没吃，只喝水。"

"我买去。"春桃正踏出房门，向高从院外很高兴地走进来，两人在瓜棚底下撞了个满怀。"高兴什么？今天怎样这早就回来？"

"今天做了一批好买卖！昨天你背回的那一篓，早晨我打开一看，里头有一包皮是明朝高丽王上的表章，一份至少可卖五十块钱。现在我们手里有十份！方才散了几份给行里，看看主儿出得多少，再发这几份。里头还有两张盖上端明殿御宝的纸，行家说是宋家的，一给价就是六十块，我没敢卖，怕卖漏了，先带回来给你开开眼。你瞧……"他说时，一面把手里的旧蓝布包袱打开，拿出表章和旧纸来。"这是端明殿御宝。"他指着纸上的印纹。

"若没有这个印，我真看不出有什么好处，洋宣比它还白咧。怎么官里管事的老爷们也和我一样不懂眼？"春桃虽然看了，却不晓得那纸的值钱处在哪里。

"懂眼？若是他们懂眼，咱们还能换一块几毛吗？"向高把纸接过去，仍旧和表章包皮在包袱里。他笑着对春桃说："我说，媳妇……"

春桃看了他一眼，说："告诉你别管我叫媳妇。"

向高没理会她,直说:"可巧你也早回家。买卖想是不错。"

"早晨又买了像昨天那样的一篓。"

"你不说还有许多么?"

"都教他们送到晓市卖到乡下包落花生去了!"

"不要紧,反正咱们今天开了光,头一次做上三十块钱的买卖。我说,咱们难得下午都在家,回头咱们上什刹海逛逛,消消暑去,好不好?"

他进屋里,把包袱放在桌上。春桃也跟进来。她说:"不成,今天来了人了。"说着掀开帘子,点头招向高,"你进去。"

向高进去,她也跟着。"这是我原先的男人。"她对向高说过这话,又把他介绍给李茂说,"这是我现在的伙计。"

两个男子,四只眼睛对着,若是他们眼球的距离相等,他们的视线就会平行地接连着。彼此都没话,连窗台上歇的两只苍蝇也不作声。这样又教日影静静地移一二分。

"贵姓?"向高明知道,还得照例地问。

彼此谈开了。

"我去买一点吃的。"春桃又向着向高说,"我想你也还没吃吧?烧饼成不成?"

"我吃过了。你在家,我买去吧。"

妇人把向高拖到炕上坐下,说:"你在家陪客人谈话。"给了他一副笑脸,便自出去。

屋里现在剩下两个男人,在这样情况底下,若不能一见如故,便得打个你死我活。好在他们是前者的情形。但我们别想李茂是短了两条腿,不能打。我们得记住向高是拿过三五年笔杆的,用李茂的分量满可以把他压死。若是他有枪,更省事,一动指头,向高便得过奈何桥。

李茂告诉向高,春桃的父亲是个乡下财主,有一顷田。他自己的父亲就在他家做活和赶叫驴。因为他能瞄很准的枪,她父亲怕他当兵去,便把女儿许给他,为的是要他保护庄里的人们。这些话,是春桃没向他说过的。他又把方才春桃说的话再述一遍,渐次迫到他们二人切身的问题上头。

"你们夫妇团圆,我当然得走开。"向高在不愿意的情态底下说出这话。

"不,我已经离开她很久,现在并且残废了,养不活她,也是白搭。你们同住这些年,何必拆?我可以到残废院去。听说这里有,有人情便可进去。"

这给向高很大的诧异。他想,李茂虽然是个大兵,却料不到他有这样的侠气。他心里虽然愿意,嘴上还不得不让。这是礼仪的狡猾,念过书的人们都懂得。

"那可没有这样的道理。"向高说,"教我冒一个霸占人家妻子的罪名,我可不愿意。为你想,你也不愿意你妻子跟别人住。"

"我写一张休书给她,或写一张契给你,两样都成。"李茂微笑诚意地说。

"休?她没什么错,休不得。我不愿意丢她的脸。卖?我哪儿有钱买?我的钱都是她的。"

"我不要钱。"

"那么,你要什么?"

"我什么都不要。"

"那又何必写卖契呢?"

"因为口讲无凭,日后反悔,倒不好了。咱们先小人,后君子。"

说到这里,春桃买了烧饼回来。她见二人谈得很投机,心下十分快乐。

"近来我常想着得多找一个人来帮忙,可巧茂哥来了。他不能走动,正好在家管管事,检检纸。你当跑外卖货。我还是当捡货的。咱们三人开公司。"春桃另有主意。

李茂让也不让,拿着烧饼往嘴送,像从饿鬼世界出来的一样,他没工夫说话了。

"两个男人,一个女人,开公司?本钱是你的?"向高发出不需要的疑问。

"你不愿意吗?"妇人问。

"不,不,不,我没有什么意思。"向高心里有话,可说不出来。

"我能做什么?整天坐在家里,干得了什么事?"李茂也有点不敢赞成。他理会向高的意思。

"你们都不用着急,我有主意。"

向高听了,伸出舌头舐舐嘴唇,还吞了一口唾沫。李茂依然吃着,他的眼睛可在望春桃,等着听她的主意。

捡烂纸大概是女性中心的一种事业。她心中已经派定李茂在家把旧邮票和纸烟盒里的画片检出来。那事情,只要有手有眼,便可以做。她合一合,若是天天有一百几十张卷烟画片可以从烂纸堆里检出来,李茂每月的伙食便有了门。邮票好的和罕见的,每天能检得两三个,也就不劣。外国烟卷在这城里,一天总销售一万包左右,纸包的百分之一给她捡回来,并不算难。至于向高还是让他检名人书札,或比较可以多卖钱的东西。他不用说已经是个行家,不必再受指导。她自己干那吃力的工作,除去下大雨以外,在狂风烈日底下,是一样地出去捡货。尤其是在天气不好的时候,她更要工作,因为同业们有些就不出去。

她从窗户望望太阳,知道还没到两点,便出到明间,把破草帽仍旧戴上,探头进房里对向高说:"我还得去打听宫里还有东西出来没有。你在家招呼他。晚上回来,我们再商量。"

向高留她不住,便由她走了。

好几天的光阴都在静默中度过。但二男一女同睡一铺炕上定然不很顺心。多夫制的社会到底不能够流行得很广。其中的一个缘故是一般人还不能摆脱原始的夫权和父权思想。由这个,造成了风俗习惯和道德观念。老实说,在社会里,依赖人和掠夺人的,才会遵守所谓风俗习惯;至于依自己的能力而生活的人们,心目中并不很看重这些。像春桃,她既不是夫人,也不是小姐;她不会到外交大楼去赴跳舞会,也没有机会在隆重的典礼上当主角。她的行为,没人批评,也没人过问;纵然有,也没有切肤之痛。监督她的只有巡警,但巡警是很容易对付的。两个男人呢,向高诚然念过一点书,含糊地了解些圣人的道理,除掉些少名分的观念以外,他也和春桃一样。但他的生活,从同居以后,完全靠着春桃。春桃的话,是从他耳朵进去的维他命,他得听,因为于他有利。春桃教他不要嫉妒,他连嫉妒的种子也都毁掉。李茂呢,春桃和向高能容他住一天便住一天,他们若肯认他做亲戚,他便满足了。当兵的人照例要丢一两个妻子。但他的困难也是名分上的。

向高的嫉妒虽然没有,可是在此以外的种种不安,常往来于这两个男子当中。

暑气仍没减少,春桃和向高不是到汤山或北戴河去的人物。他们日间仍然得出去谋生活。李茂在家,对于这行事业可算刚上了道,他已能分别哪一种是要送到万柳堂或天宁寺去做糙纸的,哪一样要留起来的,还得等向高回来鉴定。

春桃回家,照例还是向高侍候她。那时已经很晚了,她在明间里闻见蚊烟的气味,便向着坐在瓜棚底下的向高说:"咱们多会点过蚊烟,不留神,不把房子点着了才怪咧。"

向高还没回答,李茂便说:"那不是熏蚊子,是熏秽气,我央刘大哥点的。我打算在外面地下睡。屋里太热,三人睡,实在不舒服。"

"我说,桌上这张红帖子又是谁的?"春桃拿起来看。

"我们今天说好了,你归刘大哥。那是我立给他的契。"声从屋里的炕上发出来。

"哦,你们商量着怎样处置我来!可是我不能由你们派。"

她把红帖子拿进屋里,问李茂,"这是你的主意,还是他的?"

"是我们俩的主意。要不然,我难过,他也难过。"

"说来说去,还是那话。你们都别想着咱们是丈夫和媳妇,成不成?"

她把红帖子撕得粉碎,气有点粗。

"你把我卖多少钱?"

"写几十块钱做个彩头。白送媳妇给人,没出息。"

"卖媳妇,就有出息?"她出来对向高说,"你现在有钱,可以买媳妇了。若是给你阔一点……"

"别这样说,别这样说。"向高拦住她的话,"春桃,你不明白。这两天,同行的人们直笑话我……"

"笑你什么?"

"笑我……"向高又说不出来。其实他没有很大的成见,春桃要怎办,十回有九回是遵从的。他自己也不明白这是什么力量。在她背后,他想着这样该做,那样得照他的意思办;可是一见了她,就像见了西太后似的,样样都要听她的懿旨。

"噢,你到底是念过两天书,怕人骂,怕人笑话。"

自古以来,真正统治民众的并不是圣人的教训,好像只是打人的鞭子和骂人的舌头。风俗习惯是靠着打骂维持的。但在春桃心里,像已持着"人打还打,人骂还骂"的态度。她不是个弱者,不打骂人,也不受人打骂。我们听她教训向高的话,便可以知道。

"若是人笑话你,你不会揍他?你露什么怯?咱们的事,谁也管不了。"

向高没话。

"以后不要再提这事吧。咱们三人就这样活下去,不好吗?"

一屋里都静了。吃过晚饭,向高和春桃仍是坐在瓜棚底下,只不像往日那么爱说话。连买卖经也不念了。

李茂叫春桃到屋里,劝她归给向高。他说男人的心,她不知道,谁也不愿意当王八;占人妻子,也不是好名誉。他从腰间拿出一张已经变成暗褐色的红纸帖,交给春桃,说:"这是咱们的龙凤帖。那晚上逃出来的时候,我从神龛上取下来,揣在怀里。现在你可以拿去，就算咱们不是两口子。"

春桃接过那红帖子，一言不发，只注视着炕上破席。她不由自主地坐下，挨近那残废的人，说："茂哥，我不能要这个，你收回去吧。我还是你的媳妇。一夜夫妻百日恩，我不做缺德的事。今天看你走不动，不能干大活，我就不要你，我还能算人吗？"

她把红帖也放在炕上。

李茂听了她的话，心里很受感动。他低声对春桃说："我瞧你怪喜欢他的，你还是跟他过日子好。等有点钱，可以打发我回乡下，或送我到残废院去。"

"不瞒你说，"春桃的声音低下去，"这几年我和他就同两口子一样活着，样样顺心，事事如意；要他走，也怪舍不得。不如叫他进来商量，瞧他有什么主意。"她向着窗户叫，"向哥，向哥！"可是一点回音也没有。出来一瞧，向哥已不在了。

这是他第一次晚间出门。她愣一会儿，便向屋里说："我找他去。"

她料想向高不会到别的地方去。到胡同口，问问老吴。老吴说往大街那边去了。她到他常交易的地方去，都没找着。人很容易丢失，眼睛若见不到，就是渺渺茫茫无寻觅处。快到一点钟，她才懊丧地回家。

屋里的油灯已经灭了。

"你睡着啦？向哥回来没有？"她进屋里，掏出洋火，把灯点着，向炕上一望，只见李茂把自己挂在窗棂上，用的是他自己的裤带。她心里虽免不了存着女性的恐慌，但是还有胆量紧爬上去，把他解下来。幸而时间不久，用不着惊动别人，轻轻地抚揉着他，他渐次苏醒回来。

　　杀自己的身来成就别人是侠士的精神。若是李茂的两条腿还存在,他也不必出这样的手段。两三天以来,他总觉得自己没多少希望,倒不如毁灭自己,教春桃好好地活着。春桃于他虽没有爱,却很有义。她用许多话安慰他,一直到天亮。他睡着了,春桃下炕,见地上一些纸灰,还剩下没烧完的红纸。她认得是李茂曾给他的那张龙凤帖,直望着出神。

　　那天她没出门。晚上还陪李茂坐在炕上。

　　"你哭什么?"春桃见李茂热泪滚滚地滴下来,便这样问他。

　　"我对不起你。我来干什么?"

　　"没人怨你来。"

　　"现在他走了,我又短了两条腿……"

　　"你别这样想。我想他会回来。"

　　"我盼望他会回来。"

　　又是一天过去了,春桃起来,到瓜棚摘了两条黄瓜做菜,草草地烙了一张大饼,端到屋里,两个人同吃。

　　她仍旧把破帽戴着,背上篓子。

　　"你今天不大高兴,别出去啦!"李茂隔着窗户对她说。

　　"坐在家里更闷得慌。"

　　她慢慢地踱出门。做活是她的天性,虽在沉闷的心境中,她也要干。中国女人好像只理会生活,而不理会爱情,生活的发展是她所注意的,爱情的发展只在盲闷的心境中沸动而已。自然,爱只是感觉,而生活是实质的,整天躺在锦帐里或坐在幽林中讲爱经,也是从皇后船或总统船运来的知识。春桃既不是弄潮儿的姊妹,也不是碧眼胡的学生,她不懂得,只会莫名其妙地纳闷。

一条胡同过了又是一条胡同。无量的尘土,无尽的道路,涌着这沉闷的妇人。她有时嚷"烂纸换洋取灯儿",有时连路边一堆不用换的旧报纸,她都不捡。有时该给人两盒取灯,她却给了五盒。胡乱地过了一天,她便随着天上那班只会嚷嚷和抢吃的黑衣党慢慢地踱回家。仰头看见新贴上的户口照,写的户主是刘向高妻刘氏,使她心里更闷得厉害。

刚踏进院子,向高从屋里赶出来。

她瞪着眼,只说:"你回来……"其余的话用眼泪连续下去。

"我不能离开你,我的事情都是你成全的。我知道你要我帮忙。我不能无情无义。"其实他这两天在道上漫散地走,不晓得要往那里去。走路的时候,直像脚上扣着一条很重的铁镣,那一面是扣在春桃手上一样。加以到处都遇见"还是他好"的广告,心情更受着不断的搅动,甚至饿了他也不知道。

"我已经同向哥说好了。他是户主,我是同居。"

向高照旧帮她卸下篓子。一面替她抹掉脸上的眼泪。他说:"若是回到乡下,他是户主,我是同居。你是咱们的媳妇。"

她没有作声,直进屋里,脱下衣帽,行她每日的洗礼。

买卖经又开始在瓜棚底下念开了。他们商量把宫里那批字纸卖掉以后,向高便可以在市场里摆一个小摊,或者可以搬到一间大一点点的房子去住。

屋里,豆大的灯火,教从瓜棚飞进去的一只油葫芦扑灭了。李茂早已睡熟,因为银河已经低了。

"咱们也睡吧。"妇人说。

"你先躺去,一会我给你捶腿。"

"不用啦,今天我没走多少路。明儿早起,记得做那批买卖去,咱们有好几天不开张了。"

"方才我忘了拿给你。今天回家,见你还没回来,我特意到天桥去给你带一顶八成新的帽子回来。你瞧瞧!"他在暗里摸着那帽子,要递给她。

"现在哪里瞧得见!明天我戴上就是。"

院子都静了,只剩下晚香玉的香还在空气中游荡。屋里微微地可以听见"媳妇"和"我不爱听,我不是你的媳妇"等对答。

多收了三五斗

叶圣陶

万盛米行的河埠头，横七竖八停泊着乡村里出来的敞口船。船里装载的是新米，把船身压得很低。齐船舷的菜叶和垃圾给白腻的泡沫包围着，一漾一漾地，填没了这船和那船之间的空隙。

河埠上去是仅容两三个人并排走的街道。万盛米行就在街道的那一边。朝晨的太阳光从破了的明瓦天棚斜射下来，光柱子落在柜台外面晃动着的几顶旧毡帽上。

那些戴旧毡帽的大清早摇船出来，到了埠头，气也不透一口，便来到柜台前面占卜他们的命运。

"糙米五块，谷三块。"米行里的先生有气没力地回答他们。

"什么！"旧毡帽朋友几乎不相信自己的耳朵。美满的希望突然一沉，一会儿大家都呆了。

"在六月里，你们不是卖十三块么？"

"十五块也卖过，不要说十三块。"

"哪里有跌得这样厉害的！"

"现在是什么时候,你们不知道么?各处的米像潮水一般涌来,过几天还要跌呢!"

刚才出力摇船犹如赛龙船似的一股劲儿,在每个人的身体里松懈下来了。天照应,雨水调匀,小虫子也不来作梗,一亩田多收这么三五斗,谁都以为该得透一透气了。哪里知道临到最后的占卜,却得到比往年更坏的课兆!

"还是不要粜的好,我们摇回去放在家里吧!"从简单的心里喷出了这样的愤激的话。

"喴,"先生冷笑着,"你们不粜,人家就饿死了么?各处地方多的是洋米,洋面,头几批还没吃完,外洋大轮船又有几批运来了。"

洋米,洋面,外洋大轮船,那是遥远的事情,仿佛可以不管。而不粜那已经送到河埠头来的米,却只能作为一句愤激的话说说罢了。怎么能够不粜呢?田主方面的租是要缴的,为了雇帮工,买肥料,吃饱肚皮,借下的债是要还的。

"我们摇到范墓去粜吧。"在范墓,或许有比较好的命运等候着他们,有人这么想。

但是,先生又来了一个"喴",捻着稀微的短须说道:"不要说范墓,就是摇到城里去也一样。我们同行公议,这两天的价钱是糙米五块,谷三块。"

"到范墓去粜没有好处,"同伴间也提出了驳议,"这里到范墓要过两个局子,知道他们捐我们多少钱!就说依他们捐,哪里来的现洋钱?"

"先生,能不能抬高一点?"差不多是哀求的声气。

"抬高一点,说说倒是很容易的一句话。我们这米行是拿本钱来开的,你们要知道,抬高一点,就是说替你们白当差,这样的傻事谁肯干?"

"这个价钱实在太低了,我们做梦也没想到。去年的粜价是七块半,今年的米价又卖到十三块,不,你先生说的,十五块也卖过;我们想,今年总该比七块半多一点吧。哪里知道只有五块!"

"先生,就是去年的老价钱,七块半吧。"

"先生,种田人可怜,你们行行好心,少赚一点吧。"

另一位先生听得厌烦,把嘴里的香烟屁股扔到街心,睁大了眼睛说:"你们嫌价钱低,不要粜好了。是你们自己来的,并没有请你们来。只管多啰唆做什么!我们有的是洋钱,不买你们的,有别人的好买。你们看,船埠头又有两只船停在那里了。"

三四顶旧毡帽从石级下升上来,旧毡帽下面是表现着希望的酱赤的脸。他们随即加入先到的一群。斜伸下来的光柱子落在他们的破布袄的肩背上。

"听听看,今年什么价钱。"

"比去年都不如,只有五块钱!"伴着一副懊丧到无可奈何的神色。

"什么!"希望犹如肥皂泡,一会儿又迸裂了三四个。

希望的肥皂泡虽然迸裂了,载在敞口船里的米可总得粜出;而且命里注定,只有卖给这一家万盛米行。米行里有的是洋钱,而破布袄的空口袋里正需要洋钱。

在米质好和坏的辩论之中,在斛子浅和满的争持之下,结果船埠头的敞口船真个敞口朝天了;船身浮起了好些,填没了这船那船之间的空隙的菜叶和垃圾就看不见了。旧毡帽朋友把自己种出来的米送进了万盛米行的廒间,换到手的是或多或少的一叠钞票。

"先生,给现洋钱,袁世凯,不行么?"白白的米换不到白白的现洋钱,好像又被他们打了个折扣,怪不舒服。

"乡下曲辫子!"夹着一支水笔的手按在算盘珠上,鄙夷不屑的眼光从眼镜上边射出来,"一块钱钞票就作一块钱用,谁好少作你们一个铜板。我们这里没有现洋钱,只有钞票。"

"那末,换中国银行的吧。"从花纹上辨认,知道手里的钞票不是中国银行的。

"吓!"声音很严厉,左手的食指强硬地指着,"这是中央银行的,你们不要,可是要想吃官司?"

不要这钞票就得吃官司,这个道理弄不明白。但是谁也不想弄明白:大家看了看钞票上的人像,又彼此交换了将信将疑的一眼,便把钞票塞进破布袄的空口袋或者缠着裤腰的空褡裢。

一批人咕噜着离开了万盛米行,另一批人又从船埠头跨上来。同样地,在柜台前迸裂了希望的肥皂泡,赶走了入秋以来望着沉重的稻穗所感到的快乐。同样地,把万分舍不得的白白的米送进万盛的廒间,换到了并非白白的现洋钱的钞票。

街道上见得热闹起来了。

旧毡帽朋友今天上镇来,原来有很多的计划的。洋肥皂用完了,须得买十块八块回去。洋火也要带几匣。洋油向挑着担子到村里去的小贩买,十个铜板只有这么一小瓢,太吃亏了;如果几家人家合买一听分来用,就便宜得多。陈列在橱窗里的花花绿绿的洋布听说只要八分半一尺,女人早已眼红了好久,今天粜米就嚷着要一同出来，自己几尺，阿大几尺，阿二几尺，都有了预算。有些女人的预算里还有一面蛋圆的洋镜，一方雪白的毛巾，或者一顶结得很好看的绒线的小团帽。难得天照应，一亩田多收这么三五斗，让一向捏得紧紧的手稍微放松一点，谁说不应该？缴租，还债，解会钱，大概能够对付过去吧；对付过去之外，大概还有多余吧。在这样的心境之下，有些人甚至想买一个热水瓶。这东西实在怪，不用生火，热水冲下去，等会儿倒出来照旧是烫的；比起稻柴做成的茶壶窠来，真是一个在天上，一个在地下。

他们咕噜着离开万盛米行的时候，犹如走出一个一向于己不利的赌场——这回又输了！输多少呢？他们不知道。总之，袋里的一叠钞票没有半张或者一角是自己的了。还要添补上不知在哪里的多少张钞票给人家，人家才会满意，这要等人家说了才知道。

输是输定了，马上开船回去未必就会好多少；镇上走一转，买点东西回去，也不过在输账上加上一笔，况且有些东西实在等着要用。于是街道上见得热闹起来了。

他们三个一群，五个一簇，拖着短短的身影，在狭窄的街道上走。嘴里还是咕噜着，复算刚才得到的代价，咒骂那黑良心的米行。女人臂弯里钩着篮子，或者一只手牵着小孩，眼光只是向两旁的店家直溜。小孩给赛璐珞的洋团团，老虎，狗，以及红红绿绿的洋铁铜鼓，洋铁喇叭勾引住了，赖在那里不肯走开。

"小弟弟，好玩呢，洋铜鼓，洋喇叭，买一个去，"故意作一种引诱的声调。接着是——冬，冬，冬，——叭，叭，叭。

当，当，当，——"洋瓷面盆刮刮叫，四角一只真公道，乡亲，带一只去吧。"

"喂,乡亲,这里有各色花洋布,特别大减价,八分五一尺,足尺加三,要不要剪些回去?"

万源祥大利老福兴几家的店伙特别卖力,不惜工本叫着"乡亲",同时拉拉扯扯地牵住"乡亲"的布袄,他们知道唯有今天,"乡亲"的口袋是充实的,这是不容放过的好机会。

在节约预算的踌躇之后,"乡亲"把刚到手的钞票一张两张地交到店伙手里。洋火,洋肥皂之类必须用,不能不买,只好少买一点。整听的洋油价钱太"咬手",不买吧,还是十个铜板一小瓢向小贩零沽。衣料呢,预备剪两件的就剪了一件,预备娘儿子俩一同剪的就单剪了儿子的。蛋圆的洋镜拿到了手里又放进了橱窗。绒线的帽子套在小孩头上试戴,刚刚合式,给爷老子一句"不要买吧",便又脱了下来。想买热水瓶的简直不敢问一声价。说不定要一块块半吧。如果不管三七二十一买回去,别的不说,几个白头发的老太公老太婆就要一阵阵地骂:"这样的年时,你们贪安逸,花了一块块半买这些东西来用,永世不得翻身是应该的!你们看,我们这么一把年纪,谁用过这些东西来!"这啰唆也就够受了。有几个女人拗不过孩子的欲望,便给他们买了最便宜的小洋团团。小洋团团的腿臂可以转动,要他坐就坐,要他站就站,要他举手就举手;这不但使拿不到手的别的孩子眼睛里几乎冒火,就是大人看了也觉得怪有兴趣。

"乡亲"还沽了一点酒,向熟肉店里买了一点肉,回到停泊在万盛米行船埠头的自家的船上,又从船梢头拿出盛着咸菜和豆腐汤之类的碗碟来,便坐在船头开始喝酒。女人在船梢头煮饭。一会儿,这条船也冒烟,那条船也冒烟,个个人淌着眼泪。小孩在敞口朝天的空舱里跌交打滚,又捞起浮在河面的脏东西来玩,唯有他们有说不出的快乐。

酒到了肚里,话就多起来。相识的,不相识的,落在同一的命运里,又在同一的河面上喝酒,你端起酒碗来说几句,我放下筷子来接几声,中听的,喊声"对",不中听,骂一顿:大家觉得正需要这样的发泄。

"五块钱一担,真是碰见了鬼!"

"去年是水灾,收成不好,亏本。今年算是好年时,收成好,还是亏本!"

"今年亏本比去年都厉害;去年还粜七块半呢。"

"又得把自己吃的米粜出去了。唉,种田人吃不到自己种出来的米!"

"为什么要粜出去呢,你这死鬼!我一定要留在家里,给老婆吃,给儿子吃。我不缴租,宁可跑去吃官司,让他们关起来!"

"也只好不缴租呀。缴租立刻借新债。借了四分钱五分钱的债去缴租,贪图些什么,难道贪图明年背着重重的债!"

"田真个种不得了!"

"退了租逃荒去吧。我看逃荒的倒是满写意的。"

"逃荒去,债也赖了,会钱也不用解了,好打算,我们一块儿去!"

"谁出来当头脑?他们逃荒的有几个头脑,男男女女,老老小小,都听头脑的话。"

"我看,到上海去做工也不坏。我们村里的小王,不是么?在上海什么厂里做工,听说一个月工钱有十五块。十五块,照今天的价钱，就是三担米呢！"

"你翻什么隔年旧历本！上海东洋人打仗，好多的厂关了门，小王在那里做叫花子了，你还不知道？"

路路断绝。一时大家沉默了。酱赤的脸受着太阳光又加上酒力，个个难看不过，好像就会有殷红的血从皮肤里迸出来似的。

"我们年年种田，到底替谁种的？"一个人呷了一口酒，幽幽地提出疑问。

就有另一个人指着万盛的半新不旧的金字招牌说："近在眼前，就是替他们种的。我们吃辛吃苦，赔重利钱借债，种了出来，他们嘴唇皮一动，说：'五块钱一担！'就把我们的油水一古脑儿吞了去！"

"要是让我们自己定价钱，那就好了。凭良心说，八块钱一担，我也不想多要。"

"你这囚犯，在那里做什么梦！你不听见么？他们米行是拿本钱来开的，不肯替我们白当差。"

"那么，我们的田也是拿本钱来种的，为什么要替他们白当差！为什么要替田主白当差！"

"我刚才在廒间里这么想：现在让你们占便宜，米放在这里；往后没得吃，就来吃你们的！"故意把声音压得很低，网着红丝的眼睛向岸上斜溜。

"真个没得吃的时候，什么地方有米，拿点来吃是不犯王法的！"理直气壮的声口。

"今年春天，丰桥地方不是闹过抢米么？"

"保卫团开了枪，打死两个人。"

"今天在这里的，说不定也会吃枪，谁知道！"

散乱的谈话当然没有什么议决案。酒喝干了，饭吃过了，大家开船回自己的乡村。船埠头便冷清清地荡漾着暗绿色的脏水。

第二天又有一批敞口船来到这里停泊。镇上便表演着同样的故事。这种故事也正在各处市镇上表演着，真是平常而又平常的。

"谷贱伤农"的古语成为都市间报上的时行标题。

地主感觉收租棘手，便开会，发通电，大意说：今年收成特丰，粮食过剩，粮价低落，农民不堪其苦，应请共筹救济的方案。

金融界本来在那里要做买卖，便提出了救济的方案：（一）由各大银行钱庄筹集资本，向各地收买粮米，指定适当地点屯积，到来年青黄不接的当儿陆续售出，使米价保持平衡；（二）提倡粮米抵押，使米商不至群相采购，造成无期的屯积；（三）由金融界负责募款，购屯粮米，到出售后结算，依盈亏的比例分别发还。

工业界是不声不响。米价低落，工人的"米贴"之类可以免除，在他们是有利的。

社会科学家在各种杂志上发表论文，从统计，从学理，提出粮食过剩之说简直是笑话；"谷贱伤农"也未必然，谷即使不贱，在帝国主义和封建势力双重压迫之下，农也得伤。

这些都是都市里的事情，在"乡亲"是一点也不知道。他们有的粜了自己吃的米，卖了可怜的耕牛，或者借了四分钱五分钱的债缴租；有的挺身而出，被关在拘押所里，两角三角地，忍痛缴纳自己的饭钱；有的沉溺在赌博里，希望骨牌骰子有灵，一场赢它十块八块；有的来人去说好话，向田主退租，准备做一个干干净净的穷光蛋；有的溜之大吉，悄悄地爬上开往上海的四等车。

潘先生在难中

叶圣陶

一

车站里挤满了人,各有各的心事,都现出异样的神色。

脚夫的两手插在号衣的口袋里,睡着一般地站着;他们知道可以得到特别收入的时间距离得还远,也犯不着老早放出精神来。空气沉闷得很,人们略微感到呼吸受压迫,大概快要下雨了。电灯亮了一会了,仿佛比平时昏黄一点,望去好像一切的人物都在雾里梦里。

揭示处的黑漆板上标明西来的快车须迟到四点钟。这个报告在几点钟以前早就教人家看熟了,现在便同风化了的戏单一样,没有一个人再望它一眼。像这种报告,在这一个礼拜里,几乎每天每趟的行车都有;大家也习以为当然了。

不知几多人心系着的来车居然到了,闷闷的一个车站就一变而为扰扰的境界。来客的安心,候客者的快意,以及脚夫的小小发财,我们且都不提。单讲一位从让里来的潘先生。他当火车没有驶进站场之先,早已安排得十分周妥:他领头,右手提着个黑漆皮包,左手牵着个七岁的孩子;孩子牵着他的哥哥(九岁);哥哥又牵着他母亲。潘先生说人多照顾不齐,这么牵着,首尾一气,犹如一条蛇,什么地方都好钻了。他又屡次叮嘱,教大家握得紧紧,切勿放手;尚恐大家万一忘了,又屡次摇荡他的左手,意思是教把这警告打电报的一般一站一站递过去。

首尾一气诚然不错,可是也不能全然没有弊病。火车将停时,所有的客人和东西都要涌向车门,潘先生一家的那条蛇就有点尾大不掉了。他用黑漆皮包做前锋,胸腹部用力向前抵,居然进展到距车门只两个窗洞的地位。但是他的七岁的孩子还在距车门四个窗洞的地方,被挤在好些客人和座椅之间,一动不能动;两臂一前一后,伸得很长,前后的牵引力都很大,似乎快要把胳臂拉了去的样子。他急得直喊:"啊!我的胳臂!我的胳臂!"

一些客人听见了带哭的喊声,方才知道腰下挤着个孩子;留心一看,见他们四个人一串,手联手牵着。一个客人呵斥道:"赶快放手;要不然,把孩子拉做两半了!"

"怎么的,孩子不抱在手里!"又一个客人用鄙夷的声气自语,一方面他仍注意在攫得向前行进的机会。

"不。"潘先生心想他们的话不对的,牵着自有牵着的妙用;再一转念,妙用岂是人人能够了解的,向他们辩白,也不过徒劳唇舌,不如省些精神吧:就把以下的话咽了下去。

而七岁的孩子还是"胳臂!胳臂!"喊着,潘先生前进后退都没有希望,只得自己失约,先放了手,随即惊惶地发命令道:"你们看着我!你们看着我!"

车轮一顿,在轨道上站定了;车门里弹出去似的跳下了许多人。潘先生觉得前头松动了些;但是后面的力量突然增加,他的脚做不得一点主,只得向前推移;要回转头来招呼自己的队伍,也不得自由,于是对着前面的人的后脑叫喊:"你们跟着我!你们跟着我!"

他居然从车门里被弹出来了。旋转身子一看,后面没有他的儿子同夫人。心知他们还挤在车中,守住车门老等总是稳当的办法。又下来了百多人,方才看见脚踏上人丛中现出七岁的孩子的上半身,承着电灯光,面目作哭泣的形相。他走前去,几次被跳下来的客人冲回,才用左臂把孩子抱了下来。再等了一会,潘师母同九岁的孩子也下来了;她呼呼地呼着气,连喊:"哎唷,哎唷",凄然的眼光相着潘先生的脸,似乎要求抚慰的孩子。

潘先生到底镇定,看见自己的队伍全下来了,重又发命令道:"我们仍旧像刚才一样联起来。你们看月台上的人这么多,收票处又挤得厉害,要不是联着,就要走散了!"

七岁的孩子觉得害怕,拦住他的膝头说:"爸爸,抱。"

"没用的东西!"潘先生颇有点愤怒,但随即耐住,蹲下身子把孩子抱了起来。同时关照大的孩子拉着他的长衫的后幅,一手要紧紧牵着母亲,因为他自己两只手都不空了。

潘师母从来不曾受过这样的困累,好容易下了车,却还有可怕的拥挤在前头,不禁发怨道:"早知道这样子,宁可死在家里,再也不要逃难了!"

"悔什么!"潘先生一半发气,一半又觉得怜惜。"到了这里,懊悔也是没用。并且,性命到底安全了。走吧,当心脚下。"于是四个一串向人丛中蹒跚地移过去。

一阵的拥挤，潘先生像在梦里似的，出了收票处的隘口。他仿佛急流里的一滴水滴，没有回旋转侧的余地，只有顺着大众的势，脚不点地地走。一会儿已经出了车站的铁栅栏，跨过了电车轨道，来到水门汀的人行道上。慌忙地回转身来，只见数不清的给电灯光耀得发白的面孔以及数不清的提箱与包裹，一齐向自己这边涌来，忽然觉得长衫后幅上的小手没有了，不知什么时候放了的；心头怅惘到不可言说，只是无意识地把身子乱转。转了几回，一丝影踪也没有。家破人亡之感立时袭进他的心，禁不住渗出两滴眼泪来，望出去电灯人形都有点模糊了。

幸而抱着的孩子眼光敏锐，他瞥见母亲的疏疏的额发，便认识了，举起手来指点道："妈妈，那边。"

潘先生一喜；但是还有点不大相信，眼睛凑近孩子的衣衫擦了擦，然后望去。搜寻了一会儿，果然看见他的夫人呆鼠一般在人丛中瞎撞，前面护着那大的孩子，他们还没跨过电车轨道呢。他便向前迎上去，连喊着"阿大"，把他们引到刚才站定的人行道上。于是放下手中的孩子，舒畅地吐一口气，一手抹着脸上的汗说："现在好了！"的确好了，只要跨出那一道铁栅栏，就有人保险，什么兵火焚掠都遭逢不到；而已经散失的一妻一子，又幸运得很，一寻即着；岂不是四条性命，一个皮包，都从毁灭和危难之中捡了回来么？岂不是"现在好了"？

"黄包车！"潘先生很入调地喊。

车夫们听见了，一齐拉着车围拢来，问他到什么地方。

他昂起一点头，似乎增加了好几分威严，伸出两个指头扬着说：“只消两辆！两辆！"他想了一想，继续说：“十个铜子，四马路，去的就去！"这分明表示他是个"老上海"。

辩论了好一会，终于讲定十二个铜子一辆。潘师母带着大的孩子坐一辆，潘先生带着小的孩子同黑漆皮包坐一辆。

车夫刚要拔脚前奔，一个背枪的印度巡捕一条胳臂在前面一横，只得缩住了。小的孩子看这个人的形相可怕，不由得回过脸来，贴着父亲的胸际。

潘先生领悟了，连忙解释道：“不要害怕，那就是印度巡捕，你看他的红包头。我们因为本地没有他，所以要逃到这里来；他背着枪保护我们。他的胡子很好玩的，你可以看一看，同罗汉的胡子一个样子。"

孩子总觉得怕，便是同罗汉一样的胡子也不想看。直到听见当当的声音，才从侧边斜睨过去，只见很亮很亮的一个房间一闪就过去了；那边一家家都是花花灿灿的，都点得亮亮的，他于是不再贴着父亲的胸际。

到了四马路，一连问了八九家旅馆，都大大的写着"客满"的牌子；而且一望而知情商也没用，因为客堂里都搭起床铺，可知确实是住满了。最后到一家也标着"客满"，但是一个伙计懒懒地开口道：“找房间么？"

"是找房间，这里还有么？"一缕安慰的心直透潘先生的周身，仿佛到了家似的。

"有是有一间，客人刚刚搬走，他自己租了房子了。你先生若是迟来一刻，说不定就没有了。"

"那一间就归我们住好了。"他放了小的孩子，回身去扶下夫人同大的孩子来，说，"我们总算运气好，居然有房间住了！"随即付车钱，慷慨地照原价加上一个铜子；他相信运气好的时候多给人一些好处，以后好运气会连续而来的。但是车夫偏不知足，说跟着他们回来回去走了这多时，非加上五个铜子不可。结果旅馆里的伙计出来调停，潘先生又多破费了四个铜子。

这房间就在楼下，有一张床，一盏电灯，一张桌子，两把椅子，此外就只有烟雾一般的一房间的空气了。潘先生一家跟着茶房走进去时，立刻闻到刺鼻的油腥味，中间又混着阵阵的尿臭。潘先生不快地自语道："讨厌的气味！"随即听见隔壁有食料投下油锅的声音，才知道那里是厨房。再一想时，气味虽讨厌，究比吃枪子睡露天好多了；也就觉得没有什么，舒舒泰泰在一把椅子上坐下。

"用晚饭吧？"茶房放下皮包回头问。

"我要吃火腿汤淘饭。"小的孩子咬着指头说。

潘师母马上对他看个白眼，凛然说："火腿汤淘饭！是逃难呢，有得吃就好了，还要这样那样点戏！"

大的孩子也不知道看看风色，央着潘先生说："今天到上海了，你给我吃大菜。"

潘师母竟然发怒了，她回头呵斥道："你们都是没有心肝的，只配什么也没得吃，活活地饿……"

潘先生有点窘，却做没事的样子说："小孩子懂得什么。"便吩咐茶房道："我们在路上吃了东西了，现在只消来两客蛋炒饭。"

茶房似答非答地一点头就走，刚出房门，潘先生又把他喊回来道："带一斤绍兴，一毛钱熏鱼来。"

茶房的脚声听不见了，潘先生舒快地对潘师母道："这一刻该得乐一乐,喝一杯了。你想,从兵祸凶险的地方,来到这绝无其事的境界,第一件可乐。刚才你们忽然离开了我,找了半天找不见,真把我急死了;倒是阿二乖觉(他说着,把阿二拖在身边,一手轻轻地拍着),他一眼便看见了你,于是我迎上来,这是第二件可乐。乐哉乐哉,陶陶酌一杯。"他做举杯就口的样子,迷迷地笑着。

潘师母不作声,她正想着家里呢。细软的虽然已经带在皮包里,寄到教堂里去了,但是留下的东西究竟还不少。不知王妈到底可靠不可靠;又不知隔壁那家穷人家有没有知道他们一家都出来了,只剩个王妈在家里看守;又不知王妈睡觉时,会不会忘记关上一扇门或是一扇窗。她又想起院子里的三只母鸡,没完工的阿二的裤子,厨房里的一碗白爊鸭……真同通了电一般,一刻之间,种种的事情都涌上心头,觉得异样地不舒服;便叹口气道:"不知弄到怎样呢!"

两个孩子都怀着失望的心情,茫昧地觉得这样的上海没有平时父亲嘴里的上海来得好玩而有味。

疏疏的雨点从窗外洒进来,潘先生站起来说:"果真下雨了,幸亏在这时候下。"就把窗关上。突然看见原先给窗子掩没的旅客须知单,他便想起一件顶紧要的事情,一眼不眨地直望那单子。

"不折不扣,两块!"他惊讶地喊。回转头时,眼珠瞪视着潘师母,一段舌头从嘴里伸了出来。

二

第二天早上,走廊中茶房们正蜷在几条长凳上熟睡,狭得只有一条的天井上面很少有晨光透下来，几许房间里的电灯还是昏黄地亮着。但是潘先生夫妇两个已经在那里谈话了；两个孩子希望今天的上海或许比昨晚的好一点，也醒了一会，只因父母教他们再睡一会，所以还躺在床上，彼此呵痒为戏。

"我说你一定不要回去，"潘师母焦心地说，"这报纸上的话，知道它靠得住靠不住的。既然千难万难地逃了出来，哪有立刻又回去的道理！"

"料是我早先也料到的。顾局长的脾气就是一点不肯马虎。'地方上又没有战事，学自然照常要开的。'这句话确然是他的声口。这个通信员我也认识，就是教育局里的职员，又哪里会靠不住？回去是一定要回去的。"

"你要晓得，回去危险呢！"潘师母凄然地说，"说不定三天两天他们就会打到我们那地方去，你就是回去开学，有什么学生来念书？就是不打到我们那地方，将来教育局长怪你为什么不开学时，你也有话回答。你只要问他，到底性命要紧还是学堂要紧？他也是一条性命，想来绝不会对你过不去。"

"你懂得什么！"潘先生颇怀着鄙薄的意思，"这种话只配躲在家里，伏在床角里，由你这种女人去说；你道我们也说得出口么！你切不要拦阻我（这时候他已改用抚慰的声调），回去是一定要回去的；但是包你没有一点危险，我自有保全自己的法子。而且（他自喜心思灵敏，微微笑着），你不是很不放心家里的东西么？我回去了，就可以自己照看，你也能定心定意住在这里了。等到时局平定了，我马上来接你们回去。"

潘师母知道丈夫的回去是万无挽回的了。回去可以照看东西固然很好；但是风声这样紧，一去之后，犹如珠子抛在海里，谁保得定必能捞回来呢！生离死别的哀感涌上心头，她再不敢正眼看她的丈夫，眼泪早在眼角边偷偷地想跑出来了。她又立刻想起这个场面不大吉利，现在并没有什么不好的事情，怎么能凄惨地流起眼泪来。于是勉强忍住眼泪，聊作自慰地请求道："那么你去看看情形，假如教育局长并没有照常开学这句话，要是还来得及，你就搭了今天下午的车来，不然，搭了明天的早车来。你要知道（她到底忍不住，一滴眼泪落在手背，立刻在衫子上擦去了），我不放心呢！"

潘先生心里也着实有点烦乱，局长的意思照常开学，自己万无主张暂缓开学之理，回去当然是天经地义，但是又怎么放得下这里！看他夫人这样的依依之情，断然一走，未免太没有恩义。又况一个女人两个孩子都是很懦弱的，一无依傍，寄住在外边，怎能断言决没有意外？他这样想时，不禁深深地发恨：恨这人那人调兵遣将，预备作战，恨教育局长主张照常开学，又恨自己没有个已经成年，可以帮助一臂的儿子。

但是他究竟不比女人，他更从利害远近种种方面着想，觉得回去终于是天经地义。便把恼恨搁在一旁，脸上也不露一毫形色，顺着夫人的口气点头道："假若打听明白局长并没有这意思，依你的话，就搭了下午的车来。"

两个孩子约略听得回去和再来的话，小的就伏在床沿作娇道："我也要回去。"

"我同爸爸妈妈回去，剩下你独个儿住在这里。"大的孩子扮着鬼脸说。

小的听着，便追紧喉咙叫喊，作啼哭的腔调，小手擦着眉眼的部分，但眼睛里实在没有眼泪。

"你们都跟着妈妈留在这里，"潘先生提高了声音说，"再不许胡闹了，好好儿起来等吃早饭吧。"说罢，又嘱咐了潘师母几句，径出雇车，赶往车站。

模糊地听得行人在那里说铁路已断火车不开的话，潘先生想："火车如果不开，倒死了我的心，就是立刻免职也只得由他了。"同时又觉得这消息很使他失望；又想他要是运气好，未必会逢到这等失望的事，那么行人的话也未必可靠。欲决此疑，只希望车夫三步并作一步跑。

他的运气诚然不坏，赶到车站一看，并没有火车不开的通告；揭示处只标明夜车要迟四点钟才到，这时候还没到呢。买票处绝不拥挤，时时有一两个人前去买票。聚集在站中的人却不少，一半是候客的，一半是来看看的，也有带着照相器具的，专等夜车到时摄取车站拥挤的情形，好作《风云变幻史》的一页。行李房满满地堆着箱子铺盖，各色各样，几乎碰到铅皮的屋顶。

他心中似乎很安慰，又似乎有点怅惘，顿了一顿，终于前去买了一张三等票，就走入车厢里坐着。晴明的阳光照得一车通亮，可是不嫌燠热；座位很宽舒，勉强要躺躺也可以。他想："这是难得逢到的。倘若心里没有事，真是一趟愉快的旅行呢。"

这趟车一路耽搁，听候军人的命令，等待兵车的通过。

开到让里，已是下午三点过了。潘先生下了车，急忙赶到家，看见大门紧紧关着，心便一定，原来昨天再四叮嘱王妈的就是这一件。

扣了十几下，王妈方才把门开了。一见潘先生，出惊地说：

"怎么，先生回来了！不用逃难了么？"

潘先生含糊回答了她；奔进里面四周一看，便开了房门的锁，直闯进去上下左右打量着。没有变更，一点没有变更，什么都同昨天一样。于是他吊起的半个心放下来了。还有半个心没放下，便又锁上房门，回身出门；吩咐王妈道："你照旧好好把门关上了。"

王妈摸不清头绪，关了门进去只是思索。她想主人们一定就住在本地，恐怕她也要跟去，所以骗她说逃到上海去。"不然，怎么先生又回来了？奶奶同两个孩子不同来，又躲在什么地方呢？但是，他们为什么不让我跟去？这自然嫌人多了不好。——他们一定就住在那洋人的红房子里，那些兵都讲通的，打起仗来不打那红房子。——其实就是老实告诉我，要我跟去，我也不高兴去呢。我在这里一点也不怕；如果打仗打到这里来，反正我的老衣早就做好了。"她随即想起甥女儿送她的一双绣花鞋真好看，穿了那双鞋上西方，阎王一定另眼相看；于是她感到一种微妙的舒快，不再想主人究竟在哪里的问题。

潘先生出门，就去访那当通信员的教育局职员，问他局长究竟有没有照常开学的意思。那人回答道："怎么没有？他还说有些教员只顾逃难，不顾职务，这就是表示教育的事业不配他们干的；乘此淘汰一下也是好处。"潘先生听了，仿佛觉得一凛；但又赞赏自己有主意，决定从上海回来到底是不错的。一口气奔到自己的学校里，提起笔来就起草送给学生家属的通告。通告中说兵乱虽然可虑，子弟的教育犹如布帛菽粟，是一天一刻不可废弃的，现在暑假期满，学校照常开学。从前欧洲大战的时候，人家天空里布着防御炸弹的网，下面学校里却依然在那里上课：这种非常的精神，我们应当不让他们专美于前。希望家长们能够体谅这一层意思,若无其事地依旧把子弟送来:这不仅是家庭和学校的益处,也是地方和国家的荣誉。

他起好草稿,往复看了三遍,觉得再没有可以增损的,局长看见了,至少也得说一声"先得我心"。便得意地誊上蜡纸,又自己动手印刷了百多张,派校役向一个个学生家里送去。公事算是完毕了,开始想到私事:既要开学,上海是去不成了,他们母子三个住在旅馆里怎么挨得下去!但也没有办法,唯有教他们一切留意,安心住着。于是蘸着刚才的残墨写寄与夫人的信。

第二天,他从茶馆里得到确实的信息,铁路真个不通了。他心头突然一沉,似乎觉得最亲热的一妻两儿忽地乘风飘去,飘得很远,几乎至于渺茫。没精没采地踱到学校里,校役回报昨天的使命道:"昨天出去送通告,有二十多家关上了大门,打也打不开,只好从门缝里塞进去。有三十多家只有用人在家里,主人逃到上海去了,孩子当然跟了去,不一定几时才能回来念书。其余的都说知道了;有的又说性命还保不定安全,读书的事情再说吧。"

"哦,知道了。"潘先生并不留心在这些上边,更深的忧虑正萦绕在他的心头。抽完了一支烟卷以后,应走的路途决定了,便赶到红十字会分会的办事处。

他缴纳会费愿做会员;又宣称自己的学校房屋还宽敞,愿意作为妇女收容所,到万一的时候收容妇女。这是慈善的举措,当然受到热诚的欢迎,更兼潘先生本来是体面的大家知道的人物。办事处就给他红十字的旗子,好在学校门前挂起来;又给他红十字的徽章,标明他是红十字会的一员。

潘先生接旗子和徽章在手，像捧着救命的神符，心头起一种神秘的快慰。"现在什么都安全了！但是……"想到这里，便笑向办事处的职员道："多给我一面旗，几个徽章吧。"他的理由是学校还有个侧门，也得挂一面旗，而徽章这东西太小巧，恐怕偶尔遗失了，不如多备几个在那里。

办事员同他说笑话，这东西又不好吃的，拿着玩也没有什么意思，多拿几个也只作一个会员，不如不要多拿罢。但是终于依他的话给了他。

两面红十字旗立刻在新秋的轻风中招展着；可是学校的侧门上并没有旗，原来移到潘先生家的大门上去了。一个红十字徽章早已缀上潘先生的衣襟，闪耀着慈善庄严的光，给予潘先生一种新的勇气。其余几个呢，重重包裹，藏在潘先生贴身小衫的一个口袋里。他想："一个是她的，一个是阿大的，一个是阿二的。"虽然他们远处在那渺茫难接的上海，但是仿佛给他们加保了一重险，他们也就各各增加一种新的勇气。

三

碧庄地方两军开火了。

让里的人家很少有开门的，店铺自然更不用说，路上时时有兵士经过。他们快要开拔到前方去，觉得最高的权威附灵在自己身上，什么东西都不在眼里，只要高兴提起脚来踩，都可以踩做泥团踩做粉。这就来了拉夫的事情：恐怕被拉的人乘隙脱逃，便用长绳一个联一个拴着胳臂，几个弟兄在前，几个弟兄在后，一串一串牵着走。因此，大家对于出门这事都觉得危惧，万不得已时，也只从小巷僻路走，甚至佩着红十字徽章的如潘先生之辈，也不免怀着戒心，不敢大模大样地踱来踱去。于是让里的街道见得又清净又宽阔了。

上海的报纸好几天没来。本地的军事机关却常常有前方的战报公布出来，无非是些"敌军大败，我军进展若干里"的话。街头巷口贴出一张新鲜的战报时，也有些人慢慢聚集拢来，注目看着。但大家看罢以后依然不能定心，好似这布告背后还有许多话没说出来，于是怅怅地各自散了，眉头照旧皱着。

这几天潘先生无聊极了。最难堪的，自然是妻儿远离，而且不通消息，而且似乎有永远难通的征兆。次之便是自身的问题，"碧庄冲过来只一百多里路，这徽章虽说有用处，可是没有人写过笔据，万一没有用，又向谁去说话？——枪子炮弹劫掠放火都是真家伙，不是耍的，到底要多打听多走门路才行。"他于是这里那里探听前方的消息，只要这消息与外间传说的不同，便觉得真实的成分越多，即根据着盘算对于自身的利害。街上如其有一个人神色仓皇急忙行走时，他便突地一惊，以为这个人一定探得确实而又可怕的消息了；只因与他不相识，"什么！"一声就在喉际咽住了。

红十字会派人在前方办理救护的事情，常有人搭着兵车回来，要打听消息自然最可靠了。潘先生虽然是个会员，却不常到办事处去探听，以为这样就是对公众表示胆怯，很不好意思。然而红十字会究竟是可以得到真消息的机关，舍此他求未免有点傻，于是每天傍晚到姓吴的办事员家里打听去。姓吴的告诉他没有什么，或者说前方抵住在那里，他才透了口气回家。

这一天傍晚,潘先生又到姓吴的家里;等了好久,姓吴的才从外面走进来。

"没有什么吧?"潘先生急切地问,"照布告上说,昨天正向对方总攻击呢。"

"不行,"姓吴的忧愁地说;但随即咽住了,捻着唇边仅有的几根二三分长的髭须。

"什么!"潘先生心头突地跳起来,周身有一种拘牵不自由的感觉。

姓吴的悄悄地回答,似乎防着人家偷听了去的样子:"确实的消息,正安(距碧庄八里的一个镇)今天早上失守了!"

"啊!"潘先生发狂似的喊出来。顿了一顿,回身就走,一壁说道:"我回去了!"

路上的电灯似乎特别昏暗,背后又仿佛有人追赶着的样子,惴惴地,歪斜的急步赶到了家,叮嘱王妈道:"你关着门安睡好了,我今夜有事,不回来住了。"他看见衣橱里有一件绉纱的旧棉袍,当时没收拾在寄出去的箱子里,丢了也可惜;又有孩子的几件布夹衫,仔细看时还可以穿穿;又有潘师母的一条旧绸裙,她不一定舍得便不要它:便胡乱包在一起,提着出门。

"车!车!福星街红房子,一毛钱。"

"哪里有一毛钱的?"车夫懒懒地说,"你看这几天路上有几辆车?不是拼死寻饭吃的,早就躲起来了。随你要不要,三毛钱。"

"就是三毛钱,"潘先生迎上去,跨上脚踏坐稳了,"你也得依着我,跑得快一点!"

"潘先生,你到哪里去?"一个姓黄的同业在途中瞥见了他,站定了问。

"哦，先生，到那边……"潘先生失措地回答，也不辨问他的是谁；忽然想起回答那人简直是多事——车轮滚得绝快，那人绝不会赶上来再问，——便缩住了。

红房子里早已住满了人，大都是十天以前就搬来的，儿啼人语，灯火这边那边亮着，颇有点热闹的气象。主人翁见面之后，说："这里实在没有余屋了。但是先生的东西都寄在这里，也不好拒绝。刚才有几位匆忙地赶来，也因不好拒绝，权且把一间做厨房的厢房让他们安顿。现在去同他们商量，总可以多插你先生一个。"

"商量商量总可以，"潘先生到了家似的安慰，"何况在这样的时候。我也不预备睡觉，随便坐坐就得了。"

他提着包裹跨进厢房的当儿，以为自己受惊太厉害了，眼睛生了翳，因而引起错觉；但是闭一闭眼睛再睁开来时，所见依然如前。这靠窗坐着，在那里同对面的人谈话，上唇翘起两笔浓须的，不就是教育局长么？

他顿时踌躇起来，已跨进去的一只脚想要缩出来，又似乎不大好。那局长也望见了他，尴尬的脸上故作笑容说："潘先生，你来了，进来坐坐。"主人翁听了，知道他们是相识的，转身自去。

"局长先在这里了。还方便吧，再容一个人？"

"我们只三个人，当然还可以容你。我们带着席子；好在天气不很凉，可以轮流躺着歇歇。"

潘先生觉得今晚上局长特别可亲，全不像平日那副庄严的神态，便忘形地直跨进去说："那么不客气，就要陪三位先生过一夜了。"

这厢房不很宽阔。地上铺着一张席子，一个戴眼镜的中年人坐在上面，略微有疲倦的神色，但绝无欲睡的意思。锅灶等东西贴着一壁。靠窗一排摆着三只凳子，局长坐一只，头发梳得很光的二十多岁的人，局长的表弟，坐一只，一只空着。那边的墙角有一只柳条箱，三个衣包，大概就是三位先生带来的。仅仅这些，房间里已没有空地了。电灯的光本来很弱，又蒙上了一层灰尘，照得房间里的人物都昏黯模糊。

潘先生也把衣包放在那边的墙角，与三位的东西合伙。回过来谦逊地坐上那只空凳子。局长给他介绍了自己的同伴，随说："你也听到了正安的消息么？"

"是呀，正安。正安失守，碧庄未必靠得住呢。"

"大概这方面对于南路很疏忽，正安失守，便是明证。那方面从正安袭取碧庄是最便当的，说不定此刻已被他们得手了。要是这样，不堪设想！"

"要是这样，这里非糜烂不可！"

"但是，这方面的杜统帅不是庸碌无能的人，他是著名善于用兵的，大约见得到这一层，总有方法抵挡得住。也许就此反守为攻，势如破竹，直捣那方面的巢穴呢。"

"若能这样，战事便收场了，那就好了！——我们办学的就可以开起学来，照常进行。"

局长一听到办学，立刻感到自己的尊严，捻着浓须叹道："别的不要讲，这一场战争，大大小小的学生吃亏不小呢！"他把坐在这间小厢房里的局促不舒的感觉忘了，仿佛堂皇地坐在教育局的办公室里。

坐在席上的中年人仰起头来含恨似的说:"那方面的朱统帅实在可恶!这方面打过去,他抵抗些什么,——他没有不终于吃败仗的。他若肯漂亮点让了,战事早就没有了。"

局长的表弟顺着说:"不到尽头不肯死心的。只是连累了我们,这当儿坐在这又暗又窄的房间里。"他带着玩笑的神气。

潘先生却想起远在上海的妻儿来了。他不知道他们可安好,不知道他们出了什么乱子没有,不知道他们此刻睡了不曾,抓既抓不到,想象也极模糊;因而想自己的被累要算最深重了,凄然望着窗外的小院子默不作声。

"不知道到底怎样呢!"他又转而想到那个可怕的消息以及意料所及的危险,不自主地吐露了这一句。

"难说,"局长表示富有经验的样子说,"用兵全在趁一个机,机是刻刻变化的,也许不为我们所料,此刻已……所以我们……"他对着中年人一笑。

中年人,局长的表弟同潘先生三个已经领会局长这一笑的意味;大家想坐在这地方总不至于有什么,也各安慰地一笑。

小院子里长满了草,是蚊虫同各种小虫的安适的国土。厢房里灯光亮着,虫子齐飞了进来。四位怀着惊恐的先生就够受用了;扑头扑面的全是那些小东西,蚊虫突然一针,痛得直跳起来。又时时停语侧耳,惶惶地听外边有没有枪声或人众的喧哗。睡眠当然是无望了,只实做了局长所说的轮流躺着歇歇。

下一天清晨,潘先生的眼球上添了几缕红丝;风吹过来,觉得身上很凉。他急欲知道外面的情形,独个儿闪出红房子的大门。路上同平时的早晨一样,街犬竖起了尾巴高兴地这头那头望,偶尔走过一两个睡眼惺忪的人。他走过去,转入另一条街,也不听见什么特别的风声。回想昨夜的匆忙情形,不禁心里好笑。但是再转一念,又觉得实在并无可笑,小心一点总比冒险好。

四

二十余天之后,战事停止了。大众点头自慰道:"这就好了!只要不打仗,什么都平安了!"但是潘先生还不大满意,铁路还没通,不能就把避居上海的妻儿接回来。信是来过两封了,但简略得很,比不看更教他想念。他又恨自己到底没有先见之明;不然,这一笔冤枉的逃难费可以省下,又免得几十天的孤单。

他知道教育局里一定要提到开学的事情了,便前去打听。跨进招待室,看见局里的几个职员在那里裁纸磨墨,像是办喜事的样子。

一个职员喊道:"巧得很,潘先生来了!你写得一手好颜字,这个差就请你当了吧。"

"这么大的字,非得潘先生写不可。"其余几个人附和着。

"写什么东西?我完全茫然。"

"我们这里正筹备欢迎杜统帅凯旋的事务。车站的两头要搭起四个彩牌坊,一头一对,让杜统帅的花车在中间通过。现在要写的就是牌坊上的几个字。"

"我哪里配写这上边的字?"

"当仁不让。""一致推举。"几个人一哄地说;笔杆便送到潘先生手里。

潘先生觉得这当儿很有点意味，接了笔便在墨盆里蘸墨汁。凝想一下，提起笔来在蜡笺上一并排写"功高岳牧"四个大字。第二张写的是"威镇东南"。又写第三张，是"德隆恩溥"。——他写到"溥"字，仿佛看见许多影片，拉夫，开炮，烧房屋，奸淫妇人，菜色的男女，腐烂的死尸，在眼前一闪。

旁边看写字的一个人赞叹说："这一句更见恳切。字也越来越好了。"

"看他对上一句什么。"又一个说。

1924年11月27日写毕

林家铺子

茅　盾

一

　　林小姐这天从学校回来就噘起着小嘴唇。她掼下了书包,并不照例到镜台前梳头发搽粉,却倒在床上看着帐顶出神。小花噗地也跳上床来,挨着林小姐的腰部摩擦,咪呜咪呜地叫了两声。林小姐本能地伸手到小花头上摸了一下,随即翻一个身,把脸埋在枕头里,就叫道:"妈呀!"

　　没有回答。妈的房就在间壁,妈素常疼爱这唯一的女儿,听得女儿回来就要摇摇摆摆走过来问她肚子饿不饿,妈留着好东西呢,——再不然,就差吴妈赶快去买一碗馄饨。但今天却作怪,妈的房里明明有说话的声音,并且还听得妈在打呃,却是妈连回答也没有一声。

　　林小姐在床上又翻一个身,翘起了头,打算偷听妈和谁谈话,是那样悄悄地放低了声音。

然而听不清,只有妈的连声打呃,间歇地飘到林小姐的耳朵。忽然妈的嗓音高了一些,似乎很生气,就有斗个字听得很分明:"——这也是东洋货,那也是东洋货,呃!……"

林小姐猛一跳,就好像理发时候颈脖子上黏了许多短头发似的浑身都烦躁起来了。正也是为了这东洋货问题,她在学校里给人家笑骂,她回家来没好气。她一手推开了又挨到她身边来的小花,跳起来就剥下那件新制的翠绿色假毛葛驼绒旗袍来,拎在手里抖了几下,叹一口气。据说这怪好看的假毛葛和驼绒都是东洋来的。她撩开这件驼绒旗袍,从床下拖出那口小巧的牛皮箱来,赌气似的扭开了箱子盖,把箱子底朝天向床上一撒,花花绿绿的衣服和杂用品就滚满了一床。小花吃了一惊,噗地跳下床去,转一个身,却又跳在一张椅子上蹲着望住它的女主人。

林小姐的一双手在那堆衣服里抓捞了一会儿,就呆呆地站在床前出神。这许多衣服和杂用品越看越可爱,却又越看越像是东洋货呢!全都不能穿了么?可是她——舍不得,而且她的父亲也未必肯另外再制新的!林小姐忍不住眼圈红了。她爱这些东洋货,她又恨那些东洋人;好好的发兵打东三省干么呢?不然,穿了东洋货有谁来笑骂。

"呃——"

忽然房门边来了这一声。接着就是林大娘的摇摇摆摆的瘦身形。看见那乱丢了一床的衣服,又看见女儿只穿着一件绒线短衣站在床前出神,林大娘这一惊非同小可。心里愈是着急,她那个"呃"却愈是打得多,暂时竟说不出半句话。

林小姐飞跑到母亲身边，哭丧着脸说："妈呀！全是东洋货，明儿叫我穿什么衣服？"

林大娘摇着头只是打呃，一手扶住了女儿的肩膀，一手揉磨自己的胸脯，过了一会儿，她方才挣扎出几句话来："阿囡，呃，你干么脱得——呃，光落落？留心冻——呃——我这毛病，呃，生你那年起了这个病痛，呃，近来越发凶了！呃——"

"妈呀！你说明儿我穿什么衣服？我只好躲在家里不出去了，他们要笑我，骂我！"

但是林大娘不回答。她一路打呃，走到床前拣出那件驼绒旗袍来，就替女儿披在身上，又拍拍床，要她坐下。小花又挨到林小姐脚边，昂起了头，眯细着眼睛看看林大娘，又看看林小姐；然后它懒懒地靠到林小姐的脚背上，就林小姐的鞋底来摩擦它的肚皮。林小姐一脚踢开了小花，就势身子一歪，躺在床上，把脸藏在她母亲的身后。

暂时两个都没有话。母亲忙着打呃，女儿忙着盘算"明天怎样出去"；这东洋货问题不但影响到林小姐的所穿，还影响到她的所用；据说她那只常为同学们艳羡的化妆皮夹以及自动铅笔之类，也都是东洋货，而她却又爱这些小玩意的！

"阿囡，呃——肚子饿不饿？"

林大娘坐定了半晌以后，渐渐少打几个呃了，就又开始她日常的疼爱女儿的老功课。

"不饿。嗳，妈呀，怎么老是问我饿不饿呢，顶要紧是没有了衣服明天怎样去上学！"

林小姐撒娇说，依然那样蜷曲着身体躺着，依然把脸藏在母亲背后。

自始就没弄明白为什么女儿尽嚷着没有衣服穿的林大娘现在第三次听得了这话儿，不能不再注意了，可是她那该死的打呃很不作美地又连连来了。恰在此时林先生走了进来，手里拿着一张字条，脸上乌霉霉的像是涂着一层灰。他看见林大娘不住地打呃，女儿躺在满床乱丢的衣服堆里，他就料到了几分，一双眉头就紧紧地皱起。他唤着女儿的名字说道："明秀，你的学校里有什么抗日会么？刚送来了这封信。说是明天你再穿东洋货的衣服去，他们就要烧呢——无法无天的话语，咳……"

"呃——呃！"

"真是岂有此理，哪一个人身上没有东洋货，却偏偏找定了我们家来生事！哪一家洋广货铺子里不是堆足了东洋货，偏是我的铺子犯法，一定要封存！咄！"

林先生气愤愤地又加了这几句，就颓然坐在床边的一张椅子里。

"呃，呃，救苦救难观世音，呃——"

"爸爸，我还有一件老式的棉袄，光景不是东洋货，可是穿出去人家又要笑我。"

过了一会儿，林小姐从床上坐起来说，她本来打算进一步要求父亲制一件不是东洋货的新衣，但瞧着父亲的脸色不对，便又不敢冒昧。同时，她的想象中就展开了那件旧棉袄惹人讪笑的情形，她忍不住哭起来了。

"呃，呃——啊哟！——呃，莫哭——没有人笑你——呃，阿囡……"

"阿秀，明天不用去读书了！饭快要没得吃了，还读什么书！"

林先生懊恼地说，把手里那张字条扯得粉碎，一边走出房去，一边叹气跺脚。然而没多几时，林先生又匆匆地跑了回来，看着林大娘的面孔说道："橱门上的钥匙呢？给我！"

林大娘的脸色立刻变成灰白，瞪出了眼睛望着她的丈夫，永远不放松她的打呃忽然静定了半晌。

"没有办法，只好去斋斋那些闲神野鬼了——"

林先生顿住了，叹一口气，然后又接下去说："至多我花四百块。要是党部里还嫌少，我拼着不做生意，等他们来封！——我们对过的裕昌祥，进的东洋货比我多，足足有一万多块钱的码子呢，也只花了五百块，就太平无事了。——五百块！算是吃了几笔倒账罢！——钥匙！咳！那一个金项圈，总可以兑成三百块……"

"呃，呃，真——好比强盗！"

林大娘摸出那钥匙来，手也颤抖了，眼泪扑簌簌地往下掉。林小姐却反不哭了，瞪着一对泪眼，呆呆地出神，她恍惚看见那个曾经到她学校里来演说而且饿狗似的盯住看她的什么委员，一个怪叫人讨厌的黑麻子，捧住了她家的金项圈在半空里跳，张开了大嘴巴笑。随后，她又恍惚看见这强盗似的黑麻子和她的父亲吵嘴，父亲被他打了……

"啊哟！"

林小姐猛然一声惊叫，就扑在她妈的身上。林大娘慌得没有工夫尽打呃，挣扎着说："阿囡，呃，不要哭，——过了年，你爸爸有钱，就给你制新衣服——呃，那些狠心的强盗！都咬定我们有钱，呃，一年一年亏空，你爸爸做做肥田粉生意又上当，呃——店里全是别人的钱了。阿囡,呃,呃,我这病,活着也受罪,——呃,再过两年,你十九岁,招得个好女婿。呃,我死也放心了!——救苦救难观世音菩萨!呃——"

二

第二天,林先生的铺子里新换过一番布置。将近一星期不曾露脸的东洋货又都摆在最惹眼的地位了。林先生又模仿上海大商店时办法,写了许多"大廉价照码九折"的红绿纸条,贴在玻璃窗上。这天是阴历腊月二十三,正是乡镇上洋广货店的"旺月"。不但林先生的额外支出"四百元"指望在这时候捞回来,就是林小姐的新衣服也靠托在这几天的生意好。

十点多钟,赶市的乡下人一群一群地在街上走过了,他们臂上挽着篮,或是牵着小孩子,粗声大气地一边在走,一边在谈话。他们望到了林先生的花花绿绿的铺面,都站住了,仰起脸,老婆唤丈夫,孩子叫爹娘,啧啧地夸羡那些货物。新年快到了,孩子们希望穿一双新袜子,女人们想到家里的面盆早就用破,全家合用的一条面巾还是半年前的老家伙,肥皂又断绝了一个多月,趁这里"卖贱货",正该买一点。林先生坐在账台上,抖擞着精神,堆起满脸的笑容,眼睛望着那些乡下人,又带睬着自己铺子里的两个伙计,两个学徒,满心希望货物出去,洋钱进来。但是这些乡下人看了一会儿,指指点点夸羡了一会儿,竟自懒洋洋地走到斜对门的裕昌祥铺面前站住了再看。林先生抻长了脖子,望到那班乡下人的背影,眼睛里冒出火来。他恨不得拉他们回来!

"呃——呃——"

坐在账台后面那道分隔铺面与"内宅"的蝴蝶门旁边的林大娘把勉强忍住了半晌的"呃"放出来。林小姐倚在她妈的身边,呆呆地望着街上不作声,心头却是卜卜地跳;她的新衣服至少已经走脱了半件。

林先生赶到柜台前睁大了妒忌的眼睛看着斜对门的同业裕昌祥。那边的四五个店员一字摆在柜台前,等候做买卖。但是那班乡下人没有一个走近到柜台边,他们看了一会儿,又照样地走过去了。林先生觉得心头一松,忍不住望着裕昌祥的伙计笑了一笑。这时又有七八人一队的乡下人走到林先生的铺面前,其中有一位年轻的居然上前一步,歪着头看那些挂着的洋伞。林先生猛转过脸来,一对嘴唇皮立刻嘻开了;他亲自兜揽这位意想中的顾客了:"喂,阿弟,买洋伞么?便宜货,一只洋伞卖九角!看看货色去。"

一个伙计已经取下了两三把洋伞,立刻撑开了一把,热刺刺地塞到那年轻乡下人的手里,振起精神,使出夸卖的本领来:"小当家,你看!洋缎面子,实心骨子,晴天,落雨,耐用好看!九角洋钱一顶,再便宜没有了!……那边是一只洋一顶,货色还没有这等好呢,你比一比就明白。"

那年轻的乡下人拿着伞,没有主意似的张大了嘴巴。他回过头去望着一位五十多岁的老头子,又把手里的伞掂了一掂,似乎说:"买一把罢?"老头子却老大着急地吃喝道:"阿大!你昏了,想买伞!一船硬柴,一股脑儿只卖了三块多钱,你娘等着量米回去吃,哪有钱来买伞!"

"货色是便宜,没有钱买!"

站在那里观望的乡下人都叹着气说，懒洋洋地都走了。那年轻的乡下人满脸涨红，摇一下头，放了伞也就要想走，这可把林先生急坏了，赶快让步问道："喂，喂，阿弟，你说多少钱呢？——再看看去，货色是靠得住的！"

"货色是便宜，钱不够。"

老头子一面回答，一面拉住了他的儿子，逃也似的走了。林先生苦着脸，踱回到账台里，浑身不得劲儿。他知道不是自己不会做生意，委实是乡下人太穷了，买不起九毛钱的一顶伞。他偷眼再望斜对门的裕昌祥，也还是只有人站在那里看，没有人上柜台买。裕昌祥左右邻的生泰杂货店万牲糕饼店那就简直连看的人都没有半个。一群一群走过的乡下人都挽着篮子，但篮子里空无一物；间或有花蓝布的一包儿，看样子就知道是米；甚至一个多月前乡下人收获的晚稻也早已被地主们和高利贷的债主们如数逼光，现在乡下人不得不一升两升地量着贵米吃。这一切，林先生都明白，他就觉得自己的一份生意至少是间接地被地主和高利贷者剥夺去了。

时间渐渐移近正午，街上走的乡下人已经很少了，林先生的铺子就只做成了一块多钱的生意，仅仅足够开销了"大廉价照码九折"的红绿纸条的广告费。林先生垂头丧气走进"内宅"去，几乎没有勇气和女儿老婆相见。林小姐含着一泡眼泪，低着头坐在屋角；林大娘在一连串的打呃中，挣扎着对丈夫说："花了四百块钱，——又忙了一个晚上摆设起来，呃，东洋货是准卖了，却又生意清淡，呃——阿囡的爷呀！——吴妈又要拿工钱——"

"还只半天呢！不要着急。"

林先生勉强安慰着，心里的难受，比刀割还厉害。他闷闷地踱了几步。所有推广营业的方法都想遍了,觉得都不是路。生意清淡,早已各业如此,并不是他一家呀;人们都穷了,可没有法子。但是他总还希望下午的营业能够比较好些。本镇的人家买东西大概在下午。难道他们过新年不买些东西?只要他们存心买,林先生的营业是有把握的。毕竟他的货物比别家便宜。

是这盼望使得林先生依然能够抖擞着精神坐在账台上守候他意想中的下午的顾客。

这下午照例和上午显然不同:街上并没很多的人,但几乎每个人都相识,都能够叫出他们的姓名,或是他们的父亲和祖父的姓名。林先生靠在柜台上,用了异常温和的眼光迎送这些慢慢地走着谈着经过他那铺面的本镇人。他时常笑嘻嘻地迎着常有交易的人喊道:"呵,××哥,到清风阁去吃茶么?小店大放盘,交易点去!"

有时被唤着的那位居然站住了,走上柜台来,于是林先生和他的店员就要大忙而特忙,异常敏感地伺察着这位未可知的顾客的眼光,瞧见他的眼光瞥到什么货物上,就赶快拿出那种货物请他考校。林小姐站在那对蝴蝶门边看望,也常常被林先生唤出来对那位未可知的顾客叫一声"伯伯"。小学徒送上一杯便茶来,外加一支小联珠。

在价目上,林先生也格外让步;遇到那位顾客一定要除去一毛钱左右尾数的时候,他就从店员手里拿过那算盘来算了一会儿,然后不得已似的把那尾数从算盘上拨去,一面笑嘻嘻地说:"真不够本呢!可是老主顾,只好遵命了。请你多做成几笔生意罢!"

整个下午就是这么张罗着过去了。连现带赊,大大小小,居然也有十来注交易。林先生早已汗透棉袍。虽然是累得那么着,林先生心里却很愉快。他冷眼偷看斜对门的裕昌祥，似乎赶不上自己铺子的"热闹"。常在那对蝴蝶门旁边看望的林小姐脸上也有些笑意，林大娘也少打几个呃了。

　　快到上灯时候，林先生核算这一天的"流水账"：上午等于零，下午卖了十六元八角五分，八块钱是赊账。林先生微微一笑，但立即皱紧了眉头；他今天的"大放盘"确是照本出卖，开销都没着落，官利更说不上。他呆了一会儿，又开了账箱，取出几本账簿来翻着打了半天算盘；账上"人欠"的数目共有一千三百余元，本镇六百多，四乡七百多；可是"欠人"的客账，单是上海的东升字号就有八百，合计不下二千哪！林先生低声叹一口气，觉得明天以后如果生意依然没见好，那他这年关就有点难过了。他望着玻璃窗上"大放盘照码九折"的红绿纸条，心里这么想："照今天那样当真放盘，生意总该会见好；亏本么？没有生意也是照样地要开销。只好先拉些主顾来再慢慢想法提高货码……要是四乡还有批发生意来，那就更好！——"

　　突然有一个人来打断林先生的甜蜜梦想了。这是五十多岁的一位老婆子，巍颤颤地走进店来，手里拿着一个小小的蓝布包。林先生猛抬起头来，正和那老婆子打一个照面，想躲避也躲避不及，只好走上前去招呼她道："朱三太，出来买过年东西吗？请到里面去坐坐。——阿秀，来扶朱三太。"

　　林小姐早已不在那对蝴蝶门边了，没有听到。那朱三太连连摇手，就在铺面里的一张椅子上坐了，郑重地打开她的蓝布手巾包，——包里仅有一扣折子，她抖抖簌簌地双手捧了，直送到林先生的鼻子前，她的瘪嘴唇扭了几扭，正想说话，林先生早已一手接过那折子,同时抢先说道:"我晓得了。明天送到你府上罢。"

"哦,哦;十月,十一月,十二月,一总是三个月,三三得九,是九块吧?——明天你送来?哦,哦,不要送,让我带了去。嗯!"

朱三太扭着她的瘪嘴唇,很艰难似的说。她有三百元的"老本"存在林先生的铺里,按月来取三块钱的利息,可是最近林先生却拖欠了三个月,原说是到了年底总付,明天是送灶日,老婆子要买送灶的东西,所以亲自上林先生的铺子来了。看她那股扭起了一对瘪嘴唇的劲儿,光景是钱不到手就一定不肯走。

林先生抓着头皮不作声。这九块钱的利息,他何尝存心白赖,只是三个月来生意清淡,每天卖得的钱仅够开伙食,付捐税,不知不觉就拖欠下来了。然而今天要是不付,这老婆子也许会就在铺面上嚷闹,那就太丢脸,对于营业的前途很有影响。

"好,好,带了去罢,带了去罢!"

林先生终于斗气似的说,声音有点哽咽。他跑到账台里,把上下午卖得的现钱归并起来,又从腰包里掏出一个双毫,这才凑成了八块大洋,十角小洋,四十个铜子,交付了朱三太。当他看见那老婆子把这些银洋铜子郑重地数了又数,而且抖抖簌簌地放在那蓝布手巾上包了起来的时候,他忍不住叹一口气,异想天开地打算拉回几文来;他勉强笑着说:"三阿太,你这蓝布手巾太旧了,买一块老牌麻纱白手帕去罢?我们有上好的洗脸手巾,肥皂,买一点去新年里用罢。价钱公道!"

"不要,不要;老太婆了,用不到。"

朱三太连连摇手说,把折子藏在衣袋里,捧着她的蓝布手巾包竟自去了。

　　林先生哭丧着脸，走回"内宅"去。因这朱三太的上门讨利息，他记起还有两注存款，桥头陈老七的二百元和张寡妇的一百五十元，总共十来块钱的利息，都是"不便"拖欠的，总得先期送去。他抡着指头算日子：二十四，二十五，二十六——到二十六，放在四乡的账头该可以收齐了，店里的寿生是前天出去收账的，极迟是二十六应该回来了；本镇的账头总得到二十八九方才有个数目。然而上海号家的收账客人说不定明后天就会到，只有再向恒源钱庄去借了。但是明天的门市怎样？……

　　他这么低着头一边走，一边想，猛听得女儿的声音在他耳边说："爸爸，你看这块大绸好么？七尺，四块二角，不贵罢？"

　　林先生心里蓦地一跳，站住了睁大着眼睛，说不出话。林小姐手里托着那块绸，却在那里憨笑。四块二角！数目可真不算大，然而今天店里总共只卖得十六块多，并且是老实照本贱卖的呀！林先生怔了一会儿，这才没精打采地问道："你哪来的钱呢？"

　　"挂在账上。"

　　林先生听得又是欠账，忍不住皱一下眉头。但女儿是自己宠惯了的，林大娘又抵死偏护着，林先生没奈何只有苦笑。

　　过一会儿，他叹一口气，轻轻埋怨道："那么性急！过了年再买岂不是好！"

三

　　又过了两天，"大放盘"的林先生的铺子，生意果然很好，每天可以做三十多元的生意了。林大娘的打呃，大大减少，平均是五分钟来一次；林小姐在铺面和"内宅"之间跳进跳出，脸上红喷喷的时常在笑，有时竟在铺面帮忙招呼生意，直到林大娘再三唤她，方才跑进去，一边擦着额上的汗珠，一边兴冲冲地急口说："妈呀，又叫我进来干么！我不觉得辛苦哇！妈！爸爸累得满身是汗，嗓子也喊哑了！——刚才一个客人买了五块钱东西呢！妈！不要怕我辛苦，不要怕！爸爸叫我歇一会儿就出去呢！"

林大娘只是点头，打一个呃，就念一声"大慈大悲菩萨"。客厅里本就供奉着一尊瓷观音，点着一炷香，林大娘就摇摇摆摆走过去磕头，谢菩萨的保佑，还要请菩萨发点慈悲，保佑林先生的生意永远那么好，保佑林小姐易长易大，明年就得个好女婿。

但是在铺面张罗的林先生虽然打起精神做生意，脸上笑容不断，心里却像有几根线牵着。每逢卖得了一块钱，看见顾客欣然挟着纸包而去，林先生就忍不住心里一顿，在他心里的算盘上就加添了五分洋钱的血本的亏折。他几次想把这个"大放盘"时每块钱的实足亏折算成三分，可是无论如何，算来算去总得五分。生意虽然好，他却越卖越心疼了。在柜台上招呼主顾的时候，他这种矛盾的心理有时竟至几乎使他发晕。偶尔他偷眼望望斜对门的裕昌祥，就觉得那边闲立在柜台边的店员和掌柜，嘴角上都带着讥讽的讪笑，似乎都在说："看这姓林的傻子呀，当真亏本放盘哪！看着罢，他的生意越好，就越亏本，倒闭得越快！"那时候，林先生便咬一下嘴唇，决定明天无论如何要把货码提高，要把次等货标上头等货的价格。

给林先生斡旋那"封存东洋货"问题的商会会长当走过林家铺

子的时候,也微微笑着,站住了对林先生贺喜,并且拍着林先生的肩膀,轻声说:"如何?四百块钱是花得不冤枉罢!——可是,卜局长那边,你也得稍稍点缀,防他看得眼红,也要来敲诈。生意好,妒忌的人就多;就是卜局长不生心,他们也要去挑拨呀!"

林先生谢商会会长的关切,心里老大吃惊,几乎连做生意都没有精神。

然而最使他心神不宁的,是店里的寿生出去收账到现在还没有回来,林先生是等着寿生收的钱来开销"客账"。上海东升字号的收账客人前天早已到镇,直催逼得林先生再没有话语支吾了。如果寿生再不来,林先生只有向恒源钱庄借款的一法,这一来,林先生又将多负担五六十元的利息,这在见天亏本的林先生委实比割肉还心疼。

到四点钟光景,林先生忽然听得街上走过的人们乱哄哄地在议论着什么,人们的脸色都很惶急,似乎发生了什么大事情了。一心惦念着出去收账的寿生是否平安的林先生就以为一定是快班船遭了强盗抢,他的心卜卜地乱跳。他唤住了一个路人焦急地问道:"什么事?是不是栗市快班遭了强盗抢?"

"哦!又是强盗抢么?路上真不太平!抢,还是小事,还要绑人去呢!"

那人,有名的闲汉陆和尚,含糊地回答,同时睒着半只眼睛看林先生铺子里花花绿绿的货物。林先生不得要领,心里更急,丢开陆和尚,就去问第二个走近来的人,桥头的王三毛。

"听说栗市班遭抢,当真么?"

"那一定是太保阿书手下人干的,太保阿书是枪毙了,他的手下人多么厉害！"

王三毛一边回答，一边只顾走。可是林先生却急坏了，冷汗从额角上钻出来。他早就估量到寿生一定是今天回来，而且是从栗市——收账程序中预定的最后一处，坐快班船回来；此刻已是四点钟，不见他来，王三毛又是那样说，那还有什么疑义么？林先生竟忘记了这所谓"栗市班遭强盗抢"乃是自己的发明了！他满脸急汗，直往"内宅"跑；在那对蝴蝶门边忘记跨门槛，几乎绊了一跤。

"爸爸！上海打仗了！东洋兵放炸弹烧闸北——"

林小姐大叫着跑到林先生跟前。

林先生怔了一下。什么上海打仗，原就和他不相干，但中间既然牵连着"东洋兵"，又好像不能不追问一声了。他看着女儿的很兴奋的脸孔问道："东洋兵放炸弹么？你从哪里听来的？"

"街上走过的人全是那么说。东洋兵放大炮，掷炸弹。闸北烧光了！"

"哦，那么，有人说栗市快班强盗抢么？"

林小姐摇头，就像扑火的灯蛾似的扑向外面去了。林先生迟疑了一会儿，站在那蝴蝶门边抓头皮。林大娘在里面打呃，又是喃喃地祷告："菩萨保佑，炸弹不要落到我们头上来！"林先生转身再到铺子里，却见女儿和两个店员正在谈得很热闹。对门生泰杂货店里的老板金老虎也站在柜台外边指手画脚地讲谈。上海打仗，东洋飞机掷炸弹烧了闸北，上海已经罢市，全都证实了。强盗抢快班船么？没有听人说起过呀！栗市快班么？早已到了，一路平安。金老虎看见那快班船上的伙计刚刚背着两个蒲包走过的。林先生心里松一口气，知道寿生今天又没回来,但也知道好好儿的没有逢到强盗抢。

现在是满街都在议论上海的战事了。小伙计们夹在闹里骂:"东洋乌龟!"竟也有人当街大呼:"再买东洋货就是忘八!"林小姐听着,脸上就飞红了一大片。林先生却还不动神色。大家都卖东洋货,并且大家花了几百块钱以后,都已经奉着特许"只要把东洋商标撕去了就行"。他现在满店的货物都已经称为"国货",买主们也都是"国货,国货"地说着,就拿走了。在此满街人人为了上海的战事而没有心思想到生意的时候,林先生始终在筹虑他的正事。他还是不肯花重利去借庄款,他去和上海号家的收账客人情商,请他再多等这么一天两天。他的寿生极迟明天傍晚总该会到。

"林老板,你也是明白人,怎么说出这种话来呀!现在上海开了火,说不定明后天火车就不通,我是巴不得今晚上就动身呢!怎么再等一两天?请你今天把账款缴清,明天一早我好走。我也是吃人家的饭,请你照顾照顾罢!"

上海客人毫无通融地拒绝了林先生的情商。林先生看来是无可商量了,只好忍痛去到恒源钱庄上商借。他还恐怕那"钱獭狲"知道他是急用,要趁火打劫,高抬利息。谁知钱庄经理的口气却完全不对了。那痨病鬼经理听完了林先生的申请,并没作答,只管捧着他那老古董的水烟筒卜落落卜落落地呼,直到烧完一根纸吹,这才慢吞吞地说:"不行了!东洋兵打仗,上海罢市,银行钱庄都封关,知道他们几时弄得好!上海这路一断,敝庄就成了没脚蟹,汇划不通,比尊处再好的户头也只好不做了。对不起,实在爱莫能助!"

林先生呆了一呆,还总以为这痨病鬼经理故意刁难,无非是为提高利息做地步,正想结结实实说几句恳求的话,却不料那经理又逼进一步道:"刚才敝东吩咐过,他得的信,这次的乱子恐怕要闹大,叫我们收紧盘子!尊处原欠五百,二十二那天,又是一百,总共是六百,年关前总得扫数归清;我们也算是老主顾,今天先透一个信,免得临时多费口舌,大家面子上难为情。"

"哦——可是小店里也实在为难。要看账头收得怎样。"

林先生呆了半晌,这才呐出这两句话。

"嘿!何必客气!宝号里这几天来的生意比众不同,区区六百块钱,还为难么?今天是同老兄说明白了,总望扫数归清,我在敝东跟前好交代。"

痨病鬼经理冷冷地说,站起来了。林先生冷了半截身子,瞧情形是万难挽回,只好硬着头皮走出了那家钱庄。他此时这才明白原来远在上海的打仗也要影响到他的小铺子了。今年的年关当真是难过:上海的收账客人立逼着要钱,恒源里不许它过年,寿生还没回来,不知道他怎样了,镇上的账头,去年只收起八成,今年瞧来连八成都捏不稳——横在他前面的路,只是一条"暂停营业,清理账目"!而这条路也就等于破产,他这铺子里早已没有自己的资本,一旦清理,剩给他的,光景只有一家三口三个光身子!

林先生愈想愈仄,走过那座望仙桥时,他看着桥下的浑水,几乎想纵身一跳完事。可是有一个人在背后唤他道:"林先生,上海打仗了,是真的吧?听说东栅外刚刚调来了一支兵,到商会里要借饷,开口就是二万,商会里正在开会呢!"

林先生急回过脸去看,原来正是那位存有两百块钱在他铺子里的陈老七,也是林先生的一位债主。

"哦——"

林先生打一个冷噤,只回答了这一声,就赶快下桥,一口气跑回家去。

四

这晚上的夜饭,林大娘在家常的一荤二素以外,特又添了一个碟子,是到八仙楼买来的红焖肉,林先生心爱的东西。另外又有一斤黄酒。林小姐笑不离口,为的铺子里生意好,为的大绸新旗袍已经做成,也为的上海竟然开火,打东洋人。林大娘打呃的次数更加少了,差不多十分钟只来一回。

只有林先生心里发闷到要死。他喝着闷酒,看看女儿,又看看老婆,几次想把那炸弹似的恶消息宣布,然而终于没有那样的勇气。并且他还不曾绝望,还想挣扎,至少是还想掩饰他的两下里碰不到头。所以当商会里议决了答应借饷五千并且要林先生摊认二十元的时候,他毫不推托,就答应下来了。他决定非到最后五分钟不让老婆和女儿知道那家道困难的真实情形。他的划算是这样的,人家欠他的账收一个八成吧,他还人家的账也是个八成,——反正可以借口上海打仗,钱庄不通;为难的是人欠我欠之间尚差六百光景,那只有用剜肉补疮的方法拼命放盘卖贱货,且捞几个钱来度过了眼前再说。这年头,谁能够顾到将来呢?眼前得过且过。

是这么想定了方法,又加上那一斤黄酒的力量,林先生倒酣睡了一夜,噩梦也没有半个。

第二天早上,林先生醒来时已经是六点半钟,天色很阴沉。林先生觉得有点头晕。他匆匆忙忙吞进两碗稀饭,就到铺子里,一眼就看见那位上海客人板起了脸孔在那里坐守"回话"。而尤其叫林先生猛吃一惊的，是斜对门的裕昌祥也贴起红红绿绿的纸条，也在那里"大放盘照码九折"了！林先生昨夜想好的"如意算盘"立刻被斜对门那些红绿纸条冲一个摇摇不定。

"林老板，你真是开玩笑！昨晚上不给我回音。轮船是八点钟开，我还得转乘火车，八点钟这班船我是非走不行！请你快点——"

上海客人不耐烦地说，把一个拳头在桌子上一放。林先生只有赔不是，请他原谅，实在是因为上海打仗钱庄不通，彼此是多年的老主顾，务请格外看承。

"那么叫我空手回去么？"

"这，这，断乎不会。我们的寿生一回来，有多少付多少，我要是藏落半个钱，不是人！"

林先生颤着声音说，努力忍住了滚到眼眶边的眼泪。

话是说到尽头了，上海客人只好不再噜嗦，可是他坐在那里不肯走。林先生急得什么似的，心是卜卜地乱跳。近年他虽然万分拮据，面子上可还遮得过；现在摆一个人在铺子里坐守，这件事要是传扬开去，他的信用可就完了，他的债户还多着呢，万一群起效尤，他这铺子只好立刻关门。他在没有办法中想办法，几次请这位讨账客人到内宅去坐，然而讨账客人不肯。

天又索索地下起冻雨来了。一条街上冷清清的简直没有人行。自有这条街以来，从没见过这样萧索的腊尾岁尽。朔风吹着那些招牌，嚓嚓地响。渐渐地冻雨又有变成雪花的模样。沿街店铺里的伙计们靠在柜台上仰起了脸发怔。

林先生和那位收账客人有一句没一句地闲谈着。林小姐忽然走出蝴蝶门来站在街边看那索索的冻雨。从蝴蝶门后送来的林大娘的呃呃的声音又渐渐加勤。林先生嘴里应酬着,一边看看女儿,又听听老婆的打呃,心里一阵一阵酸上来,想起他的一生简直毫没幸福,然而又不知道坑害他到这地步的,究竟是谁。那位上海客人似乎气平了一些了,忽然很恳切地说:"林老板,你是个好人。一点嗜好都没有,做生意很巴结认真。放在二十年前,你怕不发财么?可是现今时势不同,捐税重,开销大,生意又清,混得过也还是你的本事。"

林先生叹一口气苦笑着,算是谦逊。

上海客人顿了一顿,又接着说下去:"贵镇上的市面今年又比上年差些,是不是?内地全靠乡庄生意,乡下人太穷,真是没有法子,——呀,九点钟了!怎么你们的收账伙计还没来呢?这个人靠得住么?"

林先生心里一跳,暂时回答不出来。虽然是七八年的老伙计,一向没有出过岔子,但谁能保到底呢!而况又是过期不见回来。上海客人看着林先生那迟疑的神气,就笑;那笑声有几分异样。忽然那边林小姐转脸对林先生急促地叫道:"爸爸,寿生回来了!一身泥!"

显然林小姐的叫声也是异样的,林先生跳起来,又惊又喜,着急得想跑到柜台前去看,可是心慌了,两腿发软。这时寿生已经跑了进来,当真是一身泥,气喘喘地坐下了,说不出话来。林先生估量那情形不对,吓得没有主意,也不开口。上海客人在旁边皱眉头。过了一会儿,寿生方才喘着气说:"好险哪!差一些被他们抓住了。"

"到底是强盗抢了快班船么?"

林先生惊极,心一横,倒逼出话来了。

"不是强盗。是兵队拉夫呀!昨天下午赶不上趁快班。今天一早趁航船,哪里知道航船听得这里要捉船,就停在东栅外了。我上岸走不到半里路,就碰到拉夫。西面宝祥衣庄的阿毛被他们拉去了。我跑得快,抄小路逃了回来。他妈的,性命交关!"

寿生一面说,一面撩起衣服,从肚兜里掏出一个手巾包来递给了林先生,又说道:"都在这里了。栗市的那家黄茂记很可恶,这种户头,我们明年要留心!——我去洗一个脸,换件衣服再来。"

林先生接了那手巾包,捏一把,脸上有些笑容了。他到账台里打开那手巾包来。先看一看那张"清单",打了一会儿算盘,然后点检银钱数目:是大洋十一元,小洋二百角,钞票四百二十元,外加即期庄票两张,一张是规元五十两,又一张是规元六十五两。这全部付给上海客人,照账算也还差一百多元。林先生凝神想了半晌,斜眼偷看了坐在那里吸烟的上海客人几次,方才叹一口气,割肉似的拿起那两张庄票和四百元钞票捧到上海客人跟前,又说了许多话,方才得到上海客人点一下头,说一声"对啦"。

但是上海客人把庄票看了两遍,忽又笑着说道:"对不起,林老板,这庄票,费神兑了钞票给我罢!"

"可以,可以。"

林先生连忙回答,慌忙在庄票后面盖了本店的书柬图章,派一个伙计到恒源庄去取现,并且叮嘱了要钞票。又过了半晌,伙计却是空手回来。恒源庄把票子收了,但不肯付钱;据说是扣抵了林先生的欠款。天是在当真下雪了,林先生也没张伞,冒雪到恒源庄去亲自交涉,结果是徒然。

"林老板,怎样了呢?"

看见林先生苦着脸跑回来,那上海客人不耐烦地问了。

林先生几乎想哭出来,没有话回答,只是叹气。除了央求那上海客人再通融,还有什么别的办法?寿生也来了,帮着林先生说。他们赌咒:下欠的二百多元,赶明年初十边一定汇到上海。是老主顾了,向来三节清账,从没半句话,今儿实在是意外之变,大局如此,没有办法,非是他们刁赖。

然而不添一些,到底是不行的。林先生忍痛又把这几天内卖得的现款凑成了五十元,算是总共付了四百五十元,这才把那位叫人头痛的上海收账客人送走了。

此时已有十一点了,天还是飘飘扬扬落着雪。买客没有半个。林先生纳闷了一会儿,和寿生商量本街的账头怎样去收讨。两个人的眉头都皱紧了,都觉得本镇的六百多元账头收起来真没有把握。寿生挨着林先生的耳朵悄悄地说道:"听说南栅的聚隆,西栅的和源,都不稳呢!这两处欠我们的,就有三百光景,这两笔倒账要预先防着,吃下了,可不是玩的!"

林先生脸色变了,嘴唇有点抖。不料寿生把声音再放低些,支支吾吾地说出了更骇人的消息来:"还有,还有讨厌的谣言,是说我们这里了。恒源庄上一定听得了这些风声,这才对我们逼得那么急,说不定上海的收账客人也有点晓得——只是,谁和我们作对呢?难道就是斜对门么?"

寿生说着,就把嘴向裕昌祥那边努了一努。林先生的眼光跟着寿生的嘴也向那边瞥了一下，心里直是乱跳，哭丧着脸，好半天说不出话来。他的又麻又痛的心里感到这一次他准是毁了！——不毁才是作怪：党老爷敲诈他，钱庄压逼他，同业又中伤他，而又要吃倒账，凭谁也受不了这样重重的磨折罢？而究竟为了什么他应该活受罪呀！他，从父亲手里继承下这小小的铺子，从没敢浪费；他，做生意多么巴结；他，没有害过人，没有起过歹心；就是他的祖上，也没害过人，做过歹事呀！然而他直如此命苦！

"不过，师傅，随他们去造谣罢，你不要发急。荒年传乱话，听说是镇上的店铺十家有九家没法过年关。时势不好，市面清得不成话，素来硬朗的铺子今年都打饥荒，也不是我们一家困难！天塌压大家，商会里总得议个办法出来；总不能大家一齐拖倒，弄得市面更加不像市面。"

看见林先生急苦了，寿生姑且安慰着，忍不住也叹了一口气。

雪是愈下愈密了，街上已经见白。偶尔有一条狗垂着尾巴走过，抖一抖身体，摇落了厚积在毛上的那些雪，就又悄悄地夹着尾巴走了。自从有这条街以来，从没见过这样冷落凄凉的年关！而此时，远在上海，日军的重炮正在发狂地轰毁那边繁盛的市廛。

五

凄凉的年关，终于也过去了。镇上的大小铺子倒闭了二十八家。内中有一家"信用素著"的绸庄。欠了林先生三百元货账的聚隆与和源也毕竟倒了。大年夜的白天，寿生到那两个铺子里磨了半天，也只拿了二十多块来；这以后，就听说没有一个收账员拿到半文钱，两家铺子的老板都躲得不见面了。林先生自己呢，多亏商会会长一力斡旋，还无须往乡下躲，然而欠下恒源钱庄的四百多元非要正月十五以前还清不可；并且又订了苛刻的条件：从正月初五开市那天起，恒源就要派人到林先生铺子里"守提"，卖得的钱，八成归恒源扣账。

新年那四天，林先生家里就像一个冰窖。林先生常常叹气，林大娘的打呃像连珠炮。林小姐虽然不打呃，也不叹气，但是呆呆地好像害了多年的黄病。她那件大绸新旗袍，为的要付吴妈的工钱，已经上了当铺；小学徒从清早七点钟就去那家唯一的当铺门前守候，直到九点钟方才从人堆里拿了两块钱挤出来。以后，当铺就止当了。两块钱！这已是最高价。随你值多少钱的贵重衣饰，也只能当得两块！叫作"两块钱封门"。乡下人忍着冷剥下身上的棉袄递上柜台去，那当铺里的伙计拿起来抖了一抖，就直丢出去，怒声喊道："不当！"

元旦起，是大好的晴天。关帝庙前那空场上，照例来了跑江湖赶新年生意的摊贩和变把戏的杂耍。人们在那些摊子面前懒懒地拖着腿走，两手扪着空的腰包，就又懒懒地走开了。孩子们拉住了娘的衣角，赖在花炮摊前不肯走，娘就给他一个老大的耳光。那些特来赶新年的摊贩连伙食都开销不了，白赖在"安商客寓"里，天天和客寓主人吵闹。

只有那班变把戏的出了八块钱的大生意，党老爷们唤他们去点缀了一番"升平气象"。

初四那天晚上，林先生勉强筹措了三块钱，办一席酒请铺子里的"相好"吃照例的"五路酒"，商量明天开市的办法。林先生早就筹思过熟透：这铺子开下去呢，眼见得是亏本的生意，不开呢，他一家三口简直没有生计，而且到底人家欠他的货账还有四五百，他一关门更难讨取；唯一的办法是减省开支，但捐税派饷是逃不了的，"敲诈"尤其无法躲避，裁去一两个店员罢，本来他只有三个伙计，寿生是左右手，其余的两位也是怪可怜见的，况且辞歇了到底也不够招呼生意；家里呢，也无可再省，吴妈早已辞歇。他觉得只有硬着头皮做下去，或者靠菩萨的保佑，乡下人春蚕熟，他的亏空还可以补救。

但要开市，最大的困难是缺乏货品。没有现钱寄到上海去，就拿不到货。上海打得更厉害了，赊账是休转这念头。卖底货罢，他店里早已淘空，架子上那些装卫生衣的纸盒就是空的，不过摆在那里装幌子。他铺子里就剩了些日用杂货，脸盆毛巾之类，存底还厚。

大家喝了一会儿闷酒，抓腮挖耳地想不出好主意。后来谈起闲天来，一个伙计忽然说："乱世年头，人比不上狗！听说上海闸北烧得精光，几十万人都只逃得一个光身子。虹口一带呢，烧是还没烧，人都逃光了，东洋人凶得很，不许搬东西。上海房钱涨起几倍。逃出来的人都到乡下来了，昨天镇上就到了一批，看样子都是好好的人家，现在却弄得无家可归！"

林先生摇头叹气。寿生听了这话，猛地想起了一个好办法；他放下了筷子，拿起酒杯来一口喝干了，笑嘻嘻对林先生说道："师傅，听得阿四的话么？我们那些脸盆，毛巾，肥皂，袜子，牙粉，牙刷，就可以如数销清了。"

林先生瞪出了眼睛，不懂得寿生的意思。

"师傅,这是天大的机会。上海逃来的人,总还有几个钱,他们总要买些日用的东西,是不是?这笔生意,我们赶快张罗。"

寿生接着又说。再筛出一杯酒来喝了,满脸是喜气。两个伙计也省悟过来了,哈哈大笑。只有林先生还不很了然。近来的逆境已经把他变成糊涂。他惘然问道:"你拿得稳么?脸盆,毛巾,别家也有——"

"师傅,你忘记了!脸盆毛巾一类的东西只有我们存底独多!裕昌祥里拿不出十只脸盆,而且都是拣剩货。这笔生意,逃不出我们的手掌心的了!我们赶快多写几张广告到四栅去分贴,逃难人住的地方——嗳,阿四,他们住在什么地方?我们也要去贴广告。"

"他们有亲戚的住到亲戚家里去了,没有的,还借住在西栅外茧厂的空房子。"

叫作阿四的伙计回答,脸上发亮,很得意自己的无意中立了大功。林先生这时也完全明白了。心里一快乐,就又灵活起来,他马上拟好了广告的底稿,专拣店里有的日用品开列上去,约莫也有十几种。他又模仿上海大商店卖"一元货"的方法,把脸盆,毛巾,牙刷,牙粉配成一套卖一块钱,广告上就大书"大廉价一元货"。店里本来还有余剩下的红绿纸,寿生大张地裁好了,拿笔就写。两个伙计和学徒就乱哄哄地拿过脸盆,毛巾,牙刷,牙粉来装配成一组。人手不够,林先生叫女儿出来帮着写,帮着扎配,另外又配出几种"一元货",全是零星的日用必需品。

这一晚上,林家铺子里直忙到五更左右,方才大致就绪。第二天清早,开门鞭炮响过,排门开了,林家铺子布置得又是一新。漏夜赶起来的广告早已漏夜分头贴出去。西栅外茧厂一带是寿生亲自去布置，哄动那些借住在茧厂里的逃难人，都起来看，当作一件新闻。

"内宅"里，林大娘也起了个五更，瓷观音面前点了香，林大娘爬着磕了半天响头。她什么都祷告全了，就只差没有祷告菩萨要上海的战事再扩大再延长，好多来些逃难人。

一切都很顺利，一切都不出寿生的预料。新正开市第一天就只林家铺子生意很好，到下午四点多钟，居然卖了一百多元，是这镇上近十年来未有的新纪录。销售的大宗，果然是"一元货"，然而洋伞橡皮雨鞋之类却也带起了销路，并且那生意也做得干脆有味。虽然是"逃难人"，却毕竟住在上海，见过大场面，他们不像乡下人或本镇人那么小格式，他们买东西很爽利，拿起货来看了一眼，现钱交易，从不拣来拣去，也不硬要除零头。

林大娘看见女儿兴冲冲地跑进来夸说一回，就爬到瓷观音面前磕了一回头。她心里还转了这样的念头：要不是岁数相差得多，把寿生招作女婿倒也是好的！说不定在寿生那边也时常用半只眼睛看望着这位厮熟的十七岁的"师妹"。

只有一点，使林先生扫兴；恒源庄毫不顾面子地派人来提取了当天营业总数的八成。并且存户朱三阿太，桥头陈老七，还有张寡妇，不知听了谁的怂恿，都借了"要量米吃"的借口，都来预支息金；不但支息金，还想拔提一点存款呢！但也有一个喜讯，听说又到了一批逃难人。

晚餐时，林先生添了两碟荤菜，酬劳他的店员。大家称赞寿生能干。林先生虽然高兴，却不能不惦念着朱三阿太等三位存户要提存款的事情。大新年碰到这种事，总是不吉利。寿生愤然说："那三个懂得什么呢!还不是有人从中挑拨!"

说着,寿生的嘴又向斜对门努了一努。林先生点头。可是这三位不懂什么的,倒也难以对付;一个是老头子,两个是孤苦的女人,软说不肯,硬来又不成。林先生想了半天觉得只有去找商会会长,请他去和那三位宝贝讲开。他和寿生说了,寿生也竭力赞成。

于是晚饭后算过了当天的"流水账",林先生就去拜访商会会长。

林先生说明了来意后,那商会会长一口就应承了,还夸奖林先生做生意的手段高明,他那铺子一定能够站住,而且上进。摸着自己的下巴,商会会长又笑了一笑,伛过身体来说道:"有一件事,早就想对你说,只是没有机会。镇上的卜局长不知在哪里见过令爱来,极为中意;卜局长年将四十,还没有儿子,屋子里虽则放着两个人,都没生育过;要是令爱过去,生下一男半女,就是现成的局长太太。呵,那时,就连我也沾点光呢!"

林先生做梦也想不到会有这样的难题,当下怔住了作不得声。商会会长却又郑重地接着说:"我们是老朋友,什么话都可以讲个明白。论到这种事呢,照老派说,好像面子上不好听;然而也不尽然。现在通行这一套,令爱过去也算是正的。——况且,卜局长既然有了这个心,不答应他有许多不便之处;答应了,将来倒有巴望。我是替你打算,才说这个话。"

"咳,你怕不是好意劝我仔细!可是,我是小户人家,小女又不懂规矩,高攀卜局长,实在不敢!"

林先生硬着头皮说,心里卜卜乱跳。

"哈,哈,不是你高攀,是他中意。——就这么罢,你回去和尊夫人商量商量，我这里且搁着，看见卜局长时，就说还没机会提过，行不行呢？可是你得早点给我回音！"

"嗯——"

筹思了半晌，林先生勉强应着，脸色像是死人。

回到家里，林先生支开了女儿，就一五一十对林大娘说了。他还没说完，林大娘的呃就大发作，光景邻居都听得清。她勉强抑住了那些涌上来的呃，喘着气说道："怎么能够答应，呃，就不是小老婆，呃，呃——我也舍不得阿秀到人家去做媳妇。"

"我也是这个意思，不过——"

"呃，我们规规矩矩做生意，呃，难道我们不肯，他好抢了去不成？呃——"

"不过他一定要来找讹头生事！这种人比强盗还狠心！"

林先生低声说，几乎落下眼泪来。

"我拼了这条老命。呃！救苦救难观世音哪！"

林大娘颤着声音站了起来，摇摇摆摆想走。林先生赶快拦住，没口地叫道："往哪里去？往哪里去？"

同时林小姐也从房外来了，显然已经听见了一些，脸色灰白，眼睛死瞪瞪的。林大娘看见女儿，就一把抱住了，一边哭，一边打呃一边喃喃地挣扎着喘着气说："呃，阿囡，呃，谁来抢你去，呃，我同他拼老命！呃，生你那年我得了这个——病，呃，好容易养到十七岁，呃，呃，死也死在一块！呃，早给了寿生多么好呢！呃！强盗！不怕天打的！"

林小姐也哭了，叫着"妈"，林先生搓着手叹气。看看哭得不像样，窄房浅屋的要惊动邻舍，大新年也不吉利，他只好忍着一肚子气来劝母女两个。

　　这一夜，林家三口儿都没有好生睡觉。明天一早林先生还得起来做生意，在一夜的转侧愁思中，他偶尔听得屋面上一声响，心就卜卜地跳，以为是卜局长来寻他生事来了；然而定了神仔细想起来，自家是规规矩矩的生意人，又没犯法，只要生意好，不欠人家的钱，难道好无端生事，白诈他不成？而他的生意呢，眼前分明有一线生机。生了个女儿长得还端正，却又要招祸！早些定了亲，也许不会出这岔子？——商会会长是不是肯真心帮忙呢，只有恳求他设法——可是林大娘又在打呃了，咳，她这病！

　　天刚发白，林先生就起身，眼圈有点红肿，头里发昏。可是他不能不打起精神招呼生意。铺面上靠寿生一个到底不行，这小伙子近几天来也就累得够了。

　　林先生坐在账台里，心总不定。生意虽然好，他却时时浑身的肉发抖。看见面生的大汉子上来买东西，他就疑惑是卜局长派来的人，来侦察他，来寻事；他的心直跳得发痛。

　　却也作怪，这天生意之好，出人意料。到正午，已经卖了五六十元，买客们中间也有本镇人。那简直不像买东西，简直像是抢东西，只有倒闭了铺子拍卖底货的时候才有这种光景。林先生一边有点高兴，一边却也看着心惊，他估量"这样的好生意气色不正"。果然在午饭的时候，寿生就悄悄告诉道："外边又有谣言，说是你拆烂污卖一批贱货，捞到几个钱，就打算逃走！"

　　林先生又气又怕，开不得口。突然来了两个穿制服的人，直闯进来问道："谁是林老板？"

　　林先生慌忙站了起来，还没回答，两个穿制服的拉住他就走。

寿生追上去，想要拦阻，又想要探询，那两个人厉声吆喝道："你是谁？滚开！党部里要他问话！"

六

那天下午，林先生就没有回来。店里生意忙，寿生又不能抽空身子尽自去探听。里边林大娘本来还被瞒着，不防小学徒漏了嘴，林大娘那一急几乎一口气死去。她又死不放林小姐出那对蝴蝶门儿，说是："你的爸爸已经被他们捉去了，回头就要来抢你！呃——"

她只叫寿生进来问底细，寿生瞧着情形不便直说，只含糊安慰了几句道："师母，不要着急，没有事的！师傅到党部里去理直那些存款呢。我们的生意好，怕什么的！"

背转了林大娘的面，寿生悄悄告诉林小姐，"到底为什么，还没得个准信儿，"他叮嘱林小姐且安心伴着"师母"，外边事有他呢。林小姐一点主意也没有，寿生说一句，她就点一下头。

这样又要招顾外面的生意，又要挖空心思找出话来对付林大娘不时的追询，寿生更没有工夫去探听林先生的下落。直到上灯时分，这才由商会会长给他一个信：林先生是被党部扣住了，为的外边谣言林先生打算卷款逃走，然而林先生除有庄款和客账未清外，还有朱三阿太，桥头陈老七，张寡妇三位孤苦人的存款共计六百五十元没有保障，党部里是专替这些孤苦人谋利益的，所以把林先生扣起来，要他理直这些存款。

寿生吓得脸都黄了，呆了半晌，方才问道："先把人保出来，行么？人不出来，哪里去弄钱来呢？"

"嘿！保出人来！你空手去，让你保么？"

"会长先生，总求你想想法子，做好事。师傅和你老人家向来交情也不差，总求你做做好事！"

商会长皱着眉头沉吟了一会儿，又端相着寿生半晌，然后一把拉寿生到屋角里悄悄说道："你师傅的事，我岂有袖手旁观之理。只是这件事现在弄僵了！老实对你说，我求过卜局长出面讲情，卜局长只要你师傅答应一件事，他是肯帮忙的；我刚才到党部里会见你的师傅，劝他答应，他也答应了，那不是事情完了么？不料党部里那个黑麻子真可恶，他硬不肯——"

"难道他不给卜局长面子？"

"就是呀！黑麻子反而啰里啰唆说了许多，卜局长几乎下不得台。两个人闹翻了！这不是这件事弄得僵透？"

寿生叹了口气，没有主意；停一会儿，他又叹一口气说："可是师傅并没犯什么罪。"

"他们不同你讲理！谁有势，谁就有理！你去对林大娘说，放心，还没吃苦，不过要想出来，总得花点钱！"

商会长说着，伸两个指头一扬，就匆匆地走了。

寿生沉吟着，没有主意；两个伙计攒住他探问，他也不回答。商会长这番话，可以告诉"师母"吗？又得花钱！"师母"有没有私蓄，他不知道；至于店里，他很明白，两天来卖得的现钱，被恒源提了八成去，剩下只有五十多块，济得什么事！商会长示意总得两百。知道还够不够哇！照这样下去，生意再好些也不中用。他觉得有点灰心了。

里边又在叫他了!他只好进去瞧光景再定主意。

林大娘扶住了女儿的肩头,气喘喘地问道:"呃,刚才,呃——商会会长来了,呃,说什么?"

"没有来呀!"

寿生撒一个谎。

"你不用瞒我,呃——我,呃,全知道了;呃,你的脸色吓得焦黄!阿秀看见的,呃!"

"师母放心,商会会长说过不要紧。——卜局长肯帮忙——"

"什么?呃,呃——什么?卜局长肯帮忙!'——呃,呃,大慈大悲的菩萨,呃,不要他帮忙!呃,呃,我知道,你的师傅,呃呃,没有命了!呃,我也不要活了!呃,只是这阿秀,呃,我放心不下!呃,呃,你同了她去!呃,你们好好地做人家!呃,呃,寿生,呃,你待阿秀好,我就放心了!呃,去呀!他们要来抢!呃——狠心的强盗!观世音菩萨怎么不显灵啊!"

寿生睁大了眼睛,不知道怎样回话。他以为"师母"疯了,但可又一点不像疯。他偷眼看他的"师妹",心里有点跳;林小姐满脸通红,低了头不作声。

"寿生哥,寿生哥,有人找你说话!"

小学徒一路跳着喊进来。寿生慌忙跑出去,总以为又是商会长什么的来了,哪里知道竟是斜对门裕昌祥的掌柜吴先生。"他来干什么?"寿生肚子里想,眼光盯住在吴先生的脸上。

吴先生问过了林先生的消息,就满脸笑容,连说"不要紧"。寿生觉得那笑脸有点异样。

"我是来找你划一点货——"

吴先生收了笑容，忽然转了口气，从袖子里摸出一张纸来。是一张横单，写着十几行，正是林先生所卖"一元货"的全部。寿生一眼瞧见就明白了，原来是这个把戏呀！他立刻说："师傅不在，我不能做主。"

"你和你师母说，还不是一样！"

寿生踌躇着不能回答。他现在有点懂得林先生之所以被捕了。先是谣言林先生要想逃，其次是林先生被扣住了，而现在却是裕昌祥来挖货，这一连串的线索都明白了。寿生想来有点气，又有点怕，他很知道，要是答应了吴先生的要求，那么，林先生的生意，自己的一番心血，都完了。可是不答应呢，还有什么把戏来，他简直不敢想下去了。最后他姑且试一试说："那么，我去和师母说，可是，师母女人家专要做现钱交易。"

"现钱么？哈，寿生，你是说笑话罢？"

"师母是这种脾气，我也是没法。最好等明天再谈罢。刚才商会会长说，卜局长肯帮忙讲情，光景师傅今晚上就可以回来了。"

寿生故意冷冷地说，就把那张横单塞还吴先生的手里。吴先生脸上的肉一跳，慌忙把横单又推回到寿生手里，一面没口应承道："好，好，现账就是现账。今晚上交货，就是现账。"

寿生皱着眉头再到里边，把裕昌祥来挖货的事情对林大娘说了，并且劝她："师母，刚才商会会长来，确实说师傅好好地在那里，并没吃苦；不过总得花几个钱，才能出来。店里只有五十块。现在裕昌祥来挖货，照这单子上看，总也有一百五十块光景，还是挖给他们罢，早点救师傅出来要紧！"

林大娘听说又要花钱，眼泪直淌，那一阵呃，当真打得震天响,她只是摇手,说不出话,头靠在桌子上,把桌子捶得怪响。寿生瞧来不是路,悄悄地退出去,但在蝴蝶门边,林小姐追上来了。她的脸色像死人一样白,她的声音抖而且哑,她急口地说:"妈是气糊涂了!总说爸爸已经被他们弄死了!你,你赶快答应裕昌祥,赶快救爸爸!寿生哥,你——"

林小姐说到这里,忽然脸一红,就飞快地跑进去了。寿生望着她的后影,呆立了半分钟光景,然后转身,下决心担负这挖货给裕昌祥的责任,至少"师妹"是和他一条心要这么办了。

夜饭已经摆在店铺里了,寿生也没有心思吃,立等着裕昌祥交过钱来,他拿一百在手里,另外身边藏了八十,就飞跑去找商会长。

半点钟后,寿生和林先生一同回来了。跑进"内宅"的时候,林大娘看见了倒吓一跳。认明是当真活的林先生时,林大娘急急爬在瓷观音前磕响头,比她打呃的声音还要响。林小姐光着眼睛站在旁边,像是要哭,又像是要笑,寿生从身旁掏出一个纸包来,放在桌子上说:"这是多下来的八十块钱。"

林先生叹了一口气,过一会儿,方才有声没气地说道:"让我死在那边就是了,又花钱弄出来!没有钱,大家还是死路一条!"

林大娘突然从地下跳起来,着急地想说话,可是一连串的呃把她的话塞住了。林小姐忍住了声音,抽抽咽咽地哭。林先生却还不哭,又叹一口气,哽咽着说:"货是挖空了!店开不成,债又逼得紧——"

"师傅!"

寿生叫了一声,用手指蘸着茶,在桌子上写了一个"走"字给林先生看。

林先生摇头,眼泪扑簌簌地直淌;他看看林大娘,又看看林小姐,又叹一口气。

"师傅!只有这一条路了。店里拼凑起来,还有一百块,你带了去,过一两个月也就够了;这里的事我和他们理直。"

寿生低声说。可是林大娘却偏偏听得了,她忽然抑住了呃,抢着叫道:"你们也去!你,阿秀。放我一个人在这里好了,我拼老命!呃!"

忽然异常少健起来,林大娘转身跑到楼上去了。林小姐叫着"妈",随后也追了上去。林先生望着楼梯发怔,心里感到有什么要紧的事,却又乱麻麻地总是想不起。寿生又低声说:"师傅,你和师妹一同走罢!师妹在这里,师母是不放心的!她总说他们要来抢——"

林先生淌着眼泪点头,可是打不起主意。

寿生忍不住眼圈也红了,叹一口气,绕着桌子走。

忽然听得林小姐的哭声。林先生和寿生都一跳。他们赶到楼梯头时,林大娘却正从房里出来,手里捧一个皮纸包儿。看见林先生和寿生都已在楼梯头了,她就缩回房去,嘴里说"你们也来,听我的主意"。她当着林先生和寿生的跟前,指着那纸包说道:"这是我的私房,呃,光景有两百多块。分一半你们拿去。呃!阿秀,我做主配给寿生!呃,明天阿秀和她爸爸同走。呃,我不走!寿生陪我几天再说。呃,知道我还有几天活,呃,你们就在我面前拜一拜,我也放心!呃——"

林大娘一手拉着林小姐,一手拉着寿生,就要他们"拜一拜"。

都拜了,两个人脸上飞红,都低着头。寿生偷眼看林小姐,看见她的泪痕中含着一些笑意,寿生心头卜卜地跳了,反倒落下两滴眼泪。

林先生松一口气,说道:"好罢,就是这样。可是寿生,你留在这里对付他们,万事要细心!"

七

林家铺子终于倒闭了。林老板逃走的新闻传遍了全镇。债权人中间的恒源庄首先派人到林家铺子里封存底货。他们又搜寻账簿。一本也没有了。问寿生。寿生躺在床上害病。又去逼问林大娘。林大娘的回答是连珠炮似的打呃和眼泪鼻涕。为的她到底是"林大娘",人们也没办法。

十一点钟光景,大群的债权人在林家铺子里吵闹得异常厉害。恒源庄和其他的债权人争执怎样分配底货。铺子里虽然淘空,但连"生财"合计,也足够偿还债权者七成,然而谁都只想给自己争得九成或竟至十成。商会会长说得舌头都有点僵硬了,却没有结果。

来了两个警察,拿着木棍站在门口吆喝那些看热闹的闲人。

"怎么不让我进去?我有三百块钱的存款呀!我的老本!"

朱三阿太扭着瘪嘴唇和警察争论,巍颤颤地在人堆里挤。她额上的青筋就有小指头儿那么粗。她挤了一会儿,忽然看见张寡妇抱着五岁的孩子在那里哀求另一个警察放她进去。那警察斜着眼睛,假装是调弄那孩子,却偷偷地用手背在张寡妇的乳部揉摸。

"张家嫂呀——"

朱三阿太气喘喘地叫了一声，就坐在石阶沿上，用力地扭着她的瘪嘴唇。

张寡妇转过身来，找寻是谁唤她；那警察却用了亵昵的口吻叫道："不要性急！再过一会儿就进去！"

听得这句话的闲人都笑起来了。张寡妇装作不懂，含着一泡眼泪，无目的地又走了一步。恰好看见朱三阿太坐在石阶沿上喘气。张寡妇跌撞似的也到了朱三阿太的旁边，也坐在那石阶沿上，忽然就放声大哭。她一边哭，一边喃喃地诉说着："阿大的爷呀，你丢下我去了，你知道我是多么苦哇！强盗兵打杀了你，前天是三周年……绝子绝孙的林老板又倒了铺子，——我十个指头做出来的百几十块钱，丢在水里了，也没响一声！啊哟！穷人命苦，有钱人心狠——"

看见妈哭，孩子也哭了；张寡妇搂住了孩子，哭得更伤心。

朱三阿太却不哭，弩起了一对发红的已经凹陷的眼睛，发疯似的反复说着一句话："穷人是一条命，有钱人也是一条命；少了我的钱，我拼老命！"

此时有一个人从铺子里挤出来，正是桥头陈老七。他满脸紫青，一边挤，一边回过头去嚷骂道："你们这伙强盗！看你们有好报！天火烧，地火爆，总有一天现在我陈老七眼睛里呀！要吃倒账，就大家吃，分摊到一个边皮儿，也是公平——"

陈老七正骂得起劲，一眼看见了朱三阿太和张寡妇，就叫着她们的名字说："三阿太，张家嫂，你们怎么坐在这里哭！货色，他们分完了！我一张嘴吵不过他们十几张嘴，这班狗强盗不讲理，硬说我们的钱不算账——"

张寡妇听说，哭得更加苦了。先前那个警察忽然又踅过来，用木棍子拨着张寡妇的肩膀说："喂，哭什么？你的养家人早就死了。现在还哭哪一个？"

"狗屁！人家抢了我们的，你这东西也要来调戏女人么？"

陈老七怒冲冲地叫起来，用力将那警察推了一把。那警察睁圆了怪眼睛，扬起棍子就想要打。闲人们都大喊，骂那警察。另一个警察赶快跑来，拉开了陈老七说："你在这里吵，也是白吵。我们和你无怨无仇，商会里叫来守门，吃这碗饭，没办法。"

"陈老七，你到党部里去告状罢！"

人堆里有一个声音这么喊。听声音就知道是本街有名的闲汉陆和尚。

"去，去！看他们怎样说。"

许多声音乱叫了。但是那位做调人的警察却冷笑，扳着陈老七的肩膀道："我劝你少找点麻烦罢。到那边，中什么用！你还是等候林老板回来和他算账，他倒不好白赖。"

陈老七虎起了脸孔，弄得没有主意了。禁不住那些闲人都撺怂着"去"，他就看着朱三阿太和张寡妇说道："去去怎样？那边是天天大叫保护穷人的呀！"

"不错。昨天他们扣住了林老板，也是说防他逃走，穷人的钱没有着落！"

又一个主张去的拉长了声音叫。于是不由自主似的，陈老七他们三个和一群闲人都向党部所在那条路去了。张寡妇一路上还是啼哭，咒骂打杀了她丈夫的强盗兵，咒骂绝子绝孙的林老板，又咒骂那个恶狗似的警察。

快到了目的地时，望见那门前排立着四个警察，都拿着棍子，远远地就吆喝道："滚开！不准过来！"

"我们是来告状的，林家铺子倒了，我们存在那里的钱都拿不到——"

陈老七走在最前排，也高声地说。可是从警察背后突然跳出一个黑麻子来，怒声喝打。警察们却还站着，只用嘴威吓。陈老七背后的闲人们大噪起来。黑麻子怒叫道："不识好歹的贱狗！我们这里管你们那些事么？再不走，就开枪了！"

他跺着脚喝那四个警察动手打。陈老七是站在最前，已经挨了几棍子。闲人们大乱。朱三阿太老迈，跌倒了。张寡妇慌忙中落掉了鞋子，给人们一冲，也跌在地下，她连滚带爬躲过了许多跳过的和踏上来的脚，站起来跑了一段路，方才觉到她的孩子没有了。看衣襟上时，有几滴血。

"啊哟！我的宝贝！我的心肝！强盗杀人了，玉皇大帝救命啊！"

她带哭带嚷地快跑，头发纷散；待到她跑过那倒闭了的林家铺面时，她已经完全疯了！

1932年6月18日作完

春 蚕

茅 盾

一

　　老通宝坐在"塘路"边的一块石头上,长旱烟管斜摆在他身边。清明节后的太阳已经很有力量,老通宝背脊上热烘烘地,像背着一盆火。"塘路"上拉纤的快班船上的绍兴人只穿了一件蓝布单衫,敞开了大襟,弯着身子拉,额角上黄豆大的汗粒落到地下。

　　看着人家那样辛苦的劳动,老通宝觉得身上更加热了;热得有点发痒。他还穿着那件过冬的破棉袄,他的夹袄还在当铺里,却不防才得清明边,天就那么热。

　　"真是天也变了!"

　　老通宝心里说,就吐一口浓厚的唾沫。在他面前那条"官河"内,水是绿油油的,来往的船也不多,镜子一样的水面这里那里起了几道皱纹或是小小的涡旋,那时候,倒影在水里的泥岸和岸边成排的桑树,都晃乱成灰暗的一片。可是不会很长久的。渐渐儿那些树影又在水面上显现,一弯一曲地蠕动,像是醉汉,再过一会儿,终于站定了,依然是很清晰的倒影。那拳头模样的桠枝顶都已经簇生着小手指儿那么大的嫩绿叶。这密密层层的桑树,沿着那"官河"一直望去,好像没有尽头。田里现在还只有干裂的泥块,这一带,现在是桑树的势力!在老通宝背后,也是大片的桑林,矮矮的,静穆的,在热烘烘的太阳光下,似乎那"桑拳"上的嫩绿叶过一秒钟就会大一些。

离老通宝坐处不远,一所灰白色的楼房蹲在"塘路"边,那是茧厂。十多天前驻扎过军队,现在那边田里留着几条短短的战壕。那时都说东洋兵要打进来,镇上有钱人都逃光了;现在兵队又开走了,那座茧厂依旧空关在那里,等候春茧上市的时候再热闹一番。老通宝也听得镇上小陈老爷的儿子——陈大少爷说过,今年上海不太平,丝厂都关门,恐怕这里的茧厂也不能开;但老通宝是不肯相信的。他活了六十岁,反乱年头也经过好几个,从没见过绿油油的桑叶白养在树上等到成了"枯叶"去喂羊吃;除非是"蚕花"不熟,但那是老天爷的"权柄",谁又能够未卜先知?

"才得清明边,天就那么热!"

老通宝看着那些桑拳上怒茁的小绿叶儿,心里又这么想,同时有几分惊异,有几分快活。他记得自己还是二十多岁少壮的时候,有一年也是清明边就得穿夹,后来就是"蚕花二十四分",自己也就在这一年成了家。那时,他家正在"发";他的父亲像一头老牛似的,什么都懂得,什么都做得;便是他那创家立业的祖父,虽说在长毛窝里吃过苦头,却也愈老愈硬朗。那时候,老陈老爷去世不久，小陈老爷还没抽上鸦片烟，"陈老爷家"也不是现在那么不像样的。老通宝相信自己一家和"陈老爷家"虽则一边是高门大户，而一边不过是种田人，然而两家的运命好像是一条线儿牵着。不但"长毛造反"那时候，老通宝的祖父和陈老爷同被长毛掳去，同在长毛窝里混上了六七年，不但他们俩同时从长毛营盘里逃了出来，而且偷得了长毛的许多金元宝——人家到现在还是这么说；并且老陈老爷做丝生意"发"起来的时候，老通宝家养蚕也是年年都好，十年中间挣得了二十亩的稻田和十多亩的桑地，还有三开间两进的一座平屋。这时候，老通宝家在东村庄上被人人所妒羡，也正像"陈老爷家"在镇上是数一数二的大户人家。可是以后，两家都不行了；老通宝现在已经没有自己的田地，反欠出三百多块钱的债，"陈老爷家"也早已完结。人家都说"长毛鬼"在阴间告了一状，阎罗王追还"陈老爷家"的金元宝横财，所以败得这么快。这个，老通宝也有几分相信：不是鬼使神差，好端端的小陈老爷怎么会抽上了鸦片烟？

可是老通宝死也想不明白为什么"陈老爷家"的"败"会牵动到他家。他确实知道自己家并没得过长毛的横财。虽则听死了的老头子说，好像那老祖父逃出长毛营盘的时候，不巧撞着了一个巡路的小长毛，当时没法，只好杀了他，——这是一个"结"！然而从老通宝懂事以来，他们家替这小长毛鬼拜忏念佛烧纸锭，记不清有多少次了。这个小冤魂，理应早投凡胎。老通宝虽然不很记得祖父是怎样"做人"，但父亲的勤俭忠厚，他是亲眼看见的；他自己也是规矩人，他的儿子阿四，儿媳四大娘，都是勤俭的。就是小儿子阿多年纪轻，有几分"不知苦辣"，可是毛头小伙子，大都这么着,算不得"败家相"!

老通宝抬起他那焦黄的皱脸,苦恼地望着他面前的那条河,河里的船,以及两岸的桑地。一切都和他二十多岁时差不了多少,然而"世界"到底变了。他自己家也要常常把杂粮当饭吃一天,而且又欠出了三百多块钱的债。

呜!呜,呜,呜——

汽笛叫声突然从那边远远的河身的弯曲地方传了来。就在那边,蹲着又一个茧厂,远望去隐约可见那整齐的石"帮岸"。一条柴油引擎的小轮船很威严地从那茧厂后驶出来,拖着三条大船,迎面向老通宝来了。满河平静的水立刻激起泼剌剌的波浪,一齐向两旁的泥岸卷过来。一条乡下"赤膊船"赶快拢岸,船上人揪住了泥岸上的树根,船和人都好像在那里打秋千。轧轧轧的轮机声和洋油臭,飞散在这和平的绿的田野。老通宝满脸恨意,看着这小轮船来,看着它过去,直到转一个弯,呜呜呜地又叫了几声,就看不见。老通宝向来仇恨小轮船这一类洋鬼子的东西!他从没见过洋鬼子,可是他从他的父亲嘴里知道老陈老爷见过洋鬼子:红眉毛,绿眼睛,走路时两条腿是直的。并且老陈老爷也是很恨洋鬼子,常常说"铜钿都被洋鬼子骗去了"。老通宝看见老陈老爷的时候,不过八九岁,——现在他所记得的关于老陈老爷的一切都是听来的,可是他想起了"铜钿都被洋鬼子骗去了"这句话,就仿佛看见了老陈老爷捋着胡子摇头的神气。

洋鬼子怎样就骗了钱去,老通宝不很明白。但他很相信老陈老爷的话一定不错。并且他自己也明明看到自从镇上有了洋纱,洋布,洋油,——这一类洋货,而且河里更有了小火轮船以后,他自己田里生出来的东西就一天一天不值钱,而镇上的东西却一天一天贵起来。他父亲留下来的一份家产就这么变小,变做没有,而且现在负了债。老通宝恨洋鬼子不是没有理由的!他这坚定的主张,在村坊上很有名。五年前,有人告诉他:朝代又改了,新朝代是要"打倒"洋鬼子的。老通宝不相信。为的他上镇去看见那新到的喊着"打倒洋鬼子"的年轻人们都穿了洋鬼子衣服。他想来这伙年轻人一定私通洋鬼子,却故意来骗乡下人。后来果然就不喊"打倒洋鬼子"了,而且镇上的东西更加一天一天贵起来,派到乡下人身上的捐税也更加多起来。老通宝深信这都是串通了洋鬼子干的。

然而更使老通宝去年几乎气成病的,是茧子也是洋种的卖得好价钱;洋种的茧子,一担要贵上十多块钱。素来和儿媳总还和睦的老通宝,在这件事上可就吵了架。儿媳四大娘去年就要养洋种的蚕,小儿子跟他嫂嫂是一路,那阿四虽然嘴里不多说,心里也是要洋种的。老通宝拗不过他们,末了只好让步。现在他家里有的五张蚕种,就是土种四张,洋种一张。

"世界真是越变越坏!过几年他们连桑叶都要洋种了!我活得厌了!"

老通宝看着那些桑树,心里说,拿起身边的长旱烟管恨恨地敲着脚边的泥块。太阳现在正当他头顶,他的影子落在泥地上,短短地像一段乌焦木头,还穿着破棉袄的他,觉得浑身躁热起来了。他解开了大襟上的纽扣,又抓着衣角扇了几下,站起来回家去。

那一片桑树背后就是稻田。现在大部分是匀整的半翻着的燥裂的泥块。偶尔也有种了杂粮的,那黄金一般的菜花散出强烈的香味。那边远远的一簇房屋,就是老通宝他们住了三代的村坊,现在那些屋上都袅起了白的炊烟。

老通宝从桑林里走出来,到田塍上,转身又望那一片爆着嫩绿的桑树。忽然那边田里跳跃着来了一个十来岁的男孩子,远远地就喊道:"阿爹!妈等你吃中饭呢!"

"哦——"

老通宝知道是孙子小宝,随口应着,还是望着那一片桑林。才只得清明边,桑叶尖就抽得那么小指头儿似的,他一生就只见过两次。今年的蚕花,光景是好年成。三张蚕种,该可以采多少茧子呢?只要不像去年,他家的债也许可以拔还一些吧。

小宝已经跑到他阿爹的身边了,也仰着脸看那绿绒似的桑拳头;忽然他跳起来拍着手唱道:"清明削口,看蚕娘娘拍手!"[①]

老通宝的皱脸上露出笑容来了。他觉得这是一个好兆头。他把手放在小宝的"和尚头"上摩着,他的被穷苦弄麻木了的老心里勃然又生出新的希望来了。

二

天气继续暖和,太阳光催开了那些桑拳头上的小手指儿模样的嫩叶,现在都有小小的手掌那么大了。老通宝他们那村庄四周围的桑林似乎发长得更好,远望去像一片绿锦平铺在密密层层灰白色矮矮的篱笆上。"希望"在老通宝和一般农民们的心里一点一点一天

---

① 这是老通宝所在那一带乡村里关于"蚕事"的一种歌谣式的俗语。所谓"削口",指桑叶抽发如指;"清明削口"谓清明边桑叶已抽放如许大也。"看"是方言,意同"饲"或"育"。全句谓清明边桑叶开绽则熟年可卜,故蚕妇拍手而喜。——作者原注。

一天强大。蚕事的动员令也在各方面发动了。藏在柴房里一年之久的养蚕用具都拿出来洗刷修补。那条穿村而过的小溪旁边,蠕动着村里的女人和孩子,工作着,嚷着,笑着。

这些女人和孩子们都不是十分健康的脸色,——从今年开春起,他们都只吃个半饱;他们身上穿的,也只是些破旧的衣服。实在他们的情形比叫花子好不了多少。然而他们的精神都很不差。他们有很大的忍耐力,又有很大的幻想。虽然他们都负了天天在增大的债,可是他们那简单的头脑老是这么想:只要蚕花熟,就好了!他们想象到一个月以后那些绿油油的桑叶就会变成雪白的茧子,于是又变成叮叮当当响的洋钱,他们虽然肚子里饿得咕咕地叫,却也忍不住要笑。

这些女人中间也就有老通宝的媳妇四大娘和那个十二岁的小宝。这娘儿两个已经洗好了那些"团匾"和"蚕箪"①,坐在小溪边的石头上撩起布衫角揩脸上的汗水。

"四阿嫂!你们今年也看(养)洋种么?"

小溪对岸的一群女人中间有一个二十岁左右的姑娘隔溪喊过来了。四大娘认得是隔溪的对门邻舍陆福庆的妹子六宝。四大娘立刻把她的浓眉毛一挺,好像正想找人吵架似的嚷了起来:"不要来问我!阿爹做主呢!——小宝的阿爹死不肯,只看了一张洋种!老糊涂的听得带一个洋字就好像见了七世冤家!洋钱,也是洋,他倒又要了!"

---

① 团匾、蚕箪:老通宝乡里称那圆桌面那样大一极像一个盘的竹器为"团匾",又一种略小而底部编成六角形网状的,称为"箪",方言读如"踏";蚕初收蚁时,在"箪"中养育,呼为"蚕箪",那是糊了纸的;这种纸通称"糊箪纸"。——作者原注。

小溪旁那些女人听得笑起来了。这时候有一个壮健的小伙子正从对岸的陆家稻场上走过，跑到溪边，跨上了那横在溪面用四根木头并排做成的雏形的"桥"。四大娘一眼看见，就丢开了"洋种"问题，高声喊道："多多弟！来帮我搬东西罢！这些匾，浸湿了，就像死狗一样重！"

小伙子阿多也不开口，走过来拿起五六只"团匾"，湿漉漉地顶在头上，却空着一双手，划桨似的荡着，就走了。这个阿多高兴起来时，什么事都肯做，碰到同村的女人们叫他帮忙拿什么重家伙，或是下溪去捞什么，他都肯；可是今天他大概有点不高兴，所以只顶了五六只"团匾"去，却空着一双手。那些女人看着他戴了那特别大箬帽似的一叠"匾"，袅着腰，学镇上女人的样子走着，又都笑起来了，老通宝家紧邻的李根生的老婆荷花一边笑，一边叫道："喂，多多头！回来！也替我带一点儿去！"

"叫我一声好听的，我就给你拿。"

阿多也笑着回答，仍然走。转眼间就到了他家的廊下，就把头上的"团匾"放在廊檐口。

"那么，叫你一声干儿子！"

荷花说着就大声地笑起来，她那出众的白净然而扁得作怪的脸上看去就好像只有一张大嘴和眯紧了好像两条线一般的细眼睛。她原是镇上人家的婢女，嫁给那不声不响整天苦着脸的半老头子李根生还不满半年，可是她的爱和男子们胡调已经在村中很有名。

"不要脸的！"

忽然对岸那群女人中间有人轻声骂了一句。荷花的那对细眼睛立刻睁大了，怒声嚷道："骂哪一个？有本事，当面骂，不要躲！"

"你管得我？棺材横头踢一脚，死人肚里自得知：我就骂那不要脸的骚货！"

隔溪立刻回骂过来了，这就是那六宝，又一位村里有名淘气的大姑娘。

于是对骂之下，两边又泼水。爱闹的女人也夹在中间帮这边帮那边。小孩子们笑着狂呼。四大娘是老成的，提起她的"蚕簟"，喊着小宝，自回家去。阿多站在廊下看着笑。他知道为什么六宝要跟荷花吵架；他看着那"辣货"六宝挨骂，倒觉得很高兴。

老通宝掮着一架"蚕台"①从屋子里出来。这三棱形家伙的木梗子有几条给白蚂蚁蛀过了，怕的不牢，须得修补一下。看见阿多站在那里笑嘻嘻地望着外边的女人们吵架，老通宝的脸色就板起来了。他这"多多头"的小儿子不老成，他知道。尤其使他不高兴的，是多多也和紧邻的荷花说说笑笑。"那母狗是白虎星，惹上了她就得败家"，——老通宝时常这样警戒他的小儿子。

"阿多！空手看野景么？阿四在后边扎'缀头'②，你去帮他！"

老通宝像一匹疯狗似的咆哮着，火红的眼睛一直盯住了阿多的身体，直到阿多走进屋里去，看不见了，老通宝方才提过那"蚕台"来反复审察，慢慢地动手修补。木匠生活，老通宝早年是会的；但近来他老了，手指头没有劲，他修了一会儿，抬起头来喘气，又望望屋里挂在竹竿上的三张蚕种。

四大娘就在廊檐口糊"蚕簟"。去年他们为的想省几百文钱，

---

① 蚕台："蚕台"是三棱式可以折起来的木架子，像三张梯连在一处的家伙；中分七八格，每格可放一团匾。——作者原注。

② 缀头："缀头"也是方言，是稻草扎的，蚕在上面做茧子。——作者原注。

是买了旧报纸来糊的。老通宝直到现在还说是因为用了报纸——不惜字纸，所以去年他们的蚕花不好。今年是特地全家少吃一餐饭，省下钱来买"糊箪纸"来了。四大娘把那鹅黄色坚韧的纸糊得很平贴，然后又照品字式糊上三张小小的花纸——那是跟"糊箪纸"一块买来的，一张印的花色是"聚宝盆"，另两张都是手执尖角旗的人骑在马上，据说是"蚕花太子"。

"四大娘！你爸爸做中人借来三十块钱，就只买了二十担叶。后天米又吃完了，怎么办？"

老通宝气喘喘地从他的工作里抬起头来，望着四大娘。那三十块钱是二分半的月息。总算有四大娘的父亲张财发做中人，那债主也就是张财发的东家"做好事"，这才只要了二分半的月息。条件是蚕事完后本利归清。

四大娘把糊好了的"蚕箪"放在太阳底下晒，好像生气似的说："都买了叶！又像去年那样多下来——"

"什么话！你倒先来发利市了！年年像去年么？自家只有十来担叶；五张布子（蚕种），十来担叶够么？"

"噢，噢；你总是不错的！我只晓得有米烧饭，没米饿肚子！"

四大娘气哄哄地回答；为了那"洋种"问题，她到现在常要和老通宝抬杠。

老通宝气得脸都紫了。两个人就此再没有一句话。

但是"收蚕"的时期一天一天逼近了。这二三十人家的小村落突然呈现了一种大紧张，大决心，大奋斗，同时又是大希望。人们似乎连肚子饿都忘记了。老通宝他们家东借一点，西赊一点，居然也一天一天过着来。也不仅老通宝他们，村里哪一家有两三斗米放在家里呀！去年秋收固然还好，可是地主，债主，正税，杂捐，一层一层地剥削来，早就完了。现在他们唯一的指望就是春蚕，一切临时借贷都是指明在这"春蚕收成"中偿还。

他们都怀着十分希望又十分恐惧的心情来准备这春蚕的大搏战！

谷雨节一天近一天了。村里二三十人家的"布子"都隐隐现出绿色来。女人们在稻场上碰见时，都匆忙地带着焦灼而快乐的口气互相告诉道：

"六宝家快要'窝种'①了呀！"

"荷花说她家明天就要'窝'了。有这么快！"

"黄道士去测一字，今年的青叶要贵到四洋！"

四大娘看自家的五张"布子"。不对！那黑芝麻似的一片细点子还是黑沉沉，不见绿影。她的丈夫阿四拿到亮处去细看，也找不出几点"绿"来。四大娘很着急。

"你就先'窝'起来罢！这余杭种，作兴是慢一点的。"

阿四看着他老婆，勉强自家宽慰。四大娘堵起了嘴巴不回答。

老通宝哭丧着干瘪的老脸，没说什么，心里却觉得不妙。

幸而再过了一天，四大娘再细心看那"布子"时，哈，有几处转成绿色了！而且绿得很有光彩。四大娘立刻告诉了丈夫，告诉了老通宝，多多头，也告诉了她的儿子小宝。她就把那些布子贴肉揾在胸前，抱着吃奶的婴孩似的静静和坐着，动也不敢多动了。夜

---

① 窝种："窝种"也是老通宝乡里的习惯；蚕种转成绿色后就得把来贴肉揾着，约三四天后，蚕蚁孵出，就可以"收蚕"。这工作是女人做的。"窝"是方言，意即"温"也。——作者原注。

间,她抱着那五张"布子"到被窝里,把阿四赶去和多多头做一床。那"布子"上密密麻麻的蚕子贴着肉,怪痒痒的;四大娘很快活,又有点害怕,她第一次怀孕时胎儿在肚子里动,她也是那样半惊半喜的!

全家都是惴惴不安地又很兴奋地等候"收蚕"。只有多多头例外。他说:今年蚕花一定好,可是想发财却是命里不曾来。老通宝骂他多嘴,他还是要说。

蚕房早已收拾好了。"窝种"的第二天,老通宝拿一个大蒜头涂上一些泥,放在蚕房的墙脚边;这也是年年的惯例,但今番老通宝更加虔诚,手也抖了。去年他们"卜"[①]的非常灵验。可是去年那"灵验",现在老通宝想也不敢想。

现在这村里家家都在"窝种"了。稻场上和小溪边顿时少了那些女人的踪迹。一个"戒严令"也在无形中颁布了:乡农们即使平日是最好的,也不往来;人客来冲了蚕神不是玩的!他们至多在稻场上低声交谈一二句就走开。这是个"神圣"的季节。

老通宝家的五张布子上也有些"乌娘"[②]蠕蠕地动了。于是全家的空气,突然紧张。那正是谷雨前一日。四大娘料来可以挨过了谷雨节那一天[③]。布子不须再"窝"了,很小心地放在"蚕房"里。

[①] 用大蒜头来"卜"蚕花好否,是老通宝乡里的迷信。收蚕前两三天,以大蒜涂泥置蚕房中,至收蚕那天拿来看,蒜叶多主蚕熟,少则不熟。——作者原注。

[②] 乌娘:老通宝乡间称初生的蚕蚁为"乌娘";这也是方言。——作者原注。

[③] 老通宝乡里的习惯,"收蚕"一即收蚁,须得避过"谷雨"那一天,或上或下都可以,但不能正在"谷雨"那一天。什么理由,可不知道。——作者原注。

老通宝偷眼看一下那个躺在墙脚边的大蒜头,他心里就一跳。那大蒜头上还只有一两茎绿芽!老通宝不敢再看,心里祷祝后天正午会有更多更多的绿芽。

终于"收蚕"的日子到了。四大娘心神不定地淘米烧饭,时时看饭锅上的热气有没有直冲上来。老通宝拿出预先买了来的香烛点起来,恭恭敬敬放在灶君神位前。阿四和阿多去到田里采野花。小小宝帮着把灯芯草剪成细末子,又把采来的野花揉碎。一切都准备齐全了时,太阳也近午刻了,饭锅上水蒸气嘟嘟地直冲,四大娘立刻跳了起来,把"蚕花"①和一对鹅毛插在发髻上,就到"蚕房"里。老通宝拿着秤杆,阿四拿了那揉碎的野花片儿和灯芯草碎末。四大娘揭开"布子",就从阿四手里拿过那野花碎片和灯芯草末子撒在"布子"上,又接过老通宝手里的秤杆来,将"布子"挽在秤杆上,于是拔下发髻上的鹅毛在"布子"上轻轻儿拂;野花片,灯芯草末子,连同"乌娘",都拂在那"蚕箪"里了。一张,两张,……都拂过了;最后一张是洋种,那就收在另一个"蚕箪"里。末了,四大娘又拔下发髻上那朵"蚕花",跟鹅毛一块插在"蚕箪"的边儿上。

这是一个隆重的仪式!千百年相传的仪式!那好比是誓师典礼,以后就要开始了一个月光景的和恶劣的天气和噩运以及和不知什么的连日连夜无休息的大决战!

"乌娘"在"蚕箪"里蠕动,样子非常强健;那黑色也是很正路的。四大娘和老通宝他们都放心地松一口气了。但当老通宝悄悄

---

① 蚕花:"蚕花"是一种纸花,预先买下来的。这些迷信的仪式,各处小有不同。——作者原注。

地把那个"命运"的大蒜头拿起来看时,他的脸色立刻变了!大蒜头上还只得三四茎嫩芽!天哪!难道又同去年一样?

三

然而那"命运"的大蒜头这次竟不灵验。老通宝家的蚕非常好!虽然头眠二眠的时候连天阴雨,气候是比清明边似乎还要冷一点,可是那些"宝宝"都很强健。

村里别人家的"宝宝"也都不差。紧张的快乐弥漫了全村庄,似那小溪里淙淙的流水也像是朗朗的笑声了。只有荷花家是例外。她们家看了一张"布子",可是"出火"①只称得二十斤;"大眠"快边人们还看见那不声不响晦气色的丈夫根生倾弃了三"蚕箄"在那小溪里。

这一件事,使得全村的妇人对于荷花家特别"戒严"。她们特地避路,不从荷花的门前走,远远地看见了荷花或是她那不声不响丈夫的影儿就赶快躲开;这些幸运的人唯恐看了荷花他们一眼或是交谈半句话就传染了晦气来!

老通宝严禁他的小儿子多多头跟荷花说话。——"你再跟那东西多嘴,我就告你忤逆!"老通宝站在廊檐外高声大气喊,故意要叫荷花他们听得。

小小宝也受到严厉的嘱咐,不许跑到荷花家的门前,不许和他们说话。

---

① 出火:"出火"也是方言,是指"二眠"以后的"三眠";因为,"眠"时特别短,所以叫"出火"。——作者原注。

阿多像一个聋子似的不理睬老头子那早早夜夜的唠叨，他心里却在暗笑。全家就只有他不大相信那些鬼禁忌。可是他也没有跟荷花说话，他忙都忙不过来。

"大眠"捉了毛三百斤，老通宝全家连十二岁的小宝也在内，都是两日两夜没有合眼。蚕是少见的好，活了六十岁的老通宝记得只有两次是同样的，一次就是他成家的那年，又一次是阿四出世那一年。"大眠"以后的"宝宝"第一天就吃了七担叶，个个是生青滚壮，然而老通宝全家都瘦了一圈，失眠的眼睛上布满了红丝。

谁也料得到这些"宝宝"上山前还得吃多少叶。老通宝和儿子阿四商量了："陈大少爷借不出，还是再求财发的东家罢？"

"地头上还有十担叶，够一天。"

阿四回答，他委实是支撑不住了，他的一双眼皮像有几百斤重，只想合下来。老通宝却不耐烦了，怒声喝道："说什么梦话！刚吃了两天老蚕呢。明天不算，还得吃三天，还要三十担叶，三十担！"

这时外边稻场上忽然人声喧闹，阿多押了新发来的五担叶来了。于是老通宝和阿四的谈话打断，都出去"捋叶"。四大娘也慌忙从蚕房里钻出来。隔溪陆家养的蚕不多，那大姑娘六宝抽得出工夫，也来帮忙了。那时星光满天，微微有点风，村前村后都断断续续传来了吃喝和欢笑，中间有一个粗暴的声音嚷道："叶行情飞涨了！今天下午镇上开到四洋一担！"

老通宝偏偏听得了，心里急得什么似的。四块钱一担，三十担可要一百二十块呢，他哪来这许多钱！但是想到茧子总可以采五百多斤，就算五十块钱一百斤，也有这么二百五，他又心里一宽。那边"捋叶"的人堆里忽然又有一个小小的声音说:"听说东路不大好,看来叶价钱涨不到多少的!"

老通宝认得这声音是陆家的六宝。这使他心里又一宽。

那六宝是和阿多同站在一个筐子边"捋叶"。在半明半暗的星光下,她和阿多靠得很近。忽然她觉得在那"杠条"①的隐蔽下,有一只手在她大腿上拧了一把。好像知道是谁拧的,她忍住了不笑,也不声张。蓦地那手又在她胸前摸了一把,六宝直跳起来,出惊地喊了一声:"嗳哟!"

"什么事?"

同在那筐子边捋叶的四大娘问了,抬起头来。六宝觉得自己脸上热烘烘了,她偷偷地瞪了阿多一眼,就赶快低下头,很快地捋叶,一面回答:"没有什么。想来是毛毛虫刺了我一下。"

阿多咬住了嘴唇暗笑。虽然在这半个月来也是半饱而且少睡,也瘦了许多了,他的精神可还是很饱满。老通宝那种忧愁,他是永远没有的。他永不相信靠一次蚕花好或是田里熟,他们就可以还清了债再有自己的田;他知道单靠勤俭工作,即使做到背脊骨折断也是不能翻身的。但是他仍旧很高兴地工作着,他觉得这也是一种快活,正像和六宝调情一样。

第二天早上,老通宝就到镇里去想法借钱来买叶。临走前,他和四大娘商量好,决定把他家那块出产十五担叶的桑地去抵押。这是他家最后的产业。

叶又买来了三十担。第一批的十担发来时,那些壮健的"宝

---

① 杠条:"杠条"也是方言,指那些带叶的桑树枝条。通常采叶是连枝条剪下来的。——作者原注。

宝"已经饿了半点钟了。"宝宝"们尖出了小嘴巴，向左向右乱晃，四大娘看得心酸。叶铺了上去，立刻蚕房里充满着萨萨萨的响声，人们说话也不大听得清。不多一会儿，那些"团匾"里立刻又全见白了，于是又铺上厚厚的一层叶。人们单是"上叶"也就忙得透不过气来。但这是最后五分钟了。再得两天，"宝宝"可以上山。人们把剩余的精力榨出来拼死命干。

阿多虽然接连三日三夜没有睡，却还不见怎么倦。那一夜，就由他一个人在"蚕房"里守那上半夜，好让老通宝以及阿四夫妇都去歇一歇。那是个好月夜，稍稍有点冷。蚕房里爇了一个小小的火。阿多守到二更过，上了第二次的叶，就蹲在那个"火"旁边听那些"宝宝"萨萨萨地吃叶。渐渐他的眼皮合上了。恍惚听得有门响，阿多的眼皮一跳，睁开眼来看了看，就又合上了。他耳朵里还听得萨萨萨的声音和屑索屑索的怪声。猛然一个踉跄，他的头在自己膝头上磕了一下，他惊醒过来，恰就听得蚕房的芦帘啪嚓一声响，似乎还看见有人影一闪。阿多立刻跳起来，到外面一看，门是开着，月光下稻场上有一个人正走向溪边去。阿多飞也似跳出去，还没看清那人是谁，已经把那人抓过来摔在地下。他断定了这是一个贼。

"多多头！打死我也不怨你，只求你不要说出来！"

是荷花的声音，阿多听真了时不禁浑身的汗毛都竖了起来。月光下他又看见那扁得作怪的白脸儿上一对细圆的眼睛定定地看住了他。可是恐怖的意思那眼睛里也没有。阿多哼了一声，就问道："你偷什么？"

"我偷你们的宝宝！"

"放到哪里去了?"

"我扔到溪里去了!"

阿多现在也变了脸色。他这才知道这女人的恶意是要冲克他家的"宝宝"。

"你真心毒呀!我们家和你们可没有冤仇!"

"没有么?有的,有的!我家自管蚕花不好,可并没害了谁,你们都是好的!你们怎么把我当作白老虎,远远地望见我就别转了脸?你们不把我当人看待!"

那妇人说着就爬了起来,脸上的神气比什么都可怕。阿多瞅着那妇人好半晌,这才说道:"我不打你,走你的罢!"

阿多头也不回地跑回家去,仍在"蚕房"里守着。他完全没有睡意了。他看那些"宝宝",都是好好的。他并没想到荷花可恨或可怜,然而他不能忘记荷花那一番话;他觉到人和人中间有什么地方是永远弄不对的,可是他不能够明白想出来是什么地方,或是为什么。再过一会儿,他就什么都忘记了。"宝宝"是强健的,像有魔法似的吃了又吃,永远不会饱!

以后直到东方快打白了时,没有发生事故。老通宝和四大娘来替换阿多了,他们拿那些渐渐身体发白而变短了的"宝宝"在亮处照着,看是"有没有通"。他们的心被快活胀大了。但是太阳出山时四大娘到溪边汲水,却看见六宝满脸严重地跑过来悄悄地问道:"昨夜二更过,三更不到,我远远地看见那骚货从你们家跑出来,阿多跟在后面,他们站在这里说了半天话呢!四阿嫂!你们怎么不管事呀?"

四大娘的脸色立刻变了,一句话也没说,提了水桶就回家去,先对丈夫说了,再对老通宝说。这东西竟偷进人家"蚕房"来了,那还了得!老通宝气得直跺脚,马上叫阿多来查问。但是阿多不承认,说六宝是做梦见鬼。老通宝又去找六宝询问。六宝是一口咬定了看见的。老通宝没有主意,回家去看那"宝宝",仍然是很健康,瞧不出一些败相来。

但是老通宝他们满心的欢喜却被这件事打消了。他们相信六宝的话不会毫无根据。他们唯一的希望是那骚货或者只在廊檐口和阿多鬼混了一阵。

"可是那大蒜头上的苗却当真只有三四茎呀!"

老通宝自心里这么想,觉得前途只是阴暗。可不是,吃了许多叶去,一直落来都很好,然而上了山却干僵了的事,也是常有的。不过老通宝无论如何不敢想到这上头去;他以为即使是肚子里想,也是不吉利。

四

"宝宝"都上山了,老通宝他们还是捏着一把汗。他们钱都花光了,精力也绞尽了,可是有没有报酬呢,到此时还没有把握。虽则如此,他们还是硬着头皮去干。"山棚"下爇了火,老通宝和阿四他们伛着腰慢慢地从这边蹲到那边,又从那边蹲到这边。他们听得山棚上有些屑屑索索的细声音[①],他们就忍不住想笑,过一会儿

[①] 蚕在山棚上受到热,就往"缀头"上爬,所以有屑索屑索的声音。这是蚕要做茧的第一步手续。爬不上去的,不是健康的蚕,多半不能作茧。——作者原注。

又不听得了,他们的心就重甸甸地往下沉了。这样地,心是焦灼着,却不敢向山棚上望。偶或他们仰着的脸上淋到了一滴蚕尿了①,虽然觉得有点难过,他们心里却快活;他们巴不得多淋一些。

阿多早已偷偷地挑开"山棚"外围着的芦帘望过几次了。小小宝看见,就扭住了阿多,问"宝宝"有没有做茧子。阿多伸出舌头做一个鬼脸,不回答。

"上山"后三天,熄火了。四大娘再也忍不住,也偷偷地挑开芦帘角看了一眼,她的心立刻卜卜地跳了。那是一片雪白,几乎连"缀头"都瞧不见;那是四大娘有生以来从没有见过的"好蚕花"呀!老通宝全家立刻充满了欢笑。现在他们一颗心定下来了!"宝宝"们有良心,四洋一担的叶不是白吃的;他们全家一个月的忍饿失眠总算不冤枉,天老爷有眼睛!

同样的欢笑声在村里到处都起来了。今年蚕花娘娘保佑这小小的村子。二三十人家都可以采到七八分,老通宝家更是比众不同,估量来总可以采一个十二三分。

小溪边和稻场上现在又充满了女人和孩子们。这些人都比一个月前瘦了许多,眼眶陷进了,嗓子也发沙,然而都很快活兴奋。她们嘈嘈地谈论那一个月内的"奋斗"时,她们的眼前便时时现出一堆堆雪白的洋钱,她们那快乐的心里便时时闪过了这样的盘算:夹衣和夏衣都在当铺里,这可先得赎出来;过端阳节也许可以吃一条黄鱼。

---

① 据说蚕在作茧以前必撒一泡尿,而这尿是黄色的。——作者原注。

那晚上荷花和阿多的把戏也是她们谈话的资料。六宝见了人就宣传荷花的"不要脸,送上门去",男人们听了就粗暴地笑着,女人们念一声佛,骂一句,又说老通宝家总算幸气,没有犯克,那是菩萨保佑,祖宗有灵!

接着是家家都"浪山头"了,各家的至亲好友都来"望山头"①。老通宝的亲家张财发带了小儿子阿九特地从镇上来到村里。他们带来的礼物是软糕,线粉,梅子,枇杷,也有咸鱼。小小宝快活得好像雪天的小狗。

"通宝,你是卖茧子呢,还是自家做丝?"

张老头子拉老通宝到小溪边一棵杨柳树下坐了,这么悄悄地问。这张老头子张财发是出名"会寻快活"的人,他从镇上城隍庙前露天的"说书场"听来了一肚子的疙瘩东西;尤其烂熟的,是"十八路反王,七十二处烟尘",程咬金卖柴扒,贩私盐出身,瓦岗寨做反王的《隋唐演义》。他向来说话"没正经",老通宝是知道的;所以现在听得问是卖茧子或者自家做丝,老通宝并没把这话看重,只随口回答道:"自然卖茧子。"

张老头子却拍着大腿叹一口气。忽然他站了起来,用手指着村外那一片秃头桑林后面耸露出来的茧厂的风火墙说道:"通宝,茧子是采了,那些茧厂的大门还关得紧洞洞呢!今年茧厂不开秤!——十八路反王早已下凡,李世民还没出世;世界不太平!今年茧厂关门,不做生意!"

---

① "浪山头""望山头":"浪山头"在息火后一日举行,那时蚕已成茧,山棚四周的芦帘撤去。"浪"是"亮出来"的意思。"望山头"是来探望"山头",有慰问祝颂的意思。"望山头"的礼物也有定规。——作者原注。

186

老通宝忍不住笑了,他不肯相信。他怎么能够相信呢?难道那"五步一岗"似的比露天茅坑还要多的茧厂会一齐都关了门不做生意?况且听说和东洋人也已"讲拢",不打仗了,茧厂里驻的兵早已开走。

张老头子也换了话,东拉西扯讲镇里的"新闻",夹着许多"说书场"上听来的什么秦叔宝,程咬金。最后,他代他的东家催那三十块钱的债,为的他是"中人"。

然而老通宝到底有点不放心。他赶快跑出村去,看看"塘路"上最近的两个茧厂,果然大门紧闭,不见半个人;照往年说,此时应该早已摆开了柜台,挂起了一排乌亮亮的大秤。

老通宝心里也着慌了,但是回家去看见了那些雪白发光很厚实硬鼓鼓的茧子,他又忍不住嘻开了嘴。上好的茧子!会没有人要,他不相信。并且他还要忙着采茧,还要谢"蚕花利市"[①],他渐渐不把茧厂的事放在心上了。

可是村里的空气一天一天不同了。才得笑了几声的人们现在又都是满脸的愁云。各处茧厂都没开门的消息陆续从镇上传来,从"塘路"上传来。往年这时候,"收茧人"像走马灯似的在村里巡回,今年没见半个"收茧人",却换替着来了债主和催粮的差役。请债主们就收了茧子罢,债主们板起面孔不理。

全村子都是嚷骂,诅咒,和失望的叹息!人们做梦也不会想到今年"蚕花"好了,他们的日子却比往年更加困难。这在他们是一

[①] 老通宝乡里的风俗,"大眠"以后得拜一次"利市"采茧以后,又是一次。经济窘的人家只举行"谢蚕花利市","拜利市"也是方言,意即"谢神"。——作者原注。

个晴天的霹雳!并且愈是像老通宝他们家似的,蚕愈养得多,愈好,就愈加困难,——"真正世界变了!"老通宝捶胸跺脚地没有办法。然而茧子是不能搁久了的,总得赶快想法;不是卖出去,就是自家做丝。村里有几家已经把多年不用的丝车拿出来修理,打算自家把茧做成了丝再说。六宝家也打算这么办。老通宝便也和儿子媳妇商量道:"不卖茧子了,自家做丝!什么卖茧子,本来是洋鬼子行出来的!"

"我们有五百多斤茧子呢,你打算摆几部丝车呀!"

四大娘首先反对了。她这话是不错的。五百斤的茧子可不算少,自家做丝万万干不了。请帮手么?那又得花钱。阿四是和他老婆一条心。阿多抱怨老头子打错了主意,他说:"早依了我的话,扣住自己的十五担叶,只看一张洋种,多么好!"

老通宝气得说不出话来。

终于一线希望忽又来了。同村的黄道士不知从哪里得的消息,说是无锡脚下的茧厂还是照常收茧。黄道士也是一样的种田人,并非吃十方的"道士",向来和老通宝最说得来。于是老通宝去找那黄道士详细问过了以后,便又和儿子阿四商量把茧子弄到无锡脚下去卖。老通宝虎起了脸,像吵架似的嚷道:"水路去有三十多九①呢!来回得六天!他妈的!简直是充军!可是你有别的办法么?茧子当不得饭吃,蚕前的债又逼紧来!"

阿四也同意了。他们去借了一条赤膊船,买了几张芦席,赶那几天正是好晴,又带了阿多。他们这卖茧子的"远征军"就此

---

① 老通宝乡间计算路程都以"九"计,"一九"就是九里。"十九"是九十里,"三十多九"就是三十多个"九里"。——作者原注。

出发。

　　五天以后,他们果然回来了;但不是空船,船里还有一筐茧子没有卖出。原来那三十多九水路远的茧厂挑剔得非常苛刻:洋种茧一担只值三十五元,土种茧一担二十元,薄茧不要。老通宝他们的茧子虽然是上好的货色,却也被茧厂里挑剩了那么一筐,不肯收买。老通宝他们实卖得一百十一块钱,除去路上盘川,就剩了整整的一百元,不够偿还买青叶所借的债!老通宝路上气得生病了,两个儿子扶他到家。

　　打回来的八九十斤茧子,四大娘只好自家做丝了。她到六宝家借了丝车,又忙了五六天。家里米又吃完了。叫阿四拿那丝上镇里去卖,没有人要;上当铺当铺也不收。说了多少好话,总算把清明前当在那里的一石米换了出来。

　　就是这么着,因为春蚕熟,老通宝一村的人都增加了债!老通宝家为的养了五张布子的蚕,又采了十多分的好茧子,就此白赔上十五担叶的桑地和三十块钱的债!一个月光景的忍饥熬夜还不算!

1932年11月1日

春风沉醉的晚上

郁达夫

一

在沪上闲居了半年,因为失业的结果,我的寓所迁移了三处。最初我住在静安寺路南的一间同鸟笼似的永也没有太阳晒着的自由的监房里。这些自由的监房的住民,除了几个同强盗小窃一样的凶恶裁缝之外,都是些可怜的无名文士,我当时所以送了那地方一个 Yellow Grub Street 的称号。在这 Grub Street 里住了一个月,房租忽涨了价,我就不得不拖了几本破书,搬上跑马厅附近一家相识的栈房里去。后来在这栈房里又受了种种逼迫,不得不搬了,我便在外白渡桥北岸的邓脱路中间,日新里对面的贫民窟里,寻了一间小小的房间,迁移了过去。

邓脱路的这几排房子,从地上量到屋顶,只有一丈几尺高。我住的楼上的那间房间,更是矮小得不堪。若站在楼板上伸一伸懒腰，两只手就要把灰黑的屋顶穿通的。从前面的弄里踱进了那房子的门，便是房主的住房。在破布洋铁罐玻璃瓶旧铁器堆满的中间，侧着身子走进两步，就有一张中间有几根横档跌落的梯子靠墙摆在那里。用了这张梯子往上面的黑黝黝的一个二尺宽的洞里一接，即能走上楼去。黑沉沉的这层楼上，本来只有猫额那样大，房主人却把它隔成了两间小房，外面一间是一个N烟公司的女工住在那里，我所租的是梯子口头的那间小房，因为外间的住者要从我的房里出入，所以我的每月的房租要比外间的便宜几角小洋。

　　我的房主，是一个五十来岁的弯腰老人。他的脸上的青黄色里，映射着一层暗黑的油光。两只眼睛是一只大一只小，颧骨很高，额上颊上的几条皱纹里满砌着煤灰，好像每天早晨洗也洗不掉的样子。他每日于八九点钟的时候起来，咳嗽一阵，便挑了一双竹篮出去，到午后的三四点钟总仍旧是挑了一双空篮回来的，有时挑了满担回来的时候，他的竹篮里便是那些破布破铁器玻璃瓶之类。像这样的晚上，他必要去买些酒来喝喝，一个人坐在床沿上瞎骂出许多不可捉摸的话来。

　　我与间壁的同寓者的第一次相遇，是在搬来的那天午后。春天的急景已经快晚了的五点钟的时候，我点了一支蜡烛，在那里安放几本刚从栈房里搬过来的破书。先把它们叠成了两方堆，一堆小些，一堆大些，然后把两个二尺长的装画的画架覆在大一点的那堆书上。因为我的器具都卖完了，这一堆书和画架白天要当写字台，晚上可当床睡的。摆好了画架的板，我就朝着了这张由书叠成的桌子，坐在小一点的那堆书上吸烟，我的背系朝着梯子的接口的。我一边吸烟，一边在那里呆看放在桌上的蜡烛火，忽而听见梯子口上起了响动。回头一看，我只见了一个自家的扩大的投射影子，此外什么也辨不出来，但我的听觉分明告诉我说："有人上来了。"我向暗中凝视了几秒钟，一个圆形灰白的面貌，半截纤细的女人的身体，方才映到我的眼帘上来。一见了她的容貌，我就知道她是我的间壁的同居者了。因为我来找房子的时候，那房主的老人便告诉我说，这屋里除了他一个人外，楼上只住着一个女工。我一则喜欢房价的便宜，二则喜欢这屋里没有别的女人小孩，所以立刻就租定了的。等她走上了梯子，我才站起来对她点了点头说："对不起，我是今朝才搬来的，以后要请你照应。"

她听了我这话，也并不回答，放了一双漆黑的大眼，对我深深的看了一眼，就走上她的门口去开了锁，进房去了。我与她不过这样地见了一面，不晓是什么原因，我只觉得她是一个可怜的女子。她的高高的鼻梁，灰白长圆的面貌，清瘦不高的身体，好像都是表明她是可怜的特征，但是当时正为了生活问题在那里操心的我，也无暇去怜惜这还未曾失业的女工，过了几分钟我又动也不动的坐在那一小堆书上看蜡烛光了。

在这贫民窟里过了一个多礼拜，她每天早晨七点钟去上工和午后六点多钟下工回来，总只见我呆呆地对着了蜡烛或油灯坐在那堆书上。大约她的好奇心被我那痴不痴呆不呆的态度挑动了罢，有一天她下了工走上楼来的时候，我依旧和第一天一样的站起来让她过去。她走到了我的身边忽而停住了脚。看了我一眼，吞吞吐吐好像怕什么似的问我说："你天天在这里看的是什么书？"

（她操的是柔和的苏州音，听了这一种声音以后的感觉，是怎么也写不出来的，所以我只能把她的言语译成普通的白话。）

我听了她的话，反而脸上涨红了。因为我天天呆坐在那里，面前虽则有几本外国书摊着，其实我的脑筋昏乱得很，就是一行一句也看不进去。有时候我只用了想象在书的上一行与下一行中间的空白里，填些奇异的模型进去。有时候我只把书里边的插画翻开来看看，就了那些插画演绎些不近人情的幻想出来。我那时候的身体因为失眠与营养不良的结果，实际上已经成了病的状态了。况且又因为我的唯一的财产的一件棉袍子已经破得不堪，白天不能走出外面去散步，和房里全没有光线进来，不论白天晚上，都要点着油灯或蜡烛的缘故，非但我的全部健康不如常人，就是我的眼睛和脚力，也局部的非常萎缩了。在这样状态下的我，听了她这一问，如何能够不红起脸来呢？所以我只是含含糊糊地回答说："我并不在看书，不过什么也不做呆坐在这里，样子一定不好看，所以把这几本书摊放着的。"

她听了这话，又深深地看了我一眼，作了一种不解的形容，依旧地走到她的房里去了。

那几天里，若说我完全什么事情也不去找，什么事情也不曾干，却是假的。有时候，我的脑筋稍微清新一点下来，也曾译过几首英法的小诗，和几篇不满四千字的德国的短篇小说，于晚上大家睡熟的时候，不声不响的出去投邮，在寄投给各新开的书局。因为当时我的各方面就职的希望，早已经完全断绝了，只有这一方面，还能靠了我的枯燥的脑筋，想想法子看。万一中了他们编辑先生的意，把我译的东西登了出来，也不难得着几块钱的酬报。所以我自迁移到邓脱路以后，当她第一次同我讲话的时候，这样的译稿已经发出了三四次了。

二

在乱昏昏的上海租界里住着，四季的变迁和日子的过去是不容易觉得的。我搬到了邓脱路的贫民窟之后，只觉得身上穿在那里的那件破棉袍子一天一天的重了起来，热了起来，所以我心里想："大约春光也已经老透了罢！"

但是囊中很羞涩的我，也不能上什么地方去旅行一次，日夜只是在那暗室的灯光下呆坐。在一天大约是午后了，我也是这样地坐在那里，间壁的同住者忽而手里拿了两包用纸包好的物件走了上来，我站起来让她走的时候，她把手里的纸包放了一包在我的书桌上说："这一包是葡萄浆的面包，请你收藏着，明天好吃的。另外我还有一包香蕉买在这里，请你到我房里来一道吃罢！"

我替她拿住了纸包，她就开了门邀我进她的房里去。共住了这十几天，她好像已经信用我是一个忠厚的人的样子。我见她初见我的时候脸上流露出来的那一种疑惧的形容完全没有了。我进了她的房里，才知道天还未暗，因为她的房里有一扇朝南的窗，太阳反射的光线从这窗里投射进来，照见了小小的一间房，由二条板铺成的一张床，一张黑漆的半桌，一只板箱，和一条圆凳。床上虽则没有帐子，但堆着有两条洁净的青布被褥。半桌上有一只小洋铁箱摆在那里，大约是她的梳头器具，洋铁箱上已经有许多油污的点子了。她一边把堆在圆凳上的几件半旧的洋布棉袄，粗布裤等收在床上，一边就让我坐下。我看了她那殷勤待我的样子，心里倒不好意思起来，所以就对她说："我们本来住在一处，何必这样的客气。"

"我并不客气,但是你每天当我回来的时候,总站起来让我,我却觉得对不起得很。"

这样的说着,她就把一包香蕉打开来让我吃。她自家也拿了一只,在床上坐下,一边吃一边问我说:"你何以只住在家里,不出去找点事情做做?"

"我原是这样的想,但是找来找去总找不着事情。"

"你有朋友么?"

"朋友是有的,但是到了这样的时候,他们都不和我来往了。"

"你进过学堂么?"

"我在外国的学堂里曾经念过几年书。"

"你家在什么地方?何以不回家去?"

她问到了这里,我忽而感觉到我自己的现状了。因为自去年以来,我只是一日一日地萎靡下去,差不多把"我是什么人""我现在所处的是怎么一种境遇""我的心里还是悲还是喜"这些观念都忘掉了。经她这一问,我重新把半年来困苦的情形一层一层地想了出来。所以听她的问话以后,我只是呆呆地看她,半晌说不出话来。她看了我这个样子,以为我也是一个无家可归的流浪人。脸上就立时起了一种孤寂的表情,微微地叹着说:"唉!你也是同我一样的么?"

微微地叹了一声之后,她就不说话了。我看她的眼圈上有些潮红起来,所以就想了一个另外的问题问她说:"你在工厂里做的是什么工作?"

"是包纸烟的。"

"一天做几个钟头工?"

"早晨七点钟起,晚上六点钟止,中午休息一个钟头,每天一共要做十个钟头的工。少做一点钟就要扣钱的。"

"扣多少钱?"

"每月九块钱,所以是三块钱十天,三分大洋一个钟头。"

"饭钱多少?"

"四块钱一月。"

"这样算起来,每月一个钟点也不休息,除了饭钱,可省下五块钱来。够你付房钱买衣服的么?"

"哪里够呢!并且那管理人要……啊啊!我……我所以非常恨工厂的。你吃烟的么?"

"吃的。"

"我劝你顶好还是不吃。就吃也不要去吃我们工厂的烟。我真恨死它在这里。"

我看看她那一种切齿怨恨的样子,就不愿意再说下去。把手里捏着的半个吃剩的香蕉咬了几口,向四边一看,觉得她的房里也有些灰黑了,我站起来道了谢,就走回到了我自己的房里。她大约做工倦了的缘故,每天回来大概是马上就入睡的,只有这一晚上,她在房里好像是直到半夜还没有就寝。从这一回之后,她每天回来,总和我说几句话。我从她自家的口里听得,知道她姓陈,名叫二妹,是苏州东乡人,从小系在上海乡下长大的,她父亲也是纸烟工厂的工人,但是去年秋天死了。她本来和她父亲同住在那间房里,每天同上工厂去的,现在却只剩了她一个人了。她父亲死后的一个多月,她早晨上工厂去也一路哭了去,晚上回来也一路哭了回来的。她今年十七岁,也无兄弟姊妹,也无近亲的亲戚。她父亲死后的葬殓等事，是他于未死之前把十五块钱交给楼下的老人，托这老人包办的。她说："楼下的老人倒是一个好人，对我从来没有起过坏心，所以我得同父亲在日一样的去做工，不过工厂的一个姓李的管理人却坏得很，知道我父亲死了，就天天的想戏弄我。"

她自家和她父亲的身世，我差不多全知道了，但她母亲是如何的一个人？死了呢还是活在哪里？假使还活着，住在什么地方？等等，她却从来还没有说及过。

三

天气好像变了。几日来我那独有的世界，黑暗的小房里的腐浊的空气，同蒸笼里的蒸汽一样，蒸得人头昏欲晕。我每年在春夏之交要发的神经衰弱的重症，遇了这样的气候，就要使我变成半狂。所以我这几天来到了晚上，等马路上人静之后，也常常想出去散步去。一个人在马路上从狭隘的深蓝天空里看看群星，慢慢的向前行走，一边作些漫无涯涘的空想，倒是于我的身体很有利益。当这样的无可奈何，春风沉醉的晚上，我每要在各处乱走，走到天将明的时候才回家里。我这样的走倦了回去就睡，一睡直可睡到第二天的日中，有几次竟要睡到二妹下工回来的前后方才起来，睡眠一足，我的健康状态也渐渐地回复起来了。平时只能消化半磅面包的我的胃部，自从我的深夜游行的练习开始之后，进步得几乎能容纳面包一磅了。这事在经济上虽则是一大打击，但我的脑筋，受了这些滋养，似乎比从前稍能统一。我于游行回来之后，就睡之前，却做成了几篇 Allan Poe 式的短篇小说，自家看看，也不很坏。我改了几次，抄了几次，一一投邮寄出之后，心里虽然起了些微细的希望，但是想想前几回的译稿的绝无消息，过了几天，也便把它们忘了。

邻住者的二妹，这几天来，当她早晨出去上工的时候，我总在那里酣睡，只有午后下工回来的时候，有几次有见面的机会，但是不晓是什么原因，我觉得她对我的态度，又回到从前初见面的时候的疑惧状态去了。有时候她深深地看我一眼，她的黑晶晶、水汪汪的眼睛里，似乎是满含着责备我规劝我的意思。

我搬到这贫民窟里住后，约莫已经有二十多天的样子，一天午后我正点上蜡烛，在那里看一本从旧书铺里买来的小说的时候，二妹却急急忙忙的走上楼来对我说："楼下有一个送信的在那里，要你拿了印子去拿信。"她对我讲这话的时候，她的疑惧我的态度更表示得明显，她好像在那里说："呵呵！你的事件是发觉了啊！"我对她这种态度，心里非常痛恨，所以就气急了一点，回答她说："我有什么信？不是我的！"

她听了我这气愤愤的回答，更好像是得了胜利似的，脸上忽涌出了一种冷笑说："你自家去看罢！你的事情，只有你自家知道的！"

同时我听见楼底下门口果真有一个邮差似的人在催着说："挂号信！"

我把信取来一看，心里就突突地跳了几跳，原来我前回寄去的一篇德文短篇的译稿，已经在某杂志上发表了，信中寄来的是五元钱的一张汇票。我囊里正是将空的时候，有了这五元钱，非但月底要预付的来月的房金可以无忧，并且付过房金以后，还可以维持几天食料，当时这五元钱对我的效用的广大，是谁也能推想得出来的。

　　第二天午后，我上邮局去取了钱，在太阳晒着的大街上走了一会，忽而觉得身上就淋出了许多汗来。我向我前后左右的行人一看，复向我自家的身上一看，就不知不觉的把头低俯了下去。我颈上头上的汗珠，更同盛雨似的，一颗一颗地钻出来了。因为当我在深夜游行的时候，天上并没有太阳，并且料峭的春寒，于东方微白的残夜，老在静寂的街巷中留着，所以我穿的那件破棉袍子，还觉得不十分与节季违异。如今到了阳和的春日晒着的这日中，我还不能自觉，依旧穿了这件夜游的敝袍，在大街上阔步，与前后左右的和节季同时进行的我的同类一比，我哪得不自惭形秽呢？我一时竟忘了几日后不得不付的房金，忘了囊中本来将尽的些微的积聚，便慢慢的走上了闸路的估衣铺去。好久不在天日之下行走的我，看看街上来往的汽车人力车，车中坐着的华美的少年男女，和马路两边的绸缎铺金银铺窗里的丰丽的陈设，听听四面的同蜂衙似的嘈杂的人声，脚步声，车铃声，一时倒也觉得是身到了大罗天上的样子。我忘记了我自家的存在，也想和我的同胞一样的欢歌欣舞起来，我的嘴里便不知不觉的唱起几句久忘了的京调来了。这一时的涅槃幻境，当我想横越过马路，转入闸路去的时候，忽而被一阵铃声惊破了。我抬起头来一看，我的面前正冲来了一乘无轨电车，车头上站着的那肥胖的机器手，伏出了半身，怒目的大声骂我说："猪头三！侬（你）艾（眼）睛勿散（生）咯！跌杀时，叫旺（黄）够（狗）来抵侬（你）命噢！"

　　我呆呆的站住了脚，目送那无轨电车尾后卷起了一道灰尘，向北过去之后，不知是从何处发出来的感情，忽而竟禁不住哈哈哈哈地笑了几声。等得四面的人注视我的时候，我才红了脸慢慢地走向了闸路里去。

我在几家估衣铺里，问了些夹衫的价钱，还了他们一个我所能出的数目，几个估衣铺的店员，好像是一个师父教出的样子，都摆下了脸面，嘲弄着说："侬（你）寻萨咯（什么）凯（开心）！马（买）勿起好勿要马（买）咯！"

一直问到五马路边上的一家小铺子里，我看看夹衫是怎么也买不成了，才买定了一件竹布单衫，马上就把它换上。手里拿了一包换下的棉袍子，默默地走回家来。一边我心里却在打算："横竖是不够用了，我索性来痛快地用它一下罢。"同时我又想起了那天二妹送我的面包香蕉等物。不等第二次的回想我就寻着了一家卖糖食的店，进去买了一块钱巧格力香蕉糖鸡蛋糕等杂食。站在那店里，等店员在那里替我包好来的时候，我忽而想起我有一月多不洗澡了，今天不如顺便也去洗一个澡罢。

洗好了澡，拿了一包棉袍子和一包糖食，回到邓脱路的时候，马路两旁的店家，已经上电灯了。街上来往的行人也很稀少，一阵从黄浦江上吹来的日暮的凉风，吹得我打了几个冷噤。我回到了我的房里，把蜡烛点上。向二妹的房门一照，知道她还没有回来。那时候我腹中虽则饥饿得很，但我刚买来的那包糖食怎么也不愿意打开来。因为我想等二妹回来同她一道吃。我一边拿出书来看，一边口里尽在咽唾液下去。等了许多时候，二妹终不回来，我的疲倦不知什么时候出来战胜了我，就靠在书堆上睡着了。

四

二妹回来的响动把我惊醒的时候,我见我面前的一支十二盎司一包的洋蜡烛已经点去了二寸的样子,我问她是什么时候了,她说:"十点的汽管刚刚放过。"

"你何以今天回来得这样迟?"

"厂里因为销路大了,要我们做夜工。工钱是增加的,不过人太累了。"

"那你可以不去做的。"

"但是工人不够,不做是不行的。"

她讲到这里,忽而滚了两粒眼泪出来,我以为她是做工做得倦了,故而动了伤感,一边心里虽在可怜她,但一边看她这同小孩似的脾气,却也感着了些儿快乐。把糖食包打开,请她吃了几颗之后,我就劝她说:"初做夜工的时候不惯,所以觉得困倦,做惯了以后,也没有什么的。"

她默默地坐在我的半高的由书叠成的桌上,吃了几颗巧格力,对我看了几眼,好像是有话说不出来的样子。我就催她说:"你有什么话说?"

她又沉默了一会,便断断续续地问我说:"我……我……早想问你了,这几天晚上,你每晚在外边,可在与坏人作伙友么?"

我听了她这话,倒吃了一惊,她好像在疑我天天晚上在外面与小窃恶棍混在一块。她看我呆了不答,便以为我的行为真的被她看破了,所以就柔柔和和地连续着说:"你何苦要吃这样好的东西,要穿这样好的衣服？你可知道这事情是靠不住的。万一被人家捉了去，你还有什么面目做人。过去的事情不必去说它，以后我请你改过了罢。……"

我尽是张大了眼睛张大了嘴呆呆地在看她，因为她的思想太奇突了，使我无从辩解起。她沉默了数秒钟，又接着说："就以你吸的烟而论，每天若戒绝了不吸，岂不可省几个铜子。我早就劝你不要吸烟，尤其是不要吸那我所痛恨的N工厂的烟，你总是不听。"

她讲到了这里，又忽而落了几滴眼泪。我知道这是她为怨恨N工厂而滴的眼泪，但我的心里，怎么也不许我这样的想，我总要把它们当作因规劝我而洒的。我静静儿地想了一回，等她的神经镇静下去之后，就把昨天的那封挂号信的来由说给她听，又把今天的取钱买物的事情说了一遍。最后更将我的神经衰弱症和每晚何以必要出去散步的原因说了。她听了我这一番辩解，就信用了我，等我说完之后，她颊上忽而起了两点红晕，把眼睛低下去看看桌上，好像是怕羞似的说："噢，我错怪你了，我错怪你了。请你不要多心，我本来是没有歹意的。因为你的行为太奇怪了，所以我想到了邪路里去。你若能好好儿的用功，岂不是很好么？你刚才说的那——叫什么的——东西，能够卖五块钱，要是每天能做一个，多么好呢？"

我看了她这种单纯的态度，心里忽而起了一种不可思议的感情，我想把两只手伸出去拥抱她一回，但是我的理性却命令我说："你莫再作孽了！你可知道你现在处的是什么境遇，你想把这纯洁的处女毒杀了么？恶魔，恶魔，你现在是没有爱人的资格的呀！"

我当那种感情起来的时候，曾把眼睛闭上了几秒钟，等听了理性的命令以后，我的眼睛又开了开来，我觉得我的周围，忽而比前几秒钟更光明了。对她微微的笑了一笑，我就催她说："夜也深了，你该去睡了吧！明天你还要上工去的呢！我从今天起，就答应你把纸烟戒下来吧。"

她听了我这话，就站了起来，很喜欢的回到她的房里去睡了。

她去之后，我又换上一支洋蜡烛，静静儿地想了许多事情："我的劳动的结果，第一次得来的这五块钱已经用去了三块了。连我原有的一块多钱合起来，付房钱之后，只能省下二三角小洋来，如何是好呢！"

"就把这破棉袍子去当吧！但是当铺里恐怕不要。"

"这女孩子真是可怜，但我现在的境遇，可是还赶她不上，她是不想做工而工作要强迫她做，我是想找一点工作，终于找不到。"

"就去做筋肉的劳动吧！啊啊，但是我这一双弱腕，怕吃不下一部黄包车的重力。"

"自杀！我有勇气，早就干了。现在还能想到这两个字，足证我的志气还没有完全消磨尽哩！"

"哈哈哈哈！今天的那无轨电车的机器手！他骂我什么来？"

"黄狗，黄狗倒是一个好名词……"

"……"

我想了许多凌乱断续的思想，终究没有一个好法子，可以救我出目下的穷状来。听见工厂的汽笛，好像在报十二点钟了，我就站了起来，换上了白天那件破棉袍子，仍复吹熄了蜡烛，走出外面去散步去。

贫民窟里的人已经睡眠静了。对面日新里的一排临邓脱路的洋楼里，还有几家点着了红绿的电灯，在那里弹罢拉拉衣加。一声二声清脆的歌音，带着哀调，从静寂的深夜的冷空气里传到我的耳膜上来，这大约是俄国的漂泊的少女，在那里卖钱的歌唱。天上罩满了灰白的薄云，同腐烂的尸体似的沉沉地盖在那里。云层破处也能看得出一点两点星来，但星的近处，黝黝看得出来的天色，好像有无限的哀愁蕴藏着的样子。

一九二三年七月十五日

薄奠

郁达夫

一晴朗的春天的午后,我因为天气太好,坐在家里觉得闷不过,吃过了较迟的午饭,带了几个零用钱,就跑出外面去逛去。北京的晴空,颜色的确与南方的苍穹不同。在南方无论如何晴快的日子,天上总有一缕薄薄的纤云飞着,并且天空的蓝色,总带着一道很淡很淡的白味。北京的晴空却不是如此,天色一碧到底,你站在地上对天注视一会,身上好像能生出两翼翅膀来,就要一扬一摆的飞上空中去的样子。这可是单指不起风的时候而讲,若一起风,则人在天空下眼睛都睁不开,更说不到晴空的颜色如何了。那一天的午后,空气非常澄清,天色真青得可怜。我在街上夹在那些快乐的北京人士中间,披了一身和暖的阳光,不知不觉竟走到了前门外最热闹的一条街上。踏进了一家卖灯笼的店里,买了几张奇妙的小画,重新回上大街缓步的时候,我忽而听出了一阵中国戏园特有的那种原始的锣鼓声音来。我的两只脚就受了这声音的牵引,自然而然地踏了进去。听戏听到了第三出,外面忽而起了呜呜的大风,戏园的屋顶也有些儿摇动。戏散之后，推来让去地走出戏园，扑面就来一阵风沙。我眼睛闭了一忽，走上大街来雇车，车夫都要我七角六角大洋，不肯按照规矩折价。那时候天虽则还没有黑，但因为风沙飞满在空中，所以沉沉的大地上，已经现出了黄昏前的急景。店家的电灯，也都已上火，大街上汽车马车洋车挤塞在一处。一种车铃声叫唤声，并不知从何处来的许多杂音，尽在那里奏错乱的交响乐。大约是因为夜宴的时刻逼近，车上的男子定是去赴宴会，奇装的女子想来是去陪席的。

一则因为大风，二则因为正是一天中间北京人士最繁忙的时刻，所以我雇车竟雇不着，一直地走到了前门大街。为了上举的两种原因，洋车夫强索昂价，原是常有的事情，我因零用钱花完，袋里只有四五十枚铜子，不能应他们的要求，所以就下了决心，想一直走到西单牌楼再雇车回家。走下了正阳桥边的步道，被一辆南行的汽车喷满了一身灰土，我的决心，又动摇起来，含含糊糊的向道旁停着的一辆洋车问了一句，"嗳！四十枚拉巡捕厅儿胡同拉不拉？"那车夫竟恭恭敬敬的向我点了点头说："坐上罢，先生！"

坐上了车，被他向北的拉去，那么大的风沙，竟打不上我的脸来，我知道那时候起的是南风了。我不坐洋车则已，若坐洋车的时候，总爱和洋车夫谈闲话，想以我的言语来缓和他的劳动之苦；因为平时我们走路，若有一个朋友和我们闲谈着走，觉得不费力些。我从自己的这种经验着想，老是在实行浅薄的社会主义，一边高踞在车上，一边向前面和牛马一样在奔走的我的同胞攀谈些无头无尾的话。这一天，我本来不想开口的，但看看他的弯曲的背脊，听听他嘿嘿的急喘，终觉得心里难受，所以轻轻地对他说："我倒不忙，你慢慢地走罢，你是哪儿的车？"

"我是巡捕厅胡同西口儿的车。"

"你在哪儿住家吓？"

"就在那南顺城街的北口，巡捕厅胡同的拐角儿上。"

"老天爷不知怎么的，每天刮这么大的风。"

"是啊！我们拉车的也苦，你们坐车的老爷们也不快活，这样的大风天气，真真是招怪吓！"

这样的一路讲，一路被他拉到寄住的寓舍门口的时候，天已经快黑了。下车之后，我数铜子给他，他却和我说起客气话来，他一边拿出了一条黑黝黝的手巾来擦头上身上的汗，一边笑着说："您带着罢，我们是街坊，还拿钱么？"

被他这样的一说，我倒觉得难为情了，所以虽只应该给他四十枚铜子的，而到这时候却不得不把尽我所有的四十八枚铜子都给他。他道了谢，拉着空车在灰黑的道上向西边他的家里走去，我呆呆的目送了他一程，心里却在空想他的家庭——他走回家去，他的女人必定远远的闻声就跑出来接他。把车斗里的铜子拿出，将车交还了车行，他回到自己屋里打一盆水洗洗手脸，吸几口烟，就可在洋灯下和他的妻子享受很健康的夜膳。若他有兴致，大约还要喝一二个铜子的白干。喝了微醉，讲些东西南北的废话，他就可以抱了他的女人小孩，钻进被去酣睡。这种酣睡，大约是他们劳动阶级的唯一的享乐。

"啊啊！……"

空想到了此地，我的伤感病又发了。

"啊啊！可怜我两年来没有睡过一个整整的夜！这倒还可以说

是因病所致,但是我的远隔在三千里外的女人小孩,又为了什么,不能和我在一处享受吃苦呢?难道我们是应该永远隔离的么!难道这也是病么?……总之是我不好,是我没有能力养活妻子。啊啊,你这车夫,你这向我道谢,被我怜悯的车夫,我不如你吓,我不如你!"

我在门口灰暗的空气里呆呆地立了一会,忽而想起了自家的身世,就不知不觉地心酸起来,红润的眼睛,被我所依赖的主人看见,是大不好的,因此我就复从门口走了下来,远远地跟那洋车走了一段。跟它转了弯,看那车夫进了胡同拐角上的一间破旧的矮屋,我又走上平则门大街去跑了一程,等天黑了,才走回家来吃晚饭。

自从这一回后,我和他的洋车,竟有了缘分,接连地坐了它好几次。他和我渐渐地熟起来了。

平则门外,有一道城河。河道虽比不上朝阳门外的运河那么宽,但春秋雨霁,绿水粼粼,也尽可以浮着锦帆,乘风南下。两岸的垂杨古道,倒影入河水中间,也大有板渚随堤的风味。河边隙地,长成一片绿芜,晚来时候,老有闲人在那里调鹰放马。太阳将落未落之际,站在这城河中间的渡船上,往北望去,看得出西直门的城楼,似烟似雾的,溶化成金碧的颜色,飘扬在两岸垂杨夹着的河水高头。春秋佳日,向晚的时候,你若一个人上城河边上来走走,好像是在看后期印象派的风景画,几乎能使你忘记是身在红尘十丈的北京城外。西山数不尽的诸峰,又如笑如眠,带着紫苍的暮色,静躺在绿荫起伏的春野西边;你若叫它一声,好像是这些远山,都能慢慢地走上你身边来的样子。西直门外有几处养鹅鸭的庄园，所以每天午后，城河里老有一对一对的白鹅在那里游泳。夕阳最后的残照，从杨柳荫中透出一两条光线来，射在这些浮动的白鹅背上时，愈能显得这幅风景的活泼鲜灵，别饶风致。我一个人渺然一身，寄住在人海的皇城里，衷心郁郁，老感着无聊。无聊之极，不是从城的西北跑往城南，上戏园茶楼，娼寮酒馆，去夹在许多快乐的同类中间，忘却我自家的存在，和他们一样的学习醉生梦死，便独自一个跑出平则门外，去享受这本地的风光。玉泉山的幽静，大觉寺的深邃，并不是对我没有魔力，不过一年有三百五十九日穷的我，断没有余钱，去领略它们的高尚的清景。五月中旬的有一天午后，我又无端感着了一种悲愤，本想上城南的快乐地方，去寻些安慰的，但袋里连几个车钱也没有了，所以只好走出平则门外，去坐在杨柳荫中，尽量地呼吸呼吸西山的爽气。我守着西天的颜色，从浓蓝变成了淡紫，一忽儿，天的四周围又染得深红了，远远的法国教会堂的屋顶和许多绿树梢头，刹那间反射了一阵赤赭的残光，又一忽儿空气就变得澄苍静肃，视野内召唤我注意的物体，什么也没有了。四周的物影，渐渐散乱起来，我也感着了一种日暮的悲哀，无意识地滴了几滴眼泪，就慢慢地真是非常缓慢，好像在梦里游行似的，走回家来。进平则门往南一拐，就是南顺城街，南顺城街路东的第一条胡同便是巡捕厅胡同。我走到胡同的西口，正是进胡同的时候，忽而从角上的一间破屋里漏出几声大声来。这声音我觉得熟得很，稍微用了一点心力，回想了一想，我马上就记起那个身材瘦长，脸色黝黑，常拉我上城南去的车夫来。我站住静听了一会，听得他好像在和人拌嘴。我坐过他许多次数的车，他的脾气是很好的，所以听到他在和人拌嘴，心里倒很觉得奇怪。看他的样子,好像有五十多岁的光景,但他自己说今年只有四十二岁。他平常非常沉默寡言,不过你和他说话的时候,他却总来回答你一句两句。他身材本来很高,但是不晓是因为社会的压迫呢,还是因他天生的病症,背脊却是弯着,看去好像不十分高。他脸上浮着的一种谨慎的劳动者特有的表情,我怎么也形容不出来,他好像是在默想他的被社会虐待的存在是应该的样子,又好像在这沉默的忍苦中间,在表示他的无限的反抗,和不断的挣扎的样子。总之,他那一种沉默忍受的态度,使人家见了便能生出无限的感慨来。况且是和他社会的地位相去无几,而受的虐待又比他更甚的我,平常坐他的车,和他谈话的时候,总要感着一种抑郁不平的气,横上心来;而这种抑郁不平之气,他也无处去发泄,我也无处去发泄,只好默默地闷受着,即使闷受不过,最多亦只能向天长啸一声。有一天我在前门外喝醉了酒,往一家相识的人家去和衣睡了半夜,醒来的时候,已经是下弦月上升的时刻了。

　　我从韩家潭雇车雇到西单牌楼,在西单牌楼换车的时候,又遇见了他。半夜酒醒,从灰白死寂,除了一乘两乘汽车飞过搅起一阵灰来,此外别无动静的长街上,慢慢被拖回家来。这种悲哀的情调,已尽够我消受的了,况又遇着了他,一路上听了他许多不堪再听的话……他说这个年头儿真教人生存不得。他说洋车价涨了一个两个铜子,而煤米油盐,都要各涨一倍。他说洋车出租的东家,真会挑剔,一根骨子弯了一点,一个小钉不见了,就要赔很多钱。他说他一天到晚拉车,拉来的几个钱还不够供洋车租主的绞榨,皮带破了,弓子弯了的时候,更不必说了。他说他的女人不会治家,老要白花钱。他说他的大小孩今年八岁,二小孩今年三岁了。……我默默地坐在车上，看看天上惨淡的星月，经过了几条灰黑静寂的狭巷，细听着他的一条条的诉说，觉得这些苦楚，都不是他一个人的苦楚。我真想跳下车来，同他抱头痛哭一场，但是我着在身上的一件竹布长衫，和盘在脑里的一堆教育的绳矩，把我的真率的情感缚住了。自从那一晚以后，我心里就存了一种怕与他相见的思想，所以和他不见了半个多月。这一天日暮，我自平则门走回家来，听了他在和人吵闹的声音，心里竟起了一种自责的心思，好像是不应该躲避开这个可怜的朋友，至半月之久的样子。我静听了一忽，才知道他吵闹的对手，是他的女人。一时心情被他的悲惨的声音所挑动，我竟不待回思，一脚就踏进了他住的那所破屋。他的住屋，只有一间小屋，小屋的一半，却被一个大炕占据了去。在外边天色虽还没有十分暗黑，但在他矮小的屋内，却早已黑影沉沉，辨不出物体来了。他一手叉在腰里，一手指着炕上缩成一堆，坐在那里的一个妇人，一声两声的在那里数骂。两个小孩爬在炕的里边。我一进去时，只见他自家一个站着的背影，他的人和小孩都看不出来。后来招呼了他，向他手指着的地方看去，才看出了一个女人，又站了一忽，我的眼睛在黑暗里经惯了，重复看出了他的两个小孩。我进去叫了他一声，问他为什么要这样的动气，他就把手一指，指着炕沿上的那女人说："这臭东西把我辛辛苦苦积下来的三块多钱，一下子就花完了，去买了这些捆尸体的布来……"说着他用脚一踢，地上果然滚了一包白色的布出来。他一边向我问了寒暄话，一边就蹙紧了眉头说："我的心思，她们一点也不晓得，我要积这几块钱干什么？我不过想自家去买一辆旧车来拉，可以免掉那车行的租钱呀！天气热了，我们穷人，就是光着脊肋儿，也有什么要紧？她却要去买这些白洋布来做衣服。你说可气不可气啊?"我听了这一段话,心里虽则也为他难受,但口上只好安慰他说:"做衣服倒也是要紧的,积几个钱,是很容易的事情,你但须忍耐着,三四块钱是不难再积起来的。"我说完了话,忽而在沉沉的静寂中,从炕沿上听出了几声暗泣的声音来。这时候我若袋里有钱,一定要全部拿出来给他,请他息怒。但是我身边一摸,却摸不出一个铜银的货币。呆呆地站着,心里打算了一会,我觉终究没有方法好想。正在着恼的时候,我里边小褂袋里唧唧响着的一个银表的针步声,忽而敲动了我的耳膜。我知道若在此时,当面把这银表拿出来给他,他是一定不肯受的。迟疑了一会,我想出一个主意,乘他不注意的时候,悄悄的把表拿了出来,和他讲着些慰劝他的话,一边我走上前去了一步,顺手把表搁在一张半破的桌上。随后又和他交换了几句言语,我就走出来了。我出到了门处,走进胡同,心里感得的一种沉闷,比午后上城外去的时候更甚了。我只恨我自家太无能力,太没有勇气。我仰天看看,在深沉的天空里,只看出了几颗星来。第二天的早晨,我刚起床,正在那里刷牙漱口的时候,听见门外有人打门,出去一看,就看见他拉着车站在门口。他问了我一声好,手向车斗里一摸,就把那个表拿出来,问我说:"先生,这是你的罢?你昨晚上掉下的罢?"我听了脸上红了一红。马上就说:"这不是我的,我并没有掉表。"他连说了几声奇怪,把那表的来历说了一阵,见我坚不肯认,就也没有方法,收起了表,慢慢地拉着空车向东走了。

夏至以后,北京接连下了半个多月的雨。我因为一天晚上,没有盖被睡觉,惹了一场很重的病,直到了两礼拜前才得起床。起床后第三天的午后，我看看久雨新霁，天气很好，就拿了一根手杖踏出门去。因为这是病后第一次的出门，所以出了门就走往西边，依旧想到我平时所爱的平则门外的河边边去闲行。走过那胡同角上的破屋的时候，我只看见门口立了一群人，在那里看热闹。屋内有人在低声啜泣。我以为那拉车的又在和他的女人吵闹了，所以也就走了过去，去看热闹，一边我心里却暗暗地想着："今天若他们再因金钱而争吵，我却可以解决他们的问题。"因为那时候我家里寄出来作为医药费的钱还没有用完，皮包里还有几张五元钱的钞票收藏在哩。我踏近前去一看，破屋里并没有拉车的影子，只有他的女人坐在炕沿上哭，一个小一点的小孩，坐在地上他母亲的脚跟前，也在陪着她哭。

　　看了一会，我终摸不着头脑，不晓得她为什么要哭。和我一块儿站着的人，有的唧唧的在那里叹息，有的也拿来出手巾来在擦眼泪说："可怜哪，可怜哪！"我向一个立在我旁边的中年妇人问了一番，才知道她的男人，前几天在南下洼的大水里淹死了。死了之后，她还不晓得，直到第二天的傍晚，由拉车的同伴认出了他的相貌，才跑回来告诉她。她和她的两个儿子，得了此信，冒雨走上南横街南边的尸场去一看，就大哭了一阵。后来她自己也跳在附近的一个水池里自尽过一次，经她儿子的呼救，附近的居民，费了许多气力，才把她捞救上来。过了一会，由那地方的慈善家，出了钱把她的男人埋葬完毕，且给了她三十斤面票，八十吊铜子，方送她回来。回来之后，她白天晚上只是哭，已经哭了好几天了。我听了这一番消息，看了这一场光景，心里只是难受。同一两个月前头，半夜从前门回来，坐在她男人的车上，听他的诉说时一样，觉得这些光景，绝不是她一个人的。我忽而想起了我的可怜的女人，又想起了我的和那在地上哭的小孩一样大的儿女，也觉得眼睛里热起来痒起来了。我心里正在难受，忽而从人丛里挤来了一个八九岁的小孩赤足袒胸地跑了进来。他小手里拿了几个铜子蹑手蹑脚的对她说："妈，你瞧，这是人家给我的。"看热闹的人，看了他那小脸上的严肃的表情，和他那小手的滑稽的样子，有几个笑着走了，只有两个以手巾擦着眼泪的老妇人，还站在那里。

　　我看看周围的人数少了，就也踏也进去问她说："你还认得我么？"她举起肿红的眼睛来，对我看了一眼，点了一点头，仍复伏倒头在哀哀地哭着。我想叫她不哭，但是看看她的情形，觉得是不可能的，所以只好默默地站着，眼睛看见她的瘦削的双肩一起一缩地在抽动。我这样的静立了三五分钟，门外又忽挤出许多人拢来看我。我觉得被他们看得不耐烦了，就走出了一步对他们说："你们看什么热闹？人家死了人在这里哭，你们有什么好看？"那八岁的孩子，看我心里发了恼，就走上门口，把一扇破门关上了。咔嗒一响，屋里忽而暗了起来。他的哭着的母亲，好像也为这变化所惊动，一时止住哭声，擎起眼来看她的孩子和离门不远呆立着的我。我乘此机会，就劝她说："看养孩子要紧，你老是哭也不是道理，我若可以帮你的忙，我总没有不为你出力的。"她听了这话，一边啜泣，一边断断续续地说："我……我……别的都不怪，我……只……只怪他何以死得那么快。也……也不知他……他是自家沉河的呢，还是……"她说了这一句又哭起来了，我没有方法，就从袋里拿出了皮包，取了一张五块钱的钞票递给她说："这虽然不多，你拿着用罢！"她听了这话，又止住了哭，啜泣着对我说：

"我……我们……是不要钱用,只……只是他……他死得……死得太可怜了。……他……他活着的时候,老……老想自己买一辆车,但是……但是这心愿终究没有达到。……前天我,我到冥衣铺去定一辆纸糊的洋车,想烧给他,那一家掌柜的要我六块多钱,我没有定下来。你……你老爷心好,请你,请你老爷去买一辆好,好的纸车来烧给他罢!"说完她又哭了。我听了这一段话,心里愈觉得难受,呆呆地立了一忽,只好把刚才的那张钞票收起,一边对她说:"你别哭了罢!他是我的朋友,那纸糊的洋车,我明天一定去买了来,和你一块去烧到他的坟前去。"又对两个小孩说了几句话,我就打开门走出来。我从来没有办过丧事,所以寻来寻去,总寻不出一家冥衣铺来定那纸糊的洋车。后来直到四牌楼附近,找定了一家,付了他钱,要他赶紧为我糊一辆车。

两天之后,那纸洋车糊好了,恰巧天气也不下雨,我早早吃了午饭,就雇了四辆洋车,同她及两个小孩一道去上她男人的坟。车过顺治门内大街的时候,因为我前面的一乘人力车上只载着一辆纸糊的很美丽的洋车和两包锭子,大街上来往的红男绿女只是凝目的在看我和我后面车上的那个眼睛哭得红肿,衣服褴褛的中年妇人。我被众人的目光鞭挞不过,心里起了一种不可抑遏的反抗和诅咒的毒念,只想放大了喉咙向着那着红男绿女和汽车中的贵人狠命的叫骂着说:"猪狗!畜生!你们看什么?我的朋友,这可怜的拉车者,是为你们所逼死的呀!你们还看什么?"

父亲的花园

许钦文

父亲的花园在这一年可算是最茂盛的了,那时蕊姊还未出嫁,芳姊也没有死。

红的,白的,牡丹,芍药,先先后后地都开了泛勃勃的美丽的花。我跟着父亲每天到花园去看,给它们灌水;有时一天去看两三次。花园门一打开,我觉着园中只有它们的花,其余的似乎不是自生自灭的野草,就是四围的园墙。它们本来都生着许多花蕊,有一盆芍药简直有十个以上,父亲要它们开得大,格外美丽,早早地把小的都摘去了,选留较大的,每盆只让开两朵。记得有一天,它们初次盛开的时候,全家的人都去看。母亲抱着槐弟;蕊姊,芳姊和娟妹相互手挽着手;梅弟跟着乳母。"这是小姐,那是丫头。"乳母用手指点了点牡丹又点了点芍药向梅弟说。梅弟就拍一拍他肥胖的小手,点一点一朵红的牡丹花,又拍一拍手嚷着说,"我要那朵小姐,我,我,要,那朵小姐!"父亲起初不允许,说是折去太可惜,我极力反对梅弟。后来梅弟因为折不到花似乎要哭了,父亲连忙把他指点过的一朵折去给他。跟着娟妹说是也要折一朵,父亲也就给了她一朵。"还有谁要呢?"父亲笑着凭空问道。这时槐弟尚小,不知道要花,只是看见父亲笑了,张着小嘴巴,露着两粒小牙,闭着眼睛也笑,同时两个小拳头在母亲的头上只乱敲。蕊姊,芳姊和我都说还是生在盆里好;只有母亲说也要,她说:"我到花园里来不容易,让我到房里去插几朵!"父亲就为她折了一朵白的牡丹,一朵红的芍药。——母亲在家里事情最多,又因裹足的缘故,一到晚上,往往叫脚痛,到花园的时候很少。

月季花中父亲最爱的"反背荷花"先后开了四次,一起开了十余朵。"美人妆"和"何郎敷粉"也各开了四五次。花瓣最大的"大金黄"生了很粗壮的两大支新枝。"绿菊"仍然一朵未萎一朵又开地接连地开着。

红玫瑰还没有开,母亲最爱的白玫瑰争先开了。母亲非常高兴,特地到花园去采摘。——母亲总是把它做成糖,这一年做了两小碗。

给父亲用棕丝绊成梅椿似的雀舌梅,因为开花以后,天气每日晴朗,紫赤赤地结了无数的念佛珠般的梅子。

这时还只阴历的七月二十三四,靠门口花坛里的银桂就放出阵阵的香气来了。过了四五天,靠河沿墙边的一株也就放开许多金晃晃的花瓣。二次花都特别开得多。

菊花中"玉带"和"金丝"都开放得很早,父亲最爱的紫色的"蟹爪"开得很多,"银钩"开得很大。它们盛开的时候,父亲把花架上的扁柏,刺柏,盆竹和罗汉松等暂时拿下,统统摆上菊花盆。

许多朋友都来观赏，父亲亲自引导，花园里往往一天连去四五次。

素草兰开得三朵，素建兰开得五盆，还结了一支小三角柱形的青光光的兰参。父亲极爱兰花，凡种素草兰的盆上都种蜈蚣草，冬季搬进书房。并且喜欢画兰花，这一年特别高兴，兰花也画得特别多。做了许多枕头，也都画上兰花，又题上字，由蕊姊，芳姊绣做成功。他说绣兰花蕊姊不如芳姊好，芳姊绣字也不差。给我的一个，一端有两朵花，题着"清品"两个字。另一端只一朵，题的字有四个：王者之香，是芳姊绣的。

我能知道的，父亲在这一年可算最为高兴，家里的人也都很快乐，可是那时何尝明白，这是最快乐的时候了！

我去秋回家省亲，父亲往外谋事去了，未曾晤面。走到阔别的花园，只有从前不注意的西湖柳和白石榴还是枝叶癞稀稀地存着，地上满是青草，盆中无非是枯枝。父亲最爱的素建兰，"反背荷花"等等，因为盆较讲究，母亲已把它们的盆收集在一起，连盆中的泥土也不见了。在门口的母亲所爱的玉荷花也只剩了几支枯枝。西湖柳和白石榴因不时有人来索去做药引，母亲特意保护，才得苟延残喘。断砖破盆，却成了六妹、八妹捕蟋蟀的特别场所。

父亲的花园最盛的一年距今已有几时，已难确切地计算。当时的盛况虽曾照下一像，如今挂在父亲的房里，无奈为时已久，那时乡间的摄影又很幼稚，现已模糊莫辨了。挂在它旁边的芳姊的遗像也已不大清楚，唯有父亲题在像上的字句却很明白："性既执拗，遇复可怜，一朝痛割，我独何堪！"

日前梅弟由禾寄给我信："我们兄弟三人都不能请父亲休养……父子四人的奔走，仍不能使母亲无忧于衣食！"这种痛语竟出于那时唯"小姐花"是要的梅弟,当时谁能料得到!

我想父亲的花园就是能够重行种起种种花来,那时的盛况总是不能恢复的了,因为已经没有了芳姊。

我不能再看见像那时的父亲的花园了!

1923年11月11日

月牙儿

老 舍

一

是的,我又看见月牙儿了,带着点寒气的一钩儿浅金。多少次了,我看见跟现在这个月牙儿一样的月牙儿;多少次了。它带着种种不同的感情,种种不同的景物,当我坐定了看它,它一次一次地在我记忆中的碧云上斜挂着。它唤醒了我的记忆,像一阵晚风吹破一朵欲睡的花。

二

那第一次,带着寒气的月牙儿确是带着寒气。它第一次在我的云中是酸苦,它那一点点微弱的浅金光儿照着我的泪。那时候我也不过是七岁吧,一个穿着短红棉袄的小姑娘。戴着妈妈给我缝的一顶小帽儿，蓝布的，上面印着小小的花，我记得。我倚着那间小屋的门垛，看着月牙儿。屋里是药味，烟味，妈妈的眼泪，爸爸的病；我独自在台阶上看着月牙儿，没人招呼我，没人顾得给我做晚饭。我晓得屋里的惨凄，因为大家说爸爸的病……可是我更感觉自己的悲惨，我冷，饿，没人理我。一直的我立到月牙儿落下去。什么也没有了，我不能不哭。可是我的哭声被妈妈的压下去；爸，不出声了，面上蒙了块白布。我要掀开白布，再看看爸，可是我不敢。屋里只是那么点点地方，都被爸占了去。妈妈穿上白衣，我的红袄上也罩了个没缝襟边的白袍，我记得，因为不断地撕扯襟边上的白丝儿。大家都很忙，嚷嚷的声儿很高，哭得很恸，可是事情并不多，也似乎值不得嚷：爸爸就装入那么一个四块薄板的棺材里，到处都是缝子。然后，五六个人把他抬了走。妈和我在后边哭。我记得爸，记得爸的木匣。那个木匣结束了爸的一切：每逢我想起爸来，我就想到非打开那个木匣不能见着他。但是，那木匣是深深地埋在地里，我明知在城外哪个地方埋着它，可又像落在地上的一个雨点，似乎永难找到。

三

妈和我还穿着白袍，我又看见了月牙儿。那是个冷天，妈妈带我出城去看爸的坟。妈拿着很薄很薄的一罗儿纸。妈那天对我特别的好，我走不动便背我一程，到城门上还给我买了一些炒栗子。什么都是凉的，只有这些栗子是热的；我舍不得吃，用它们热我的手。走了多远，我记不清了，总该是很远很远吧。在爸出殡的那天，我似乎没觉得这么远，或者是因为那天人多；这次只是我们娘儿俩，妈不说话，我也懒得出声，什么都是静寂的；那些黄土路静寂得没有头儿。天是短的，我记得那个坟：小小的一堆儿土，远处有一些高土岗儿，太阳在黄土岗儿上头斜着。妈妈似乎顾不得我了，把我放在一旁，抱着坟头儿去哭。我坐在坟头儿的旁边，弄着手里那几个栗子。妈哭了一阵，把那点纸焚化了，一些纸灰在我眼前卷成一两个旋儿，而后懒懒地落在地上；风很小，可是很够冷的。妈妈又哭起来。我也想爸，可是我不想哭他；我倒是为妈妈哭得可怜而也落了泪。过去拉住妈妈的手："妈不哭！不哭！"妈妈哭得更恸了。她把我搂在怀里。眼看太阳就落下去，四外没有一个人，只有我们娘儿俩。妈似乎也有点怕了，含着泪，扯起我就走，走出老远，她回头看了看，我也转过身去：爸的坟已经辨不清了；土岗的这边都是坟头，一小堆一小堆，一直摆到土岗底下。妈妈叹了口气。我们紧走慢走，还没有走到城门，我看见了月牙儿。四外漆黑，没有声音，只有月牙儿放出一道儿冷光。我乏了，妈妈抱起我来。怎样进的城，我就不知道了，只记得迷迷糊糊的天上有个月牙儿。

四

　　刚八岁，我已经学会了去当东西。我知道，若是当不来钱，我们娘儿俩就不要吃晚饭；因为妈妈但凡有点主意，也不肯叫我去。我准知道她每逢交给我个小包，锅里必是连一点粥底儿也看不见了。我们的锅有时干净得像个体面的寡妇。这一天，我拿的是一面镜子。只有这件东西似乎是不必要的，虽然妈妈天天得用它。这是个春天，我们的棉衣都刚脱下来就入了当铺。我拿着这面镜子，我知道怎样小心，小心而且要走得快，当铺是老早就上门的。我怕当铺的那个大红门，那个大高长柜台。一看见那个门，我就心跳。可是我必须进去，似乎是爬进去，那个高门槛儿是那么高。我得用尽了力量，递上我的东西，还得喊："当当！"得了钱和当票，我知道怎样小心地拿着，快快回家，晓得妈妈不放心。可是这一次，当铺不要这面镜子，告诉我再添一号来。我懂得什么叫"一号"。把镜子搂在胸前，我拼命地往家跑。妈妈哭了；她找不到第二件东西。我在那间小屋住惯了，总以为东西不少；及至帮着妈妈一找可当的衣物，我的小心里才明白过来，我们的东西很少，很少。妈妈不叫我去了。可是"妈妈咱们吃什么呢？"妈妈哭着递给我她头上的银簪——只有这一件东西是银的。我知道，她拔下过来几回，都没肯交给我去当。这是妈妈出门子时，姥姥家给的一件首饰。现在，她把这么一件银器给了我，叫我把镜子放下。我尽了我的力量赶回当铺，那可怕的大门已经严严地关好了。我坐在那门墩上，握着那根银簪。不敢高声地哭，我看着天，啊，又是月牙儿照着我的眼泪！哭了好久，妈妈在黑影中来了，她拉住我的手，呕，多么热的手，我忘了一切的苦处，连饿也忘了，只要有妈妈这只热手拉着我就好。我抽抽搭搭地说："妈！咱们回家睡觉吧。明儿早上再来！"妈一声没出。又走了一会儿："妈！你看这个月牙儿；爸死的那天，它就是这么歪歪着。为什么她老这么斜着呢？"妈还是一声没出，她的手有点颤。

五

妈妈整天地给人家洗衣裳。我老想帮助妈妈，可是插不上手。

我只好等着妈妈，非到她完了事，我不去睡。有时月牙儿已经上来，她还哼哧哼哧地洗。那些臭袜子，硬牛皮似的，都是铺子里的伙计们送来的。妈妈洗完这些"牛皮"就吃不下饭去。我坐在她旁边，看着月牙儿，蝙蝠专会在那条光儿底下穿过来穿过去，像银线上穿着个大菱角，极快地又掉到暗处去。我越可怜妈妈，便越爱这个月牙儿，因为看着它，使我心中痛快一点。它在夏天更可爱，它老有那么点凉气，像一条冰似的。我爱它给地上的那点小影子，一会儿就没了；迷迷糊糊的不甚清楚，及至影子没了，地上就特别地黑，星也特别地亮，花也特别地香——我们的邻居有许多花木，那棵高高的洋槐总把花儿落到我们这边来，像一层雪似的。

六

妈妈的手起了层鳞，叫她给搓搓背顶解痒痒了。可是我不敢常劳动她，她的手是洗粗了的。她瘦，被臭袜子熏得常不吃饭。我知道妈妈要想主意了，我知道。她常把衣裳推到一边，愣着。她和自己说话。她想什么主意呢？我可是猜不着。

七

妈妈嘱咐我不叫我别扭，要乖乖地叫"爸"：她又给我找到一个爸。这是另一个爸，我知道，因为坟里已经埋好一个爸了。妈嘱咐我的时候，眼睛看着别处。她含着泪说："不能叫你饿死！"哦，是因为不饿死我，妈才另给我找了个爸！我不明白多少事，我有点怕,又有点希望——果然不再挨饿的话。多么凑巧呢,离开我们那间小屋的时候,天上又挂着月牙儿。这次的月牙儿比哪一回都清楚,都可怕;我是要离开这住惯了的小屋了。妈坐了一乘红轿,前面还有几个鼓手,吹打得一点也不好听。轿在前边走,我和一个男人在后边跟着,他拉着我的手。那可怕的月牙儿放着一点光,仿佛在凉风里颤动。街上没有什么人,只有些野狗追着鼓手们咬;轿子走得很快。上哪去呢?是不是把妈抬到城外去,抬到坟地去?那个男人扯着我走,我喘不过气来,要哭都哭不出来。那男人的手心出了汗,凉得像个鱼似的,我要喊"妈",可是不敢。一会儿,月牙儿像个要闭上的一道大眼缝,轿子进了个小巷。

八

我在三四年里似乎没再看见月牙儿。新爸对我们很好,他有两间屋子,他和妈住在里间,我在外间睡铺板。我起初还想跟妈妈睡,可是几天之后,我反倒爱"我的"小屋了。屋里有白白的墙,还有条长桌,一把椅子。这似乎都是我的。我的被子也比从前的厚实暖和了。妈妈也渐渐胖了点,脸上有了红色,手上的那层鳞也慢慢掉净。我好久没去当当了。新爸叫我去上学。有时候他还跟我玩一会儿。我不知道为什么不爱叫他"爸",虽然我知道他很可爱。他似乎也知道这个,他常常对我那么一笑;笑的时候他有很好看的眼睛。可是妈妈偷告诉我叫爸,我也不愿十分的别扭。我心中明白,妈和我现在是有吃有喝的,都因为有这个爸,我明白。是的,在这三四年里我想不起曾经看见过月牙儿;也许是看见过而不大记得了。爸死时那个月牙儿,妈轿子前面那个月牙儿,我永远忘不了。那一点点光,那一点寒气,老在我心中,比什么都亮,都清凉,像块玉似的,有时候想起来仿佛能用手摸到似的。

九

我很爱上学。我老觉得学校里有不少的花,其实并没有;只是一想起学校就想到花罢了,正像一想起爸的坟就想起城外的月牙儿——在野外的小风里歪歪着。妈妈是很爱花的,虽然买不起,可是有人送给她一朵,她就顶喜欢地戴在头上。我有机会便给她折一两朵来;戴上朵鲜花,妈的后影还很年轻似的。妈喜欢,我也喜欢。在学校里我也很喜欢。也许因为这个,我想起学校便想起花来?

十

当我要在小学毕业那年,妈又叫我去当当了。我不知道为什么新爸忽然走了。他上了哪儿,妈似乎也不晓得。妈妈还叫我上学,她想爸不久就会回来的。他许多日子没回来,连封信也没有。我想妈又该洗臭袜子了,这使我极难受。可是妈妈并没这么打算。她还打扮着,还爱戴花;奇怪!她不落泪,反倒好笑;为什么呢?我不明白!好几次,我下学来,看她在门口儿立着。又隔了不久,我在路上走,有人"嗨"我了:"嗨!给你妈捎个信儿去!""嗨!你卖不卖呀?小嫩的!"我的脸红得冒出火来,把头低得无可再低。我明白,只是没办法。我不能问妈妈,不能。她对我很好,而且有时候极郑重地说我:

"念书！念书！"妈是不识字的，为什么这样催我念书呢？我疑心；又常由疑心而想到妈是为我才做那样的事。妈是没有更好的办法。疑心的时候，我恨不得骂妈妈一顿。再一想，我要抱住她，央告她不要再做那个事。我恨自己不能帮助妈妈。所以我也想到：我在小学毕业后又有什么用呢？我和同学们打听过了，有的告诉我，去年毕业的有好几个做姨太太的。有的告诉我，谁当了暗门子。我不大懂这些事，可是由她们的说法，我猜到这不是好事。她们似乎什么都知道，也爱偷偷地谈论她们明知是不正当的事——这些事叫她们的脸红红的而显出得意。我更疑心妈妈了，是不是等我毕业好去做……这么一想，有时候我不敢回家，我怕见妈妈。妈妈有时候给我点心钱，我不肯花，饿着肚子去上体操，常常要晕过去。看着别人吃点心，多么香甜呢！可是我得省着钱，万一妈妈叫我去……我可以跑，假如我手中有钱。我最阔的时候，手中有一毛多钱！在这些时候，即使在白天，我也有时望一望天上，找我的月牙儿呢。我心中的苦处假若可以用个形状比喻起来，必是个月牙儿形的。它无倚无靠的在灰蓝的天上挂着，光儿微弱，不大会儿便被黑暗包住。

十一

叫我最难过的是我慢慢地学会了恨妈妈。可是每当我恨她的时候，我不知不觉地便想起她背着我上坟的光景。想到了这个，我不能恨她了。我又非恨她不可。我的心像——还是像那个月牙儿，只能亮那么一会儿，而黑暗是无限的。妈妈的屋里常有男人来了，她不再躲避着我。他们的眼像狗似的看着我，舌头吐着，垂着涎。我在他们的眼中是更解馋的，我看出来。在很短的期间，我忽然明白了许多事。我知道我得保护自己，我觉出我身上好像有什么可贵的地方，我闻得出我已有一种什么味道，使我自己害羞，多感。我身上有了些力量，可以保护自己，也可以毁了自己。我有时很硬气，有时候很软。我不知怎样好。我愿爱妈妈，这时候我有好些必要问妈妈的事，需要妈妈的安慰；可是正在这个时候，我得躲着她，我得恨她；要不然我自己便不存在了。当我睡不着的时节，我很冷静地思索，妈妈是可原谅的。她得顾我们俩的嘴。可是这个又使我要拒绝再吃她给我的饭菜。我的心就这么忽冷忽热，像冬天的风，休息一会儿，刮得更要猛；我静候着我的怒气冲来，没法儿止住。

十二

事情不容我想好方法就变得更坏了。妈妈问我，"怎样？"假若我真爱她呢，妈妈说，我应该帮助她。不然呢，她不能再管我了。这不像妈妈能说得出的话，但是她确是这么说了。她说得很清楚："我已经快老了，再过二年，想白叫人要也没人要了！"这是对的，妈妈近来擦许多的粉，脸上还露出褶子来。她要再走一步，去专伺候一个男人。她的精神来不及伺候许多男人了。为她自己想，这时候能有人要她——是个馒头铺掌柜的愿要她——她该马上就走。可是我已经是个大姑娘了，不像小时候那样容易跟在妈妈轿后走过去了。我得打主意安置自己。假若我愿意"帮助"妈妈呢，她可以不再走这一步，而由我代替她挣钱。代她挣钱，我真愿意；可是那个挣钱方法叫我哆嗦。我知道什么呢，叫我像个半老的妇人那样去挣钱?！妈妈的心是狠的，可是钱更狠。妈妈不逼着我走哪条路，她叫我自己挑选——帮助她，或是我们娘儿俩各走各的。妈妈的眼没有泪，早就干了。我怎么办呢？

十三

我对校长说了。校长是个四十多岁的妇人，胖胖的，不很精明，可是心热。我是真没了主意，要不然我怎会开口述说妈妈的……我并没和校长亲近过。当我对她说的时候，每个字都像烧红了的煤球烫着我的喉，我哑了，半天才能吐出一个字。校长愿意帮助我。她不能给我钱，只能供给我两顿饭和住处——就住在学校和个老女仆做伴儿。她叫我帮助文书写写字，可是不必马上就这么办，因为我的字还需要练习。两顿饭，一个住处，解决了天大的问题。我可以不连累妈妈了。妈妈这回连轿也没坐，只坐了辆洋车，摸着黑走了。我的铺盖，她给了我。临走的时候，妈妈挣扎着不哭，可是心底下的泪到底翻上来了。她知道我不能再找她去，她的亲女儿。我呢，我连哭都忘了怎么哭了，我只咧着嘴抽搭，泪蒙住了我的脸。我是她的女儿、朋友、安慰。但是我帮助不了她，除非我得做那种我绝不肯做的事。在事后一想，我们娘儿俩就像两个没人管的狗，为我们的嘴，我们得受着一切的苦处，好像我们身上没有别的，只有一张嘴。为这张嘴，我们得把其余一切的东西都卖了。我不恨妈妈了，我明白了。不是妈妈的毛病，也不是不该长那张嘴，是粮食的毛病，凭什么没有我们的吃食呢？这个别离，把过去一切的苦楚都压过去了。那最明白我的眼泪怎流的月牙儿这回会没出来，这回只有黑暗，连点萤火的光也没有。妈妈就在暗中像个活鬼似的走了，连个影子也没有。即使她马上死了，恐怕也不会和爸埋在一处了，我连她将来的坟在哪里都不会知道。我只有这么个妈妈，朋友。我的世界里剩下我自己。

十四

妈妈永不能相见了，爱死在我心里，像被霜打了的春花。我用心地练字，为是能帮助校长抄抄写写些不要紧的东西。我必须有用，我是吃着别人的饭。我不像那些女同学，她们一天到晚注意别人，别人吃了什么，穿了什么，说了什么；我老注意我自己，我的影子是我的朋友。"我"老在我的心上，因为没人爱我。我爱我自己，可怜我自己，鼓励我自己，责备我自己；我知道我自己，仿佛我是另一个人似的。我身上有一点变化都使我害怕，使我欢喜，使我莫名其妙。我在我自己手中拿着，像捧着一朵娇嫩的花。我只能顾目前，没有将来，也不敢深想。嚼着人家的饭，我知道那是晌午或晚上了，要不然我简直想不起时间来；没有希望，就没有时间。我好像钉在个没有日月的地方。想起妈妈，我晓得我曾经活了十几年。对将来，我不像同学们那样盼望放假，过节，过年；假期，节，年，跟我有什么关系呢？可是我的身体是往大了长呢，我觉得出。觉出我又长大了一些，我更渺茫，我不放心我自己。我越往大了长，我越觉得自己好看，这是一点安慰；美使我抬高了自己的身份。可是我根本没身份，安慰是先甜后苦的，苦到末了又使我自傲。穷，可是好看呢！这又使我怕：妈妈也是不难看的。

十五

我又老没看月牙儿了,不敢去看,虽然想看。我已毕了业,还在学校里住着。晚上,学校里只有两个老仆人,一男一女。他们不知怎样对待我好,我既不是学生,也不是先生,又不是仆人,可有点像仆人。晚上,我一个人在院中走,常被月牙儿给赶进屋来,我没有胆子去看它。可是在屋里,我会想象它是什么样,特别是在有点小风的时候。微风仿佛会给那点微光吹到我的心上来,使我想起过去,更加重了眼前的悲哀。我的心就好像在月光下的蝙蝠,虽然是在光的下面,可是自己是黑的;黑的东西,即使会飞,也还是黑的,我没有希望。我可是不哭,我只常皱着眉。

十六

我有了点进款:给学生织些东西,她们给我点工钱。校长允许我这么办。可是进不了许多,因为她们也会织。不过她们自己急于要用,而赶不来,或是给家中人打双手套或袜子,才来照顾我。虽然是这样,我的心似乎活了一点,我甚至想到:假若妈妈不走那一步,我是可以养活她的。一数我那点钱,我就知道这是梦想,可是这么想使我舒服一点。我很想看看妈妈。假若她看见我,她必能跟我来,我们能有方法活着,我想——可是不十分相信。我想妈妈,她常到我的梦中来。有一天,我跟着学生们去到城外旅行,回来的时候已经是下午四点多了。为是快点回来,我们抄了个小道。我看见了妈妈!在个小胡同里有一家卖馒头的,门口放着个元宝筐,筐上插着个顶大的白木头馒头。顺着墙坐着妈妈,身儿一仰一弯地拉风箱呢。从老远我就看见了那个大木馒头与妈妈,我认识她的后影。我要过去抱住她。可是我不敢,我怕学生们笑话我,她们不许我有这样的妈妈。越走越近了,我的头低下去,从泪中看了她一眼,她没看见我。我们一群人擦着她的身子走过去,她好像是什么也没看见,专心地拉她的风箱。走出老远,我回头看了看,她还在那儿拉呢。我看不清她的脸,只看到她的头发在额上披散着点。我记住这个小胡同的名儿。

十七

像有个小虫在心中咬我似的,我想去看妈妈,非看见她我心中不能安静。正在这个时候,学校换了校长。胖校长告诉我得打主意,她在这儿一天便有我一天的饭食与住处,可是她不能保险新校长也这么办。我数了数我的钱,一共是两块七毛零几个铜子。这几个钱不会叫我在最近的几天中挨饿,可是我上哪儿呢?我不敢坐在那儿呆呆地发愁,我得想主意。找妈妈去是第一个念头。可是她能收留我吗?假若她不能收留我,而我找了她去,即使不能引起她与那个卖馒头的吵闹,她也必定很难过。我得为她想,她是我的妈妈,又不是我的妈妈,我们母女之间隔着一层用穷做成的障碍。想来想去,我不肯找她去了。我应当自己担着自己的苦处。可是怎么担着自己的苦处呢?我想不起。我觉得世界很小,没有安置我与我的小铺盖卷的地方。我还不如一条狗,狗有个地方便可以躺下睡;街上不准我躺着。是的,我是人,人可以不如狗。假若我扯着脸不走,焉知新校长不往外攮我呢?我不能等着人家往外推。这是个春天。我只看见花儿开了,叶儿绿了,而觉不到一点暖气。红的花只是红的花,绿的叶只是绿的叶,我看见些不同的颜色,只是一点颜色;这些颜色没有任何意义,春在我的心中是个凉的死的东西。我不肯哭,可是泪自己往下流。

十八

我出去找事了。不找妈妈,不依赖任何人,我要自己挣饭吃。走了整整两天,抱着希望出去,带着尘土与眼泪回来。没有事情给我做。我这才真明白了妈妈,真原谅了妈妈。妈妈还洗过臭袜子,我连这个都做不上。妈妈所走的路是唯一的。学校里教给我的本事与道德都是笑话,都是吃饱了没事时的玩意儿。同学们不准我有那样的妈妈,她们笑话暗门子;是的,她们得这样看,她们有饭吃。我差不多要决定了:只要有人给我饭吃,什么我也肯干;妈妈是可佩服的。我才不去死,虽然想到过;不,我要活着。我年轻,我好看,我要活着。羞耻不是我造出来的。

十九

这么一想,我好像已经找到了事似的。我敢在院中走了,一个春天的月牙儿在天上挂着。我看出它的美来。天是暗蓝的,没有一点云。那个月牙儿清亮而温柔,把一些软光儿轻轻送到柳枝上。院中有点小风,带着南边的花香,把柳条的影子吹到墙角有光的地方来，又吹到无光的地方去；光不强，影儿不重，风微微地吹，都是温柔，什么都有点睡意，可又要轻软地活动着。月牙儿下边，柳梢上面，有一对星儿好像微笑的仙女的眼，逗着那歪歪的月牙儿和那轻摆的柳枝。墙那边有棵什么树，开满了白花，月的微光把这团雪照成一半儿白亮，一半儿略带点灰影，显出难以想到的纯净。这个月牙儿是希望的开始，我心里说。

二十

我又找了胖校长去，她没在家。一个青年把我让进去。他很体面，也很和气。我平素很怕男人，但是这个青年不叫我怕他。他叫我说什么，我便不好意思不说；他那么一笑，我心里就软了。我把找校长的意思对他说了，他很热心，答应帮助我。当天晚上，他给我送了两块钱来，我不肯收，他说这是他婶母——胖校长——给我的。他并且说他的婶母已经给我找好了地方住，第二天就可以搬过去。我要怀疑，可是不敢。他的笑脸好像笑到我的心里去。我觉得我要疑心便对不起人，他是那么温和可爱。

二十一

他的笑唇在我的脸上，从他的头发上我看着那也在微笑的月牙儿。春风像醉了，吹破了春云，露出月牙与一两对儿春星。河岸上的柳枝轻摆，春蛙唱着恋歌，嫩蒲的香味散在春晚的暖气里。我听着水流，像给嫩蒲一些生力，我想象着蒲梗轻快地往高里长。小蒲公英在潮暖的地上生长。什么都在溶化着春的力量,然后放出一些香味来。我忘了自己,我没了自己,像化在了那点春风与月的微光中。月儿忽然被云掩住,我想起来自己。我失去那个月牙儿,也失去了自己,我和妈妈一样了!

二十二

我后悔,我自慰,我要哭,我喜欢,我不知道怎样好。我要跑开,永不再见他;我又想他,我寂寞。两间小屋,只有我一个人,他每天晚上来。他永远俊美,老那么温和。他供给我吃喝,还给我做了几件新衣。穿上新衣,我自己看出我的美。可是我也恨这些衣服,又舍不得脱去。我不敢思想,也懒得思想,我迷迷糊糊的,腮上老有那么两块红。我懒得打扮,又不能不打扮,太闲了,总得找点事做。打扮的时候,我怜爱自己;打扮完了,我恨自己。我的泪很容易下来,可是我设法不哭,眼终日老那么湿润润的,可爱。我有时候疯了似的吻他,然后把他推开,甚至于破口骂他;他老笑。

二十三

我早知道,我没希望;一点云便能把月牙儿遮住,我的将来是黑暗。果然,没有多久,春便变成了夏,我的春梦做到了头儿。有一天,也就是刚晌午吧,来了一个少妇。她很美,可是美得不玲珑,像个瓷人儿似的。她进到屋中就哭了。不用问,我已明白了。看她那个样儿,她不想跟我吵闹,我更没预备着跟她冲突。她是个老实人。她哭,可是拉住我的手:"他骗了咱们俩!"她说。我以为她也只是个"爱人"。不,她是他的妻。她不跟我闹,只口口声声地说:"你放了他吧!"我不知怎么才好,我可怜这个少妇。我答应了她。她笑了。看她这个样儿,我以为她是缺个心眼,她似乎什么也不懂,只知道要她的丈夫。

二十四

我在街上走了半天。很容易答应那个少妇呀,可是我怎么办呢?他给我的那些东西,我不愿意要;既然要离开他,便一刀两断。可是,放下那点东西,我还有什么呢?我上哪儿呢?我怎么能当天就有饭吃呢?好吧,我得要那些东西,无法。我偷偷地搬了走。我不后悔,只觉得空虚,像一片云那样的无倚无靠。搬到一间小屋里,我睡了一天。

二十五

我知道怎样俭省,自幼就晓得钱是好的。凑合着手里还有那点钱,我想马上去找个事。这样,我虽然不希望什么,或者也不会有危险了。事情可是并不因我长了一两岁而容易找到。我很坚决,这并无济于事,只觉得应当如此罢了。妇女挣钱怎这么不容易呢!妈妈是对的,妇人只有一条路走,就是妈妈所走的路。我不肯马上就往那么走,可是知道它在不很远的地方等着我呢。我越挣扎,心中越害怕。我的希望是初月的光,一会儿就要消失。一两个星期过去了，希望越来越小。最后，我去和一排年轻的姑娘们在小饭馆受选阅。很小的一个饭馆，很大的一个老板；我们这群都不难看，都是高小毕业的少女们，等皇赏似的，等着那个破塔似的老板挑选。他选了我。我不感谢他，可是当时确有点痛快。那群女孩子们似乎很羡慕我，有的竟自含着泪走去，有的骂声"妈的！"女人够多么不值钱呢！

二十六

我成了小饭馆的第二号女招待。摆菜、端菜、算账、报菜名，我都不在行。我有点害怕。可是"第一号"告诉我不用着急，她也都不会。她说，小顺管一切的事；我们当招待的只要给客人倒茶，递手巾把，和拿账条；别的不用管。奇怪！"第一号"的袖口卷起来很高，袖口的白里子上连一个污点也没有。腕上放着一块白丝手绢，绣着"妹妹我爱你"。她一天到晚往脸上拍粉，嘴唇抹得血瓢似的。给客人点烟的时候，她的膝往人家腿上倚；还给客人斟酒，有时候她自己也喝了一口。对于客人，有的她伺候得非常的周到；有的她连理也不理，她会把眼皮一耷拉，假装没看见。她不招待的，我只好去。我怕男人。我那点经验叫我明白了些，什么爱不爱的，反正男人可怕。特别是在饭馆吃饭的男人们，他们假装义气，打架似的让座让账；他们拼命地猜拳，喝酒；他们野兽似的吞吃，他们不必要而故意地挑剔毛病，骂人。我低头递茶递手巾，我的脸发烧。客人们故意地和我说东说西，招我笑；我没心思说笑。晚上九点多钟完了事，我非常地疲乏了。到了我的小屋，连衣裳没脱，我一直地睡到天亮。醒来，我心中高兴了一些，我现在是自食其力,用我的劳力自己挣饭吃。我很早的就去上工。

二十七

"第一号"九点多才来,我已经去了两点多钟。她看不起我,可也并非完全恶意地教训我:"不用那么早来,谁八点来吃饭?告诉你,丧气鬼,把脸别耷拉得那么长;你是女跑堂的,没让你在这儿送殡玩。低着头,没人多给酒钱;你干什么来了?不为挣子儿吗?你的领子太矮,咱这行全得弄高领子,绸子手绢,人家认这个!"我知道她是好意,我也知道设若我不肯笑,她也得吃亏,少分酒钱;小账是大家平分的。我也并非看不起她,从一方面看,我实在佩服她,她是为挣钱。妇女挣钱就得这么着,没第二条路。但是,我不肯学她。我仿佛看得很清楚:有朝一日,我得比她还开通,才能挣上饭吃。可是那得到了山穷水尽的时候;"万不得已"老在那儿等我们女人,我只能叫它多等几天。这叫我咬牙切齿,叫我心中冒火,可是妇女的命运不在自己手里。又干了三天,那个大掌柜的下了警告:再试我两天,我要是愿意往长了干呢,得照"第一号"那么办。"第一号"一半嘲弄,一半劝告地说:"已经有人打听你,干吗藏着乖的卖傻的呢?咱们谁不知道谁是怎着?女招待嫁银行经理的,有的是;你当是咱们低贱呢?闯开脸儿干呀,咱们也他妈的坐几天汽车!"这个,逼上我的气来,我问她:"你什么时候坐汽车?"她把红嘴唇撇得要掉下去:"不用你耍嘴皮子,干什么说什么;天生下来的香屁股,还不会干这个呢!"我干不了,拿了一块零五分钱,我回了家。

二十八

最后的黑影又向我迈了一步。为躲它,就更走近了它。我不后悔丢了那个事,可我也真怕那个黑影。把自己卖给一个人,我会。自从那回事儿,我很明白了些男女之间的关系。女人把自己放松一些,男人闻着味儿就来了。他所要的是肉,他发散了兽力,你便暂时有吃有穿;然后他也许打你骂你,或者停止了你的供给。女人就这么卖了自己,有时候还很得意,我曾经觉到得意。在得意的时候说的净是一些天上的话;过了会儿,你觉得身上的疼痛与丧气。不过,卖给一个男人,还可以说些天上的话;卖给大家,连这些也没法说了,妈妈就没说过这样的话。怕的程度不同,我没法接受"第一号"的劝告;"一个"男人到底使我少怕一点。可是,我并不想卖我自己。我并不需要男人,我还不到二十岁。我当初以为跟男人在一块儿必定有趣,谁知道到了一块他就要求那个我所害怕的事。是的,那时候我像把自己交给了春风,任凭人家摆布;过后一想,他是利用我的无知,畅快他自己。他的甜言蜜语使我走入梦里;醒过来,不过是一个梦,一些空虚;我得到的是两顿饭,几件衣服。我不想再这样挣饭吃,饭是实在的,实在地去挣好了。可是,若真挣不上饭吃,女人得承认自己是女人,得卖肉!一个多月,我找不到事做。

二十九

我遇见几个同学,有的升入了中学,有的在家里做姑娘。我不愿理她们,可是一说起话儿来,我觉得我比她们精明。原先,在学校的时候,我比她们傻;现在,她们显着呆傻了。她们似乎都做梦呢。她们都打扮得很好,像铺子里的货物。她们的眼溜着年轻的男人,心里好像作着爱情的诗。我笑她们。是的,我必定得原谅她们,她们有饭吃,吃饱了当然只好想爱情,男女彼此织成了网,互相捕捉;有钱的,网大一些,捉住几个,然后从容地选择一个。我没有钱,我连个结网的屋角都找不到。我得直接地捉人,或是被捉,我比她们明白一些,实际一些。

三十

有一天,我碰见那个小媳妇,像瓷人似的那个。她拉住了我,倒好像我是她的亲人似的。她有点颠三倒四的样儿。"你是好人!你是好人!我后悔了,"她很诚恳地说,"我后悔了!我叫你放了他,哼,还不如在你手里呢!他又弄了别人,更好了,一去不回头了!"由探问中,我知道她和他也是由恋爱而结的婚,她似乎还很爱他。他又跑了。我可怜这个小妇人,她也是还做着梦,还相信恋爱神圣。我问她现在的情形,她说她得找到他,她得从一而终。要是找不到他呢?我问。她咬上了嘴唇,她有公婆,娘家还有父母,她没有自由,她甚至于羡慕我,我没有人管着。还有人羡慕我,我真要笑了!我有自由,笑话!她有饭吃,我有自由;她没自由,我没饭吃,我俩都是女人。

三十一

自从遇上那个小瓷人,我不想把自己专卖给一个男人了,我决定玩玩了；换句话说，我要"浪漫"地挣饭吃了。我不再为谁负着什么道德责任，我饿。浪漫足以治饿，正如同吃饱了才浪漫，这是个圆圈，从哪儿走都可以。那些女同学与小瓷人都跟我差不多，她们比我多着一点梦想，我比她们更直爽，肚子饿是最大的真理。是的，我开始卖了。把我所有的一点东西都折卖了，做了一身新行头，我的确不难看。我上了市。

三十二

我想我要玩玩，浪漫。啊，我错了。我还是不大明白世故。男人并不像我想的那么容易勾引。我要勾引文明一些的人，要至多只赔上一两个吻。哈哈，大家不上那个当，人家要初次见面便得到便宜。还有呢，人家只请我看电影，或逛逛大街，吃杯冰激凌；我还是饿着肚子回家。所谓文明人，懂得问我在哪儿毕业，家里做什么事。那个态度使我看明白，他若是要你，你得给他相当的好处；你若是没有好处可贡献呢，人家只用一角钱的冰激凌换你一个吻。要卖，得痛痛快快地。我明白了这个。小瓷人们不明白这个。我和妈妈明白，我很想妈了。

三十三

据说有些女人是可以浪漫地挣饭吃，我缺乏资本，也就不必再这样想了。我有了买卖。可是我的房东不许我再住下去，他是讲体面的人。我连瞧他也没瞧，就搬了家，又搬回我妈妈和新爸爸曾经住过的那两间房。这里的人不讲体面,可也更真诚可爱。搬了家以后,我的买卖很不错。连文明人也来了。文明人知道了我是卖,他们是买,就肯来了;这样,他们不吃亏,也不丢身份。初干的时候,我很害怕,因为我还不到二十岁。及至做过了几天,我也就不怕了。多咱他们像了一摊泥,他们才觉得上了算,他们满意,还替我做义务的宣传。干过了几个月,我明白的事情更多了,差不多每一见面,我就能断定他是怎样的人。有的很有钱,这样的人一开口总是问我的身价,表示他买得起我。他也很嫉妒,总想包了我;逛暗娼他也想独占,因为他有钱。对这样的人,我不大招待。他闹脾气,我不怕,我告诉他,我可以找上他的门去,报告给他的太太。在小学里念了几年书,到底是没白念,他唬不住我。"教育"是有用的,我相信了。有的人呢,来的时候,手里就攥着一块钱,唯恐上了当。对这种人,我跟他细讲条件,他就乖乖地回家去拿钱,很有意思。最可恨的是那些油子,不但不肯花钱,反倒要占点便宜走,什么半盒烟卷呀,什么一小瓶雪花膏呀,他们随手拿去。这种人还是得罪不得,他们在地面上很熟,得罪了他们,他们会叫巡警跟我捣乱。我不得罪他们,我喂着他们;及至我认识了警官,才一个个地收拾他们。世界就是狼吞虎咽的世界,谁坏谁就占便宜。顶可怜的是那像学生样儿的,袋里装着一块钱,和几十铜子,叮当地直响,鼻子上出着汗。我可怜他们,可是也照常卖给他们。我有什么办法呢!还有老头子呢,都是些规矩人,或者家中已然儿孙成群。对他们,我不知道怎样好;但是我知道他们有钱,想在死前买些快乐,我只好供给他们所需要的。这些经验叫我认识了"钱"与"人"。钱比人更厉害一些,人若是兽,钱就是兽的胆子。

三十四

　　我发现了我身上有了病。这叫我非常的苦痛，我觉得已经不必活下去了。我休息了，我到街上去走；无目的，乱走。我想去看看妈，她必能给我一些安慰，我想象着自己已是快死的人了。我绕到那个小巷，希望见着妈妈；我想起她在门外拉风箱的样子。馒头铺已经关了门。打听，没人知道搬到哪里去。这使我更坚决了，我非找到妈妈不可。在街上丧胆游魂地走了几天，没有一点用。我疑心她是死了，或是和馒头铺的掌柜的搬到别处去，也许在千里以外。这么一想，我哭起来。我穿好了衣裳，擦上了脂粉，在床上躺着，等死。我相信我会不久就死去的。可是我没死。门外又敲门了，找我的。好吧，我伺候他，我把病尽力地传给他。我不觉得这对不起人，这根本不是我的过错。我又痛快了些，我吸烟，我喝酒，我好像已是三四十岁的人了。我的眼圈发青，手心发热，我不再管；有钱才能活着，先吃饱再说别的吧。我吃得并不错，谁肯吃坏的呢！我必须给自己一点好吃食，一些好衣裳，这样才稍微对得起自己一点。

三十五

　　一天早晨，大概有十点来钟吧，我正披着件长袍在屋中坐着，我听见院中有点脚步声。我十点来钟起来，有时候到十二点才想穿好衣裳，我近来非常地懒，能披着件衣服呆坐一两个钟头。我想不起什么,也不愿想什么,就那么独自呆坐。那点脚步声,向我的门外来了,很轻很慢。不久,我看见一对眼睛,从门上那块小玻璃向里面看呢。看了一会儿,躲开了;我懒得动,还在那儿坐着。待了一会儿,那对眼睛又来了。我再也坐不住,我轻轻地开了门。"妈!"

三十六

我们母女怎么进了屋,我说不上来。哭了多久,也不大记得。妈妈已老得不像样儿了。她的掌柜的回了老家,没告诉她,偷偷地走了,没给她留下一个钱。她把那点东西变卖了,辞退了房,搬到一个大杂院里去。她已找了我半个多月。最后,她想到上这儿来,并没希望找到我,只是碰碰看,可是竟自找到了我。她不敢认我了,要不是我叫她,她也许就又走了。哭完了,我发狂似的笑起来:她找到了女儿,女儿已是个暗娼!她养着我的时候,她得那样;现在轮到我养着她了,我得那样!女人的职业是世袭的,是专门的!

三十七

我希望妈妈给我点安慰。我知道安慰不过是点空话,可是我还希望来自妈妈的口中。妈妈都往往会骗人,我们把妈妈的诓骗叫作安慰。我的妈妈连这个都忘了。她是饿怕了,我不怪她。她开始检点我的东西,问我的进项与花费,似乎一点也不以这种生意为奇怪。我告诉她,我有了病,希望她劝我休息几天。没有;她只说出去给我买药。"我们老干这个吗?"我问她。她没言语。可是从另一方面看,她确是想保护我，心疼我。她给我做饭，问我身上怎样，还常常偷看我，像妈妈看睡着了的小孩那样。只是有一层她不肯说，就是叫我不用再干这行了。我心中很明白——虽然有一点不满意她——除了干这个，还想不到第二个事情做。我们母女得吃得穿——这个决定了一切。什么母女不母女，什么体面不体面，钱是无情的。

三十八

妈妈想照应我，可是她得听着看着人家蹂躏我。我想好好对待她，可是我觉得她有时候讨厌。她什么都要管管，特别是对于钱。她的眼已失去年轻时的光泽，不过看见了钱还能发点光。对于客人，她就自居为仆人，可是当客人给少了钱的时候，她张嘴就骂。这有时候使我很为难。不错，既干这个还不是为钱吗？可是干这个的也似乎不必骂人。我有时候也会待慢人，可是我有我的办法，使客人急不得恼不得。妈妈的方法太笨了，很容易得罪人。看在钱的面上，我们不应当得罪人。我的方法或者出于我还年轻，还幼稚；妈妈便不顾一切地单单站在钱上了，她应当如此，她比我大着好些岁。恐怕再过几年我也就这样了，人老心也跟着老，渐渐老得和钱一样的硬。是的，妈妈不客气。她有时候劈手就抢客人的皮夹，有时候留下人家的帽子或值钱一点的手套与手杖。我很怕闹出事来，可是妈妈说得好："能多弄一个是一个，咱们是拿十年当作一年活着的，等七老八十还有人要咱们吗？"有时候，客人喝醉了，她便把他架出去，找个僻静地方叫他坐下，连他的鞋都拿回来。说也奇怪，这种人倒没有来找账的，想是已人事不知，说不定也许病一大场。或者事过之后，想过滋味，也就不便再来闹了，我们不怕丢人，他们怕。

三十九

妈妈是说对了：我们是拿十年当一年活着。干了二三年，我觉出自己是变了。我的皮肤粗糙了，我的嘴唇老是焦的，我的眼睛里老灰渌渌的带着血丝。我起来得很晚，还觉得精神不够。我觉出这个来，客人们更不是瞎子，熟客渐渐少起来。对于生客，我更努力地伺候，可是也更厌恶他们，有时候我管不住自己的脾气。我暴躁，我胡说，我已经不是我自己了。我的嘴不由得老胡说，似乎是惯了。这样，那些文明人已不多照顾我，因为我丢了那点"小鸟依人"——他们唯一的诗句——的身段与气味。我得和野鸡学了。我打扮得简直不像个人，这才招得动那不文明的人。我的嘴擦得像个红血瓢，我用力咬他们，他们觉得痛快。有时候我似乎已看见我的死，接进一块钱，我仿佛死了一点。钱是延长生命的，我的挣法适得其反。我看着自己死，等着自己死。这么一想，便把别的思想全止住了。不必想了，一天一天地活下去就是了，我的妈妈是我的影子，我至好不过将来变成她那样，卖了一辈子肉，剩下的只是一些白头发与抽皱的黑皮。这就是生命。

四十

我勉强地笑，勉强地疯狂，我的痛苦不是落几个泪所能减除的。

我这样的生命是没什么可惜的，可是它到底是个生命，我不愿撒手。况且我所做的并不是我自己的过错。死假如可怕，那只因为活着是可爱的。我绝不是怕死的痛苦，我的痛苦久已胜过了死。我爱活着，而不应当这样活着。我想象着一种理想的生活，像做着梦似的；这个梦一会儿就过去了，实际的生活使我更觉得难过。这个世界不是个梦，是真的地狱。妈妈看出我的难过来，她劝我嫁人。嫁人，我有了饭吃，她可以弄一笔养老金。我是她的希望。我嫁谁呢？

四十一

因为接触的男子很多了，我根本已忘了什么是爱。我爱的是我自己，及至我已爱不了自己，我爱别人干什么呢？但是打算出嫁，我得假装说我爱，说我愿意跟他一辈子。我对好几个人都这样说了，还起了誓；没人接受。在钱的管领下，人都很精明。嫖不如偷，对，偷省钱。我要是不要钱，管保人人说爱我。

四十二

正在这个期间，巡警把我抓了去。我们城里的新官儿非常地讲道德，要扫清了暗门子。正式的妓女倒还照旧做生意，因为她们纳捐；纳捐的便是名正言顺的，道德的。抓了去，他们把我放在了感化院，有人教给我做工。洗、做、烹调、编织，我都会；要是这些本事能挣饭吃，我早就不干那个苦事了。我跟他们这样讲，他们不信，他们说我没出息，没道德。他们教给我工作，还告诉我必须爱我的工作。假如我爱工作,将来必定能自食其力,或是嫁个人。他们很乐观。我可没这个信心。他们最好的成绩,是已经有十几多个女的,经过他们感化而嫁了人。到这儿来领女人的,只须花两块钱的手续费和找一个妥实的铺保就够了。这是个便宜,从男人方面看;据我想,这是个笑话。我干脆就不受这个感化。当一个大官儿来检阅我们的时候,我唾了他一脸唾沫。他们还不肯放了我,我是带危险性的东西。可是他们也不肯再感化我。我换了地方,到了狱中。

四十三

狱里是个好地方,它使人坚信人类的没有起色;在我做梦的时候都见不到这样丑恶的玩意儿。自从我一进来,我就不再想出去,在我的经验中,世界比这儿并强不了许多。我不愿死,假若从这儿出去而能有个较好的地方;事实上既不这样,死在哪儿不一样呢。在这里,在这里,我又看见了我的好朋友,月牙儿!多久没见着它了!妈妈干什么呢?我想起来一切。

断 魂 枪

老 舍

沙子龙的镖局已改成客栈。

东方的大梦没法子不醒了。炮声压下去马来与印度野林中的虎啸。半醒的人们，揉着眼，祷告着祖先与神灵；不大会儿，失去了国土、自由与主权。门外立着不同面色的人，枪口还热着。他们的长矛毒弩，花蛇斑彩的厚盾，都有什么用呢？连祖先与祖先所信的神明全不灵了啊！龙旗的中国也不再神秘，有了火车呀，穿坟过墓破坏着风水。枣红色多穗的镖旗，绿鲨皮鞘的钢刀，响着串铃的口马，江湖上的智慧与黑话，义气与声名，连沙子龙，他的武艺、事业，都梦似的变成昨夜的。今天是火车、快枪，通商与恐怖。听说，有人还要杀下皇帝的头呢！

这是走镖已没有饭吃，而国术还没被革命党与教育家提倡起来的时候。

谁不晓得沙子龙是短瘦、利落、硬棒，两眼明得像霜夜的大星？可是，现在他身上放了肉。镖局改了客栈，他自己在后小院占着三间北房，大枪立在墙角，院子里有几只楼鸽。只是在夜间，他把小院的门关好，熟习熟习他的"五虎断魂枪"。这条枪与这套枪，二十年的工夫，在西北一带，给他创出来"神枪沙子龙"五个字，没遇见过敌手。现在，这条枪与这套枪不会再替他增光显胜了；只是摸摸这凉、滑、硬而发颤的杆子，使他心中少难过一些而已。只有在夜间独自拿起枪来，才能相信自己还是"神枪沙"。在白天，他不大谈武艺与往事；他的世界已被狂风吹了走。

在他手下创练起来的少年们还时常来找他。他们大多数是没落子弟，都有点武艺，可是没地方去用。有的在庙会上去卖艺：踢两趟腿，练套家伙，翻几个跟头，附带着卖点大力丸，混个三吊两吊的。有的实在闲不起了，去弄筐果子，或挑些毛豆角，赶早儿在街上论斤吆喝出去。那时候，米贱肉贱，肯卖膀子力气本来可以混个肚儿圆；他们可是不成：肚量既大，而且得吃口管事儿的；干饽饽辣饼子咽不下去。况且他们还时常去走会：五虎棍，开路，太狮少狮……虽然算不了什么——比起走镖来——可是到底有个机会活动活动，露露脸。是的，走会捧场是买脸的事，他们打扮得像个样儿，至少得有条青洋绉裤子，新漂白细市布的小褂，和一双鱼鳞洒鞋——顶好是青缎子抓地虎靴子。他们是神枪沙子龙的徒弟——虽然沙子龙并不承认——得到处露脸，走会得赔上俩钱，说不定还得打场架。没钱，上沙老师那里去求。沙老师不含糊，多少不拘，不让他们空着手儿走。可是，为打架或献技去讨教一个招数，或是请给说个"对子"——什么空手夺刀，或虎头钩进枪——沙老师有时说句笑话，马虎过去："教什么？拿开水浇吧！"有时直接把他们赶出去。他们不大明白沙老师是怎么了，心中也有点不乐意。

可是，他们到处为沙老师吹腾，一来是愿意使人知道他们的武艺有真传授，受过高人的指教；二来是为激动沙老师：万一有人不服气而找上老师来，老师难道还不露一两手真的吗？所以，沙老师一拳就砸倒了个牛！沙老师一脚把人踢到房上去，并没使多大的劲！他们谁也没见过这种事，但是说着说着，他们相信这是真的了，有年月，有地方，千真万确，敢起誓！

王三胜——沙子龙的大伙计——在土地庙拉开了场子，摆好了家伙。抹了一鼻子茶叶末色的鼻烟，他抡了几下竹节钢鞭，把场子打大一些。放下鞭，没向四围作揖，叉着腰念了两句："脚踢天下好汉，拳打五路英雄！"向四围扫了一眼："乡亲们，王三胜不是卖艺的；玩意儿会几套，西北路上走过镖，会过绿林中的朋友。现在闲着没事，拉个场子陪诸位玩玩。有爱练的尽管下来，王三胜以武会友，有赏脸的，我陪着。神枪沙子龙是我的师傅；玩意儿地道！诸位，有愿下来的没有？"他看着，准知道没人敢下来，他的话硬，可是那条钢鞭更硬，十八斤重。

王三胜，大个子，一脸横肉，努着对大黑眼珠，看着四周。大家不出声。他脱了小褂，紧了紧深月白色的"腰里硬"，把肚子杀进去。给手心一口唾沫，抄起大刀来："诸位，王三胜先练趟瞧瞧。不白练，练完了，带着的扔几个；没钱，给喊个好，助助威。这儿没生意口。好，上眼！"

大刀靠了身，眼珠努出多高，脸上绷紧，胸脯子鼓出，像两块老桦木根子。一跺脚，刀横起，大红缨子在肩前摆动。削砍劈拨。蹲越闪转，手起风生，呼呼直响。忽然刀在右手心上旋转，身弯下去，四围鸦雀无声，只有缨铃轻叫。刀顺过来，猛的一个"跺泥",身子直挺,比众人高着一头,黑塔似的,收了势:"诸位!"一手持刀,一手叉腰,看着四围。稀稀的扔下几个铜钱,他点点头。"诸位!"他等着,等着,地上依旧是那几个亮而削薄的铜钱,外层的人偷偷散去。他咽了口气:"没人懂!"他低声地说,可是大家全听见了。

"有功夫!"西北角上一个黄胡子老头儿答了话。

"啊?"王三胜好似没听明白。

"我说,你——有——功——夫!"老头子的语气很不得人心。

放下大刀,王三胜随着大家的头往西北看。谁也没看重这个老人:小干巴个儿,披着件粗蓝布大衫,脸上窝窝瘪瘪,眼陷进去很深,嘴上几根细黄胡,肩上扛着条小黄草辫子,有筷子那么细,而绝对不像筷子那么直顺。王三胜可是看出这老家伙有功夫,脑门亮,眼睛亮——眼眶虽深,眼珠可黑得像两口小井,深深地闪着黑光。王三胜不怕:他看得出别人有功夫没有,可更相信自己的本事,他是沙子龙手下的大将。

"下来玩玩,大叔!"王三胜说得很得体。

点点头,老头儿往里走。这一走,四处全笑了。他的胳臂不大动;左脚往前迈,右脚随着拉上来,一步步地往前拉扯,身子整着,像是患过瘫痪病。蹭到场中,把大衫扔在地上,一点没理会四围怎样笑他。

"神枪沙子龙的徒弟,你说?好,让你使枪吧;我呢?"老头子非常的干脆,很像久想动手。

人们全回来了,邻场耍狗熊的无论怎么敲锣也不中用了。

"三截棍进枪吧?"王三胜要看老头子一手,三截棍不是随便就拿得起来的家伙。"

老头子又点点头，拾起家伙来。

王三胜努着眼，抖着枪，脸上十分难看。

老头子的黑眼珠更深更小了，像两个香火头，随着面前的枪尖儿转，王三胜忽然觉得不舒服，那俩黑眼珠似乎要把枪尖吸进去！四处已围得风雨不透，大家都觉出老头子确是有威。为躲那对眼睛，王三胜耍了个枪花。老头子的黄胡子一动："请！"王三胜一扣枪，向前躬步，枪尖奔了老头子的喉头去，枪缨打了一个红旋。老人的身子忽然活展了，将身微偏，让过枪尖，前把一挂，后把撩王三胜的手。啪，啪，两响，王三胜的枪撒了手。场外叫了好。王三胜连脸带胸口全紫了，抄起枪来；一个花子，连枪带人滚了过来，枪尖奔了老人的中部。老头子的眼亮得发着黑光，腿轻轻一屈，下把掩裆，上把打着刚要抽回的枪杆；啪，枪又落在地上。

场外又是一片彩声。王三胜流了汗，不再去拾枪，努着眼，木在那里。老头子扔下家伙，拾起大衫，还是拉拉着腿，可是走得很快了，大衫搭在臂上，他过来拍了王三胜一下："还得练哪，伙计！"

"别走！"王三胜擦着汗，"你不离，姓王的服了！可有一样，你敢会会沙老师?"

"就是为会他才来的！"老头子的干巴脸上皱起点来，似乎是笑呢。"走；收了吧；晚饭我请！"

王三胜把兵器拢在一处，寄放在变戏法二麻子那里，陪着老头子往庙外走。后面跟着不少人，他把他们骂散了。

"你老贵姓?"他问。

"姓孙哪,"老头子的话与人一样,都那么干巴,"爱练;久想会会沙子龙。"

沙子龙不把你打扁了!王三胜心里说。他脚底下加了劲,可是没把孙老头落下。他看出来,老头子的腿是老走着查拳门中的连跳步;交起手来,必定很快。但是,无论他怎么快,沙子龙是没对手的。准知道孙老头要吃亏,他心中痛快了些,放慢了些脚步。

"孙大叔贵处?"

"河间的,小地方。"孙老者也和气了些,"月棍年刀一辈子枪,不容易见功夫!说真的,你那两手就不坏!"

王三胜头上的汗又回来了,没言语。

"月棍年刀一辈子枪,不容易见功夫!"

到了客栈,他心中直跳,唯恐沙老师不在家,他急于报仇。他知道老师不爱管这种事,师弟们已碰过不少回钉子,可是他相信这回必定行,他是大伙计,不比那些毛孩子;再说,人家在庙会上点名叫阵,沙老师还能丢这个脸吗?

"三胜,"沙子龙正在床上看着本《封神榜》,"有事吗?"

三胜的脸又紫了,嘴唇动着,说不出话来。

沙子龙坐起来:"怎么了,三胜?"

"栽了跟头!"

只打了个不甚长的哈欠,沙老师没别的表示。

王三胜心中不平,但是不敢发作;他得激动老师:"姓孙的一个老头儿,门外等着老师呢;把我的枪,枪,打掉了两次!"他知道"枪"字在老师心中有多大分量。没等盼咐,他慌忙跑出去。

客人进来,沙子龙在外间屋等着呢。彼此拱手坐下,他叫三胜去泡茶。三胜希望两个老人立刻交了手,可是不能不沏茶去。孙老者没话讲,用深藏着的眼睛打量沙子龙。

沙子龙很客气:"要是三胜得罪了你,不用理他,年纪还轻。"

孙老者有些失望,可也看出沙子龙的精明。他不知怎样好了,不能拿一个人的精明断定他的武艺。"我来领教领教枪法!"他不由地说出来。

沙子龙没接茬儿。王三胜提着茶壶走进来——急于看二人动手,他没管水开了没有,就沏在壶中。

"三胜,"沙子龙拿起个茶碗来,"去找小顺们去,天汇见,陪孙老者吃饭。"

"什么!"王三胜的眼珠几乎掉出来。看了看沙老师的脸,他敢怒而不敢言地说了声:"是啦!"走出去,噘着大嘴。

"教徒弟不易!"孙老者说。

"我没收过徒弟。走吧,这个水不开!茶馆去喝,喝饿了就吃。"沙子龙从桌子上拿起缎子褡裢,一头装着鼻烟壶,一头装着点钱,挂在腰带上。

"不,我还不饿!"孙老者很坚决,两个"不"字把小辫从肩上抡到后边去。

"说会子话儿。"

"我来为领教领教枪法。"

"功夫早搁下了,"沙子龙指着身上,"已经放了肉!"

"这么办也行,"孙老者深深地看了沙老师一眼,"不比武,教给我那趟五虎断魂枪。"

"五虎断魂枪?"沙子龙笑了:"早忘干净了!早忘干净了!告

255

诉你，在我这儿住几天，咱们各处逛逛，临走，多少送点盘缠。"

"我不逛，也用不着钱，我来学艺！"孙老者立起来，"我练趟给你看看，看够得上学艺不够！"一屈腰已到了院中，把楼鸽都吓飞起去。拉开架子，他打了趟查拳：腿快，手飘洒，一个飞脚起去，小辫儿飘在空中，像从天上落下来一个风筝；快之中，每个架子都摆得稳、准、利落；来回六趟，把院子满都打到。走得圆，接得紧，身子在一处，而精神贯串到四面八方。抱拳收势，身儿缩紧，好似满院乱飞的燕子忽然归了巢。

"好！好！"沙子龙在台阶上点着头喊。

"教给我那趟枪！"孙老者抱了抱拳。

沙子龙下了台阶，也抱着拳："孙老者，说真的吧；那条枪和那套枪都跟我入棺材，一齐入棺材！"

"不传？"

"不传！"

孙老者的胡子嘴动了半天，没说出什么来。到屋里抄起蓝布大衫，拉拉着腿："打搅了，再会！"

"吃过饭走！"沙子龙说。

孙老者没言语。

沙子龙把客人送到小门，然后回到屋中，对着墙角立着的大枪点了点头。

他独自上了天汇，怕是王三胜们在那里等着。他们都没有去。

王三胜和小顺们都不敢再到土地庙去卖艺，大家谁也不再为沙子龙吹腾；反之，他们说沙子龙栽了跟头，不敢和个老头儿动手；那个老头子一脚能踢死个牛。不要说王三胜输给他，沙子龙也不是他的对手。不过呢,王三胜到底和老头子见了个高低,而沙子龙连句话也没敢说。"神枪沙子龙"慢慢似乎被人们忘了。

夜静人稀,沙子龙关好了小门,一气把六十四枪刺下来;而后,挂着枪,望着天上的群星,想起当年在野店荒林的威风。叹一口气,用手指慢慢摸着凉滑的枪身,又微微一笑:"不传!不传!"

超 人

冰 心

何彬是一个冷心肠的青年,从来没有人看见他和人有什么来往。他住的那一座大楼上,同居的人很多,他却都不理人家,也不和人家在一间食堂里吃饭,偶然出入遇见了,轻易也不招呼。邮差来的时候,许多青年欢喜跳跃着去接他们的信,何彬却永远得不着一封信。他除了每天在局里办事,和同事们说几句公事上的话,以及房东程姥姥替他端饭的时候,也说几句照例的应酬话,此外就不开口了。

他不但是和人没有交际,凡带一点生气的东西,他都不爱;屋里连一朵花,一根草,都没有,冷阴阴的如同山洞一般。书架上却堆满了书。他从局里低头独步地回来,关上门,摘下帽子,便坐在书桌旁边,随手拿起一本书来,无意识地看着,偶然觉得疲倦了,也站起来在屋里走了几转,或是拉开帘幕望了一望,但不多一会儿,便又闭上了。

程姥姥总算是他另眼看待的一个人;她端进饭去,有时便站在一边,絮絮叨叨地和他说话,也问他为何这样孤零。她问上几十句,何彬偶然答应几句说:"世界是虚空的,人生是无意识的。人和人,和宇宙,和万物的聚合,都不过如同演剧一般:上了台是父子母女,亲密得了不得;下了台,摘下假面具,便各自散了。哭一场也是这么一回事,笑一场也是这么一回事,与其互相牵连,不如互相遗弃;而且尼采说得好,'爱和怜悯都是恶'……"程姥姥听着虽然不很明白,却也懂得一半,便笑道:"要这样,活在世上有什么意思?死了,灭了,岂不更好,何必穿衣吃饭?"他微笑道:"这样,岂不又太把自己和世界都看重了。不如行云流水似的,随他去就完了。"程姥姥还要往下说话,看见何彬面色冷然,低着头只管吃饭,也便不敢言语。

这一夜他忽然醒了。听得对面楼下凄惨的呻吟着,这痛苦的声音,断断续续的,在这沉寂的黑夜里只管颤动。他虽然毫不动心,却也搅得他一夜睡不着。月光如水,从窗纱外泻将进来,他想起了许多幼年的事情——慈爱的母亲,天上的繁星,院子里的花……他的脑子累极了,极力的想摈绝这些思想,无奈这些事只管奔凑了来,直到天明,才微微的合一合眼。

他听了三夜的呻吟,看了三夜的月,想了三夜的往事——眠食都失了次序,眼圈儿也黑了,脸色也惨白了。偶然照了照镜子,自己也微微地吃了一惊,他每天还是机械似的做他的事——然而在他空洞洞的脑子里,凭空添了一个深夜的病人。

第七天早起,他忽然问程姥姥对面楼下的病人是谁。程姥姥一面惊讶着,一面说:"那是厨房里跑街的孩子禄儿,那天上街去了,不知道为什么把腿摔坏了,自己买块膏药贴上了,还是不好,每夜呻吟的就是他。这孩子真可怜，今年才十二岁呢，素日他勤勤恳恳极疼人的……"何彬自己只管穿衣戴帽，好像没有听见似的，自己走到门边。程姥姥也住了口，端起碗来，刚要出门，何彬慢慢地从袋里拿出一张钞票来，递给程姥姥说："给那禄儿吧，叫他请大夫治一治。"说完了，头也不回，径自走了。——程姥姥一看那巨大的数目，不禁愕然，何先生也会动起慈悲念头来，这是破天荒的事情啊！她端着碗，站在门口，只管出神。

呻吟的声音，渐渐地轻了，月儿也渐渐地缺了。何彬还是朦朦胧胧的——慈爱的母亲，天上的繁星，院子里的花……他的脑子累极了，竭力地想摈绝这些思想，无奈这些事只管奔凑了来。

过了几天，呻吟的声音住了，夜色依旧沉寂着，何彬依旧"至人无梦"地睡着。前几夜的思想，不过如同晓月的微光，照在冰山的峰尖上，一会儿就过去了。

程姥姥带着禄儿几次来叩他的门，要跟他道谢；他好像忘记了似的，冷冷地抬起头来看了一看，又摇了摇头，仍去看他的书。禄儿仰着黑胖的脸，在门外张着，几乎要哭了出来。

这一天晚饭的时候，何彬告诉程姥姥说他要调到别的局里去了，后天早晨便要起身，请她将房租饭钱，都清算一下。

程姥姥觉得很失意，这样清净的住客，是少有的，然而究竟留他不得，便连忙和他道喜。他略略地点一点头，便回身去收拾他的书籍。

他觉得很疲倦，一会儿便睡下了。——忽然听得自己的门钮动了几下，接着又听见似乎有人用手推的样子。他不言不动，只静静地卧着，一会儿也便渺无声息。

第二天他自己又关着门忙了一天,程姥姥要帮助他,他也不肯,只说有事的时候再烦她。程姥姥下楼之后,他忽然想起一件事来,绳子忘了买了。慢慢地开了门,只见人影儿一闪,再看时,禄儿在对面门后藏着呢。他踌躇着四围看了一看,一个仆人都没有,便唤:"禄儿,你替我买几根绳子来。"

禄儿趑趄的走过来,欢天喜地的接了钱,如飞走下楼去。

不一会儿,禄儿跑得通红的脸,喘息着走上来,一只手拿着绳子,一只手背在身后,微微露着一两点金黄色的星儿。

他递过了绳子,仰着头似乎要说话,那只手也渐渐地回过来。

何彬却不理会,拿着绳子自己走进去了。

他忙着都收拾好了,握着手周围看了看,屋子空洞洞的——睡下的时候,他觉得热极了,便又起来,将窗户和门,都开了一缝,凉风来回的吹着。

依旧热得很。脑筋似乎很杂乱,屋子似乎太空沉。——累了两天了,起居上自然有些反常。但是为何又想起深夜的病人。——慈爱的……不想了,烦闷得很!

微微的风,吹扬着他额前的短发,吹干了他头上的汗珠,也渐渐地将他扇进梦里去。

四面的白壁,一天的微光,屋角几堆的黑影。时间一分一分地过去了。

慈爱的母亲,满天的繁星,院子里的花。不想了——烦闷……闷……

黑影漫上屋顶去,什么都看不见了,时间一分一分地过去了。

风大了,那壁厢放起光明。繁星历乱地飞舞进来。星光中间,缓缓地走进一个白衣的妇女,右手撩着裙子,左手按着额前。走近了,清香随将过来;渐渐地俯下身来看着,静穆不动的看着——目光里充满了爱。

神经一时都麻木了!起来吧,不能,这是摇篮里,呀!母亲——慈爱的母亲。

母亲啊!我要起来坐在你的怀里,你抱我起来坐在你的怀里。

母亲啊!我们只是互相牵连,永远不互相遗弃。

渐渐地向后退了,目光仍旧充满了爱。模糊了,星落如雨,横飞着都聚到屋角的黑影上。

"母亲啊,别走,别走!……"

十几年来隐藏起来的爱的神情,又呈露在何彬的脸上;十几年来不见点滴的泪儿,也珍珠般散落了下来。

清香还在,白衣的人儿还在。微微地睁开眼,四面的白壁,一天的微光,屋角的几堆黑影上,送过清香来。——刚动了一动,忽然觉得有一个小人儿,蹑手蹑脚的走了出去,临到门口,还回过小脸儿来,望了一望。他是深夜的病人——是禄儿。

何彬竭力地坐起来。那边捆好了的书籍上面,放着一篮金黄色的花儿。他穿着单衣走了过去,花篮底下还压着一张纸,上面大字纵横,借着微光看时,上面是:

  我也不知道怎样可以报先生的恩德。我在先生门口看了几次,桌子上都没有摆着花儿。——这里有的是卖花的,不知道先生看见过没有?——这篮子里的花,我也不知道是什么名字,是我自己种的,倒是香得很,我最爱它。

我想先生也必是爱它。我早就要送给先生了，但是总没有机会。昨天听见先生要走了，所以赶紧送来。

我想先生一定是不要的。然而我有一个母亲，她因为爱我的缘故，也很感激先生。先生有母亲吗？她一定是爱先生的。这样我的母亲和先生的母亲是好朋友了。所以先生必要收母亲的朋友的儿子的东西。

禄儿叩上

何彬看完了，捧着花儿，回到床前，什么定力都尽了，不禁呜呜咽咽地痛哭起来。

清香还在，母亲走了！窗内窗外，互相辉映的，只有月光，星光，泪光。

早晨程姥姥进来的时候，只见何彬都穿着好了，帽儿戴得很低，背着脸站在窗前。程姥姥赔笑着问他用不用点心，他摇了摇头。——车也来了，箱子也都搬下去了，何彬泪痕满面，静默无声地谢了谢程姥姥，提着一篮的花儿，遂从此上车走了。

禄儿站在程姥姥的旁边，两个人的脸上，都堆着惊讶的颜色。看着车尘远了，程姥姥才回头对禄儿说："你去把那间空屋子收拾收拾，再锁上门吧，钥匙在门上呢。"

屋里空洞洞的，床上却放着一张纸，写着：

小朋友禄儿：

我先要深深地向你谢罪，我的恩德，就是我的罪恶。

你说你要报答我,我还不知道我应当怎样的报答你呢!

你深夜的呻吟,使我想起了许多的往事。头一件就是我的母亲,她的爱可以使我止水似的感情,重要荡漾起来。我这十几年来,错认了世界是虚空的,人生是无意识的,爱和怜悯都是恶德。我给你那医药费,里面不含着丝毫的爱和怜悯,不过是拒绝你的呻吟,拒绝我的母亲,拒绝了宇宙和人生,拒绝了爱和怜悯。上帝啊!这是什么念头啊!

我再深深地感谢你从天真里指示我的那几句话。小朋友啊!不错的,世界上的母亲和母亲都是好朋友,世界上的儿子和儿子也都是好朋友,都是互相牵连,不是互相遗弃的。

你送给我那一篮花之先,我母亲已经先来了。她带了你的爱来感动我。我必不忘记你的花和你的爱,也请你不要忘了,你的花和你的爱,是借着你朋友的母亲带了来的!

我是冒罪丛过的,我是空无所有的,更没有东西配送给你。——然而这时伴着我的,却有悔罪的泪光,半弦的月光,灿烂的星光。宇宙间只有它们是纯洁无疵的。

我要用一缕柔丝,将泪珠儿穿起,系在弦月的两端,摘下满天的星儿来盛在弦月的圆凹里,不也是一篮金黄色的花儿吗?它的香气,就是悔罪的人呼吁的言辞,请你收了吧。只有这一篮花配送给你!

天已明了，我要走了。没有别的话说了，我只感谢你，小朋友，再见！再见！世界上的儿子和儿子都是好朋友，我们永远是牵连着啊！

　　何彬草

　　用不着都慌得，因为你懂得的，比我多得多了！又及。

"他送给我的那一篮花儿呢？"禄儿仰着黑胖的脸儿，呆呆地望着天上。

斯人独憔悴

冰 心

一个黄昏,一片极目无际茸茸的青草,映着半天的晚霞,恰如一幅图画。忽然一缕黑烟,津浦路的晚车,从地平线边蜿蜒而来。

头等车上,凭窗立着一个少年。年纪约有十七八岁,学生打扮,眉目很英秀,只是神色非常的沉寂,似乎有重大的忧虑,压在眉端。他注目望着这一片平原,却不像是看玩景色,一会儿微微地叹口气,猛然将手中拿着的一张印刷品,撕得粉碎,扬在窗外,口中微吟道:"安邦治国平天下,自有周公孔圣人。"

站在背后的刘贵,轻轻地说道:"二少爷,窗口风大,不要尽着站在那里!"他回头一看,便坐了下去,脸上仍显着极其无聊。刘贵递过一张报纸来,他摇一摇头,却仍旧站起来,凭在窗口。

天色渐渐地暗了下来,火车渐渐地走近天津,这二少爷的颜色,也渐渐地沉寂。车到了站,刘贵跟着下了车,走出站外,便有一辆汽车,等着他们。呜呜的响声,又送他们到家了。

家门口停着四五辆汽车,门楣上的电灯,照耀得明如白昼。两个兵丁，倚着枪站在灯下，看见二少爷来了，赶紧立正。他略一点头，一直走了进去。

客厅里边有打牌说笑的声音，五六个仆役，出来进去的伺候着。二少爷从门外经过的时候，他们都笑着请了安，他却皱着眉，摇一摇头，不叫他们声响，悄悄地走进里院去。

他姊姊颖贞，正在自己屋里灯下看书。东厢房里，也有妇女们打牌喧笑的声音。他走进颖贞屋里，颖贞听见帘子响，回过头来，一看，连忙站起来，说："颖石，你回来了，颖铭呢？"颖石说："铭哥被我们学校的干事部留下了，因为他是个重要的人物。"颖贞皱眉道："你见过父亲没有？"颖石道："没有，父亲打着牌，我没敢惊动。"颖贞似乎要说什么，看着她弟弟的脸，却又咽住。

这时化卿先生从外面进来，叫道："颖贞，他们回来了吗？"颖贞连忙应道："石弟回来了，在屋里呢。"一面把颖石推出去。颖石慌忙走出廊外，迎着父亲，请了一个木强不灵的安。化卿看了颖石一眼，问："你哥哥呢？"颖石吞吞吐吐地答应道："铭哥病了，不能回来，在医院里住着呢。"化卿咄的一声道："胡说！你们在南京做了什么代表了，难道我不晓得！"

颖石也不敢作声，跟着父亲进来。化卿一面坐下，一面从怀里掏出一封信来，掷给颖石道："你自己看吧！"颖石两手颤动着，拿起信来。原来是他校长给他父亲的信，说他们两个都在学生会里，做什么代表和干事，恐怕他们是年幼无知，受人胁诱；请他父亲叫他们回来，免得将来惩戒的时候，玉石俱焚，有碍情面，等等的话。颖石看完了，低着头也不言语。化卿冷笑说："还有什么可辩的么？"颖石道："这是校长他自己误会，其实没有什么大不了的事情。就是因为近来青岛的问题,很是紧急,国民却仍然沉睡不醒。我们很觉得悲痛,便出去给他们演讲,并劝人购买国货,盼望他们一齐醒悟过来,鼓起民气,可以做政府的后援。这并不是作奸犯科……"化卿道:"你瞒得过我,却瞒不过校长,他同我是老朋友,并且你们去的时候,我还托他照应,他自然得告诉我的。我只恨你们不学好,离了我的眼,便将我所嘱咐的话,忘在九霄云外,和那些血气之徒,连在一起,便想犯上作乱,我真不愿意有这样伟人英雄的儿子!"颖石听着,急得脸都红了,眼泪在眼圈里乱转,过一会子说:"父亲不要误会!我们的同学,也不是血气之徒,不过国家危险的时候,我们都是国民一分子,自然都有一分热肠。并且这爱国运动,绝对没有一点暴乱的行为,极其光明正大;中外人士,都很赞美的。至于说我们要做英雄伟人,这也不是一件容易的事!现在学生们,在外面运动的多着呢,他们的才干,胜过我们百倍,就是有伟人英雄的头衔,也轮不到……"这时颖石脸上火热,眼泪也干了,目光奕奕的一直说下去。颖贞看见她兄弟热血喷薄,改了常态,话语渐渐地激烈起来,恐怕要惹父亲的盛怒,十分的担心着急,便对他使个眼色……

忽然一声桌子响,茶杯花瓶都摔在地下,跌得粉碎。化卿先生脸都气黄了,站了起来,喝道:"好!好!率性和我辩驳起来了!这样小小的年纪,便眼里没有父亲了,这还了得!"颖贞惊呆了。颖石退到屋角,手足都吓得冰冷。厢房里的姨娘们,听见化卿声色俱厉,都搁下牌,站在廊外,悄悄地听着。

化卿道:"你们是国民一分子,难道政府里面,都是外国人?若没有学生出来爱国,恐怕中国早就灭亡了!照此说来,亏得我有你们两个爱国的儿子,否则我竟是民国的罪人了!"

颖贞看父亲气到这个地步,慢慢地走过来,想解劝一两句。化卿又说道:"要论到青岛的事情,日本从德国手里夺过的时候,我们中国还是中立国的地位,论理应该归与他们。况且他们还说和我们共同管理,总算是仁至义尽的了!现在我们政府里一切的用款,哪一项不是和他们借来的?像这样缓急相通的朋友,难道便可以随随便便地得罪了?眼看着这交情便要被你们闹糟了,日本兵来的时候,横竖你们也只是后退,仍是政府去承当。你这会儿也不言语了,你自己想一想,你们做的事合理不合理?是不是以怨报德?是不是不顾大局?"颖石低着头,眼泪又滚了下来。

化卿便一迭连声叫刘贵,刘贵慌忙答应着,垂着手站在帘外。化卿骂道:"无用的东西!我叫你去接他们,为何只接回一个来?难道他的话可听,我的话不可听么?"刘贵也不敢答应。化卿又说:"明天早车你再走一遭,你告诉大少爷说要是再不回来,就永远不必回家了。"刘贵应了几声"是",慢慢地退了出去。

四姨娘走了进来,笑着说:"二少爷年纪小,老爷也不必和他生气了,外头还有客坐着呢。"一面又问颖石说,"少爷穿得这样单薄,不觉得冷么?"化卿便上下打量了颖石一番,冷笑说:"率性连白鞋白帽,都穿戴起来,这便是'无父无君'的证据了!"一个仆人进来说:"王老爷要回去了。"化卿方站起走出,姨娘们也慢慢地自去打牌,屋里又只剩姊弟二人。

颖贞叹了一口气,叫:"张妈,将地下打扫了,再吩咐厨房开一桌饭来,二少爷还没有吃饭呢。"张妈在外面答应着。颖石摇手说:"不用了。"一面说,"哥哥真个在医院里,这一两天恐怕还不能回来。"颖贞道:"你刚才不是说被干事部留下么?"颖石说:"这不过是一半的缘由,上礼拜六他们那一队出去演讲,被军队围住,一定不叫开讲。哥哥上去和他们讲理,说得慷慨激昂。听的人愈聚愈多,都大呼拍手。那排长恼羞成怒,拿着枪头的刺刀,向哥哥的手臂上扎了一下,当下……哥哥……便昏倒了。那时……"颖石说到这里,已经哭得哽咽难言。颖贞也哭了,便说:"唉,是真……"颖石哭着应道:"可不是真的么?"

明天一清早,刘贵就到里院问道:"张姐,你问问大小姐有什么话吩咐没有。我要走了。"张妈进去回了,颖贞隔着玻璃窗说:"你告诉大少爷,千万快快地回来,也千万不要穿白帆布鞋子,省得老爷又要动气。"

两天以后,颖铭也回来了,穿着白官纱衫,青纱马褂,脚底下是白袜子,青缎鞋,戴着一顶小帽,更显得面色惨白。进院的时候,姊姊和弟弟,都坐在廊子上,逗小狗儿玩。颖石看见哥哥这样打扮着回来,不禁好笑,又觉得十分伤心,含着眼泪,站起来点一点头。颖铭反微微地惨笑。姊姊也没说什么,只往东厢房努一努嘴。颖铭会意,便伸了一伸舌头,笑了一笑,恭恭敬敬地进去。

化卿正卧在床上吞云吐雾,四姨娘坐在一旁,陪着说话。颖铭进去了,化卿连正眼也不看,仍旧不住地抽烟。颖铭不敢言语,只垂手站在一旁,等到化卿慢慢地坐起来,方才过去请了安。化卿道:"你也肯回来了吗?我以为你是'国而忘家'的了!"颖铭红了脸道:"孩儿实在是病着,不然……"化卿冷笑了几声,方要说话。四姨娘正在那里烧烟,看见化卿颜色又变了,便连忙坐起来,说:"得了!前两天就为着什么'青岛''白岛'的事,和二少爷生气,把小姐屋里的东西都摔了,自己还气得头痛两天,今天才好了,又来找事。他两个都已经回来了,就算了,何必又生这多余的气?"一面又回头对颖铭说,"大少爷,你先出去歇歇吧,我已经吩咐厨房里,替你预备下饭了。"化卿听了四姨娘一篇的话,便也不再说什么,就从四姨娘手里,接过烟枪来,一面卧下。颖铭看见他父亲的怒气,已经被四姨娘压了下去,便悄悄地退了出来,径到颖贞屋里。

颖贞问道:"铭弟,你的伤好了么?"颖铭望了一望窗外,便卷起袖子来,臂上的绷带裹得很厚,也隐隐地现出血迹。颖贞满心地不忍,便道:"快放下来罢!省得招了风要肿起来。"颖石问:"哥哥,现在还痛不痛?"颖铭一面放下袖子,一面笑道:"我要是怕痛,当初也不肯出去了!"颖贞问道:"现在你们干事部里的情形怎么样?你的缺有人替了么?"颖铭道:"刘贵来了,告诉我父亲和石弟生气的光景,以及父亲和你吩咐我的话,我哪里还敢逗留,赶紧收拾了回来。他们原是再三的不肯,我只得将家里的情形告诉了,他们也只得放我走。至于他们进行的手续,也都和别的学校大同小异的。"颖石道:"你还算侥幸,只可怜我当了先锋,冒冒失失地正碰在气头上。那天晚上的光景,真是……从我有生以来,也没有挨过这样的骂!唉,处在这样黑暗的家庭,还有什么可说的,中国空生了我这个人了。"说着便滴下泪来。颖贞道:"都是你们校长给送了信,否则也不至于被父亲知道。其实我在学校里,也办了不少的事。不过在父亲面前,总是附和他的意见,父亲便拿我当作好人,因此也不拦阻我去上学。"说到此处,颖铭不禁好笑。

颖铭的行李到了,化卿便亲自出来逐样的翻检,看见书籍堆里有好几束的印刷品,并各种的杂志;化卿略一过目,便都撕了,登时满院里纸花乱飞。颖铭颖石在窗内看见,也不敢出来,只急得悄悄地跺脚,低声对颖贞说:"姊姊!你出去救一救罢!"颖贞便出来,对化卿赔笑说:"不用父亲费力了,等我来检看罢。天都黑了,你老人家眼花,回头把讲义也撕了,岂不可惜。"一面便弯腰去检点,化卿才慢慢地走开。

他们弟兄二人,仍旧住在当初的小院里,度那百无聊赖的光阴。书房里虽然也垒着满满的书,却都是制艺、策论和古文、唐诗等等。所看的报纸,也只有《公言报》一种,连消遣的材料都没有了。至于学校里朋友的交际和通信,是一律在禁止之列。颖石生性本来是活泼的,加以这些日子,在学校内很是自由,忽然关在家内,便觉得非常的不惯,背地里唉声叹气。闷来便拿起笔乱写些白话文章,写完又不敢留着,便又自己撕了,撕了又写,天天这样。颖铭是一个沉默的人,也不显出失意的样子,每天临几张字帖,读几遍唐诗,自己在小院子里,浇花种竹,索性连外面的事情,不闻不问起来。有时他们也和几个姨娘一处打牌,但是他们所最以为快乐的事情,便是和姊姊颖贞,三人在一块儿,谈话解闷。

化卿的气,也渐渐地平了,看见他们三人,这些日子,倒是很循规蹈矩的,心中便也喜欢;无形中便把限制的条件,松了一点。

有一天,颖铭替父亲去应酬一个饭局,回来便悄悄地对颖贞说:"姊姊,今天我在道上,遇见我们学校干事部里的几个同学,都骑着自行车,带着几卷的印刷品,在街上走。我奇怪他们为何都来到天津,想是请愿团中也有他们,当下也不及打个招呼,汽车便走过去了。"颖石听了便说:"他们为什么不来这里,告诉我们一点学校里的消息？想是以为我们现在不热心了，便不理我们了，唉，真是委屈！"说着觉得十分激切。颖贞微笑道："这事我却不赞成。"颖石便问道："为什么不赞成？"颖贞道："外交内政的问题，先不必说。看他们请愿的条件，哪一条是办得到的？就是都办得到，政府也决然不肯应许，恐怕启学生干政之渐。这样日久天长的做下去，不过多住几回警察厅，并且两方面都用柔软的办法，回数多了，也都觉得无意思，不但没有结果，也不能下台。我劝你们秋季上学以后，还是做一点切实的事情。颖铭，你看怎样？"颖铭点一点头，也不说什么。颖石本来没有成见，便也赞成兄姊的意思。

一个礼拜以后，南京学堂来了一封公函，报告开学的日期。弟兄二人，都喜欢得吃不下饭去，都催着颖贞去和父亲要了学费，便好动身。颖贞去说时，化卿却道："不必去了，现在这风潮还没有平息，将来还要捣乱。我已经把他两个人都补了办事员，先做几年事，定一定性子。求学一节，日后再议罢！"颖贞呆了一呆，便说："他们的学问和阅历，都还不够办事的资格，倘若……"化卿摇头道："不要紧的，哪里便用得着他们去办事？就是办事上有一差二错，有我在还怕什么！"颖贞知道难以进言，坐了一会，便出来了。

走到院子里，心中很是游移不决，恐怕他们听见了，一定要难受。正要转身进来，只见刘贵在院门口，探了一探头，便走近前说："大少爷说，叫我看小姐出来了，便请过那院去。"颖贞只得过来。颖石迎着姊姊，伸手道："钞票呢？"颖贞微微地笑了一笑，一面走进屋里坐下，慢慢的一五一十都告诉了。兄弟二人听完了，都半天说不出话来，过了一会，颖石忍不住哭倒在床上道："难道我们连求学的希望都绝了么?"颖铭眼圈也红了,便站起来,在屋里走了几转,仍旧坐下。颖贞也想不出什么安慰的话来,坐了半天,便默默地出来,心中非常难过,只得自己在屋里弹琴散闷。等到黄昏,还不见他们出来,便悄悄地走到他们院里,从窗外往里看时,颖石蒙着头,在床上躺着,想是睡着了。颖铭斜倚在一张藤椅上,手里拿着一本唐诗"心不在焉"的只管往下吟哦。到了"出门搔白首,若负平生志,冠盖满京华,斯人独憔悴……"似乎有了感触,便来回地念了几遍。颖贞便不进去,自己又悄悄地回来,走到小院的门口,还听见颖铭低回欲绝地吟道:"……满京华,斯人独憔悴!"

柚 子

王鲁彦

秋天，是萧瑟的秋天，枪声恩惠地离耳后的第三天，战云怜悯地跨过岳麓山后的第三天。

我忧郁地坐在楼上。

无聊的人，偏偏走入了无聊的长沙！

你们要恶作剧，你们尽去作罢，你们的头生在你们的颈上，割了去不会痛到我的颈上来。你们喜欢用子弹充饥，你们就尽量去容纳罢，于我是没有关系的。

于我有关系的只有那岳麓山，好玩的岳麓山。只要将岳麓山留给我玩，即使你们将长沙烧得精光，将湘水染成了血色——换一句话说，就是你们统统打死了，于我也没有关系。

我没有能力可以阻止你们恶作剧，我也不屑阻止你们这种卑贱的恶作剧，从自由论点出发，我还应该听你们自由的去恶作剧哩。

然而不，我须表示反对，反对你们的恶作剧。这原因，不是为着杀人，因为你们还没有杀掉我，是为着你们占据了我要去玩的岳麓山，我所爱的岳麓山。

呵，我的岳麓山，相思的我的岳麓山呀！

自然，命运注定着，不论哪家得胜，我总有在岳麓山巅高歌的一天，然而对于我两个朋友匆匆而来，匆匆而去的事，我总不能忘记你们的赐予。

他们是同我一样的第一次到你们贵处来，差不多和我同时踏入你们热气腾腾的辉煌的邦国。然而你们给他们的赐予是什么呢？是战栗和失色！可怜的两位朋友，他们平生听不见枪炮声，于是特地似的跑到长沙来，饱尝了一月，整整的一月的恐怖和忧愁。

他们一样的思慕着岳麓山，但是可怜的人，战云才过岳麓山，就匆匆地离开了长沙，怕那西风又将战云吹过来。咳咳，可怜的朋友，他们不知道岳麓山从此就要属于我们，却匆匆地走了。

从很远很远的地方来到长沙，连脚尖触一触岳麓山脚下的土的机会也没有，这是何等的不幸啊！

…………

我独自的坐在楼上，忧郁咬着我的心了。我连忙下了楼，找着T君说："酒，酒！"拖着他就走。

未出大门就急急地跑进来了一个孩子，叫着说："看杀人去呵！看杀人去呵！"

杀人？现在还有杀人的事情？"在哪里？在哪里？"我们急急地问。

"浏阳门外！"

呵，呵，测阳门外！我们住在浏阳门正街！浏阳门内！这样的糊涂，住在门内的人竟不知道门外还有一个杀人场——刑场！假使有一天无意中闯入了刑场，擦的一声，头飞了去又怎样呢？——不错，不错，这是很痛快的，这是很幸福的，这绝对没有像自杀时那样难受，又想死，又怕死！这只是一阵发痒的风，吹过颈上，于是，于是就进了幸福的天堂了！

一阵"大——帝"的号声送入我们的耳内，我们知道那就是死之庆祝了。于是我们风也似的追了去，叫着说："看杀人呀！看杀人呀！"

街上的人都蜂拥着，跑的跑，叫的叫，我们挽着手臂，冲了过去，仿佛T君撞倒了一个人，我在别人的脚上踏了一脚。但这有什么要紧呢？为要扩一扩眼界——不过扩一扩眼界罢了——看一看过去不曾碰到过，未来或许难以碰到的奇事，撞到一二个人有什么要紧呢？况且，人家的头要被割掉，你们跌了一跤又算什么！托尔斯泰先生说过："自由之代价者，血与泪也。"那么，我们为要得到在这许多人马中行走的自由，自然也只好请你们出一点血与泪的代价了。

牵牵扯扯地挽着臂跑，毕竟不行，要去看一看这空前的西洋景——不，这是东洋景，不得不讲个人主义，我便撇了T君拼着腿跑去。

浏阳门外的城基很高，上面已站满了人，跑上去一看，才知道刑场并不在这里，那一伙"大——帝"着的兵士被一大堆人簇拥着在远远的汽车路上走。

"呵，呵！看杀人，看杀人呀！"许多人嘈杂地嚷着，飞跑着。

这些人，平常都是很庄严的，我从没有看见他们这样扰嚷过。三天前，河干的枪炮声如雷一般的响，如雨一般的密，街上堆着沙袋，袋上袋旁站着刺刀鲜明的负枪的兵，有时故意将枪指一指行人，得得的扳一扳枪机，他们却仍很镇静，保持着庄严的态度，踱方步似的走了过去。偶然，有一个胆怯的人慌头慌脑地走过，大家就露出一种轻笑。平常我和T君跳着嚷着在街上走，他们都发着酸笑，他们的眼珠上露着两个字：疯子！现在，现在可是也轮到你们了，先生们！——不，我错了，跳着嚷着的不过是一般青年人和小孩们罢了，先生们确实还保持着人类的庄严呢！

我和T君跟着许多人走直径，从菜田中穿到汽车路上。从人丛中，我先看见了鲜明的刺刀，继而灰色的帽，灰色的服装。追上这排兵，看见了着黄帽黄衣，挂着指挥刀，系着红布的军官们。

"是一个秃头！是一个强壮的人！"T君伸长着头颈，一面望着，一面这样叫着说。

"在哪里？在哪里？"我跑着往前看，只是看不见。

"那高高的，大概坐在马上，或者有人挟着走吧，你看，赤着背，背上插着旗！——呵，雄起起的！……"

"唔，唔，秃头，一个大好的头颅！"我依稀地从近视镜中望见了一点。

"二十年后又是一个好汉！"

忽然，在我们前后面跑的人都向左边五六尺高的墓地跳了上去，我知道到了。

"这很好，杀了头就葬下，看了杀，就躺下！来罢，来罢，朋友，到坟墓里去！"我一面叫着T君，一面就往上跳。

"咦，咦，等我一等，不要背着我杀，不要辜负了我来看的盛意，不要扫我的兴！"我焦急地暗祷着，因为只是跳不上那五六尺高的地方。

"快来,快来!"T君已跳上,一面叫着,一面却跑着走了。

"咳,咳,为了天下的第一件奇事,就爬罢,就如狗一样的爬吧!"我没法,便决计爬了。毕竟,做了狗便什么事情都容易,这五六尺高并不须怎样地用力,便爬上了。

大家都已一堆一堆的在坟尖上站住,我就跑到T君旁边,拖着他的臂站下,说:"要杀头了!要杀头了!"

"要杀头了!要杀头了!"T君和着说。

我的眼用力地睁着,光芒在四面游荡,寻找着那秃头。

果然,那秃头来了!赤着背,反绑着手,手上插着一面旗。一阵微风,旗儿"轻柔而美丽地"飘扬着。

一柄鲜明的大刀,在他的后面闪烁着。

"他哭吗?他忧愁吗?"我问T君说。

"没有——还忧愁什么?"丁君看了我一眼。

"壮哉!"

只见——只见那秃头突然跪下,一个人拔去了他的旗子,刀光一闪,说时迟,那时快,只听见"好!"的一声,秃头像皮球似的从颈上跳了起来,落在前面四五尺远的草地上,鲜红的血从空颈上喷射出来,有二三尺高,身体就突地往前扑倒了。

"呵,咳!呵,咳!……"我和T君战栗的互抱着,仿佛我们的颈项上少了一件东西。

"不,不要这样的胆怯,索性再看得仔细一点!"T君拖着我,要向那人群围着的地方去。

"算了罢,算了罢。"我钉住了脚。

于是T君独自地跑去了。

"不错，不错，不要失了这千载难逢的机会！"我念头一转，也跑了过去。

人们围着紧紧的，我不敢去挤，只伸长了脖子，踮着脚，望了下去；有一双青白的脚，穿着白的布袜，黑的布鞋，并挺在地上，大腿上露着一角蓝色的布裤。

"走，走！"有人恐怖地喝着，我吓了一跳，拔起脚就跑。

回过头去一看，见别人仍静静地站在那里，我才又转了回去，暗暗埋怨着自己说："这样的胆怯！"

这时一个久为风雨所侵染的如棺材似的东西，正向尸身上罩了下去，于是大家便都嚷着"去，去"，走了。

"呵，咳！呵，咳！"我和T君互抱着，离开了那里，仿佛颈项上少了一件东西。

有一只手，红的手，拿着一团红的绳子，在我们的眼前摇过。

重担落在我们的心上，我们的脚拖不动了，我们怕在坟墓里，也怕离开坟墓，只是徐缓地摇着软弱的腿。

"这人的本领真好，只是一刀！"有一个人站在坟尖上和一个年轻的人谈论着。

"的确，的确，这人的本领真好，这样的一刀痛快得很，不要一分钟，不要一秒钟，不许你迟疑，不许你反悔，比忸忸怩怩的自杀好得多了。这样的死法是何等的痛快，是何等的幸福呀！"我对T君说。

"而且光荣呢，有许多人送终！"T君看了我一眼说。

"不错，我们从此可以骄傲了，我们的眼睛竟有看这样光荣而幸福的事情的福气!"我说。

"然而也是我们眼睛的耻辱哩!"T君说,拖着我走到汽车路上。

路的那一边有几间屋子,屋外围着许多人,我们走近去一看:前面有一块牌,牌上贴着一张大纸,上面横书着"罪状"二字,底下数行小字:

查犯人王……向……今又当军事紧急……冒充军人,入县署强索款项……斩却示众!……

"呵,他还与我同姓呢,T君!"我说。

"而且还和你一样的强壮哩!"T君的眼光箭似的射在我的眼上。

我摸一摸自己的头,骄傲地说:"我的头还在我的颈项上呢!小心你自己的罢!"

T君也摸了一摸,骄傲地摇了一摇头。

"仿佛记得许多书上说,从前杀头须等圣旨,现在县知事要杀人就杀人,大概是根据自由论罢。这真是革命以后的进步!"我挽着T君的臂,缓缓地走着,说。

"从前杀头要等到午时三刻,还要让犯人的亲戚来祭别,现在这些繁文都省免了,真是直截了当!"T君说。

"真真感激湖南人,到湖南才一月,就给我们看见了这样稀奇的一幕,在故乡,连听一听关于杀头的新闻也没有福气!"

"这就是革命发源地的特别文化!——哦,太阳看见这文化也羞怯了,你看!"T君用手指着天空。

西南角的惨淡的云中,羞怯地躲藏着太阳。

"看见这样灿烂的湖南，谁敢不肃静回避！"

"呵，咳，怎么呢？我走不动了！"T君靠着我站住了。

"是不是你的脚和他的一样青白了？"我说。

"唔，唔……"T君又勉强地走了。

"你们从什么地方来？"一个湖南有名的音乐家在浏阳门外碰到我们。

"看东洋景——不，湖南景，杀人！"我们回答说。

"难过吗？"

"哦，哦……"

"回去做一个歌来，填上谱子，唱！"他笑着说，走了过去。

"艺术家的残忍！"T君说。

"这不算什么，"我说，"我回去还要做一篇小说公之于世呢！"

"这什么价钱？"路上摆着一担柚子，我拿起一个问卖柚子的说。

"四个铜子。"

"真便宜！湖南的柚子真多，而且也真好吃！买一二个罢？"我向T君说。

的确，柚子的味道真好，又酸又甜，价钱又便宜。我和T君都喜欢吃酸的东西；今年因为怕兵摘，所以种柚子的人家在未熟时就都摘来出卖了。这未成熟的柚子酸得更厉害，凑巧配我们两人的胃口，我们到湖南后第一件合意的就是这柚子，几乎天天要吃一个。

"你说这便宜的东西像什么？"T君拿起一个，右手丢起，左手接下，说，"又圆又光又便宜！"

呵，呵，这抛物线正如刚才那颗秃头落下去的样子，我连忙放下自己手中的一个，拔起脚步就跑。

"湖南的柚子呀！湖南人的头呀！"我和T君这样叫着跑回了学校。

"你还要吃饭，你的头还在吗？"吃晚饭时我看着T君说。

"你呢？留心那后面呵！一刹那——"

我们都吃不下饭去，仿佛饭中有一颗头，带着鲜红的血。

"这在我们不算什么，这里差不多天天要杀人，况且今天只杀了一个！"坐在我们的对面一个人说。

"啊，原来如此，多谢你的指教！"

"柚子呀，湖南的柚子呀！"T君叹息似的说。

"这样便宜的湖南的柚子呀！"